새벽

마탄의 사수

마
탄
의
**사
수** 12

이수백 게임판타지 장편소설

초판 1쇄 찍은 날 | 2018년 1월 10일
초판 1쇄 펴낸 날 | 2018년 1월 17일

지은이 | 이수백
펴낸이 | 예경원

기획 | (주)인타임 김명국
편집책임 | (주)인타임 윤영상
편집 | 이즈플러스

펴낸곳 | 예원북스
등록번호 | 제396-2012-000132호
등록일자 | 2012. 7. 25
SFN | 제1-251호

주소 | 경기도 고양시 일산동구 호수로 646-24 위너스21 II 빌딩 206A호 (우) 10401
전화 | 031-819-9431 팩스 | 031-817-9432
E-mail | yewonbooks@naver.com

ISBN 979-11-6098-744-7 04810
　　　979-11-6098-073-8 (set)

마탄의 사수

12

이수백 게임판타지 장편소설

INTIME GAME FANTASY STORY

Der Freischütz Musketeer

새벽

차 례

Geschoss 1

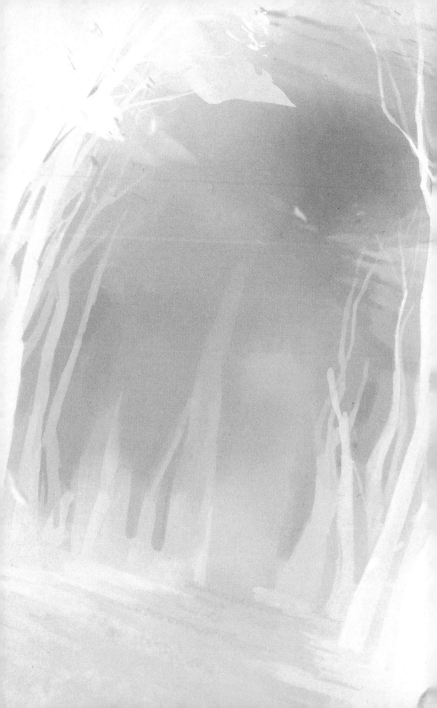

"뭐라고? 당신은 퓌비엘 소속이잖-"

"방아쇠에서 손 떼. 세 번째는 말로 끝나지 않는다."

이하는 루거의 눈을 바라보았다. 새파란 그의 눈은 한 점 흐트러짐 없었다. 이 상황에서 방아쇠에 손을 떼라고? 알렉산더와 베일리푸스를 공격하지 말라는 뜻 정도가 아니다.

사수보고 방아쇠에 걸린 손을 떼라는 얘기는 검사에게 칼을 칼집에 집어넣으라는 의미와 같다.

즉, 전투 의지를 포기하라는 것.

퓌비엘 국가 소속의 루거가 같은 퓌비엘 소속의 이하에게 하고 있는 말이다.

'이 녀석…….'

배신? 사리사욕의 추구? 온갖 생각이 이하의 머릿속을 떠돌았다.

아직 이하의 검지는 방아쇠에 걸려 있다. 탄도 한 발 남아 있다. 아무리 정신없는 상황이어도 탄창에 있는 탄의 상황을 파악하지 못할 이하가 아니다.

쏠 수 있다.

'하지만……'

루거의 총, 물론 저것을 총이라 부를 수 있을까?

그의 무기는 이미 포砲의 형태다. 무기 변화 스킬까지 쓴 상태에서 정확하게 이하를 겨누고 있다. 포탄이 장전되어 있지 않다고 생각하는 건 너무 순진한 것이었다.

루거 정도의 포수가 이하의 움직임을 감지 못할 리는 없다. 검지가 조금만 꿈틀대도 그는 방아쇠를 당길 것이다.

소울 링크, 포스 배리어 등 온갖 스킬과의 연계를 떠올려 보지만 마땅치 않다. 눈속임을 하기엔 거리가 너무 가깝다. 포스 배리어 따위로 막기엔 루거의 공격이 너무도 강력하다.

'드래곤을 쏠 수도, 루거를 쏠 수도 없는 건가. 아니, 둘 중 하나에게 쏠 수는 있겠지만 그렇게 되면 내가……. 제기랄.'

시도해 볼 만했지만 얻을 수 있는 것 치고는 잃을 게 너무 많은 도박이었다.

갑작스레 정적이 찾아온 미니스 전역의 구릉.

그 구릉을 둘러싼 정예들은 물론이고, 멀찍이 퍼져 상황을 지켜보는 100만 유저들 중 그 누구도 상황을 제대로 파악할 수 없었다.

그나마 루거와 가장 교류가 많았던 사람이 겨우 앞으로 나섰다.

"이게 무슨 짓입니까, 루거. 당신이 싸움에 미친 사람이라는 건 알고 있었지만―"

"입 다물어, 키드. 더 이상 다가오지 마라."

루거의 말은 단호했다. 키드 또한 움찔거리며 발걸음을 멈추었다.

[속사]라면 그 누구에게도 지지 않는 키드다. 지금 이 순간 자신이 움직인다면 루거를 맞출 수 있을까.

'약 70m. 내 거리다. 100% 맞출 수 있어. 움직일 필요도 없다. 퀵드로우로 나를 이길 자는 없어.'

그러나 키드는 손을 움직일 수 없었다.

루거를 죽일 순 있지만 '아무런 피해 없이' 루거를 죽일 수 있느냐, 하는 질문에는 도저히 확신이 들지 않았기 때문이다.

키드가 리볼버를 꺼내 드는 순간, 루거는 저 대전차포와 같은 무식한 총기의 방아쇠를 당길 것이다.

그 포구가 향한 곳은 어디인가.

'그렇게 되면 하이하가 죽는다.'

루거와 키드 그리고 이하, 세 사람 모두 삼총사였지만 지금껏 삼총사로 지내 온 시간과 격은 달랐다. 가장 먼저 삼총사가 되었던 자, 루거는 다른 두 사람을 압도할 정도의 분위기를 뿜어 대고 있었다.

펄럭- 펄럭- 펄럭-.

지상에서 일어나고 있는 괴이한 일을 공중의 알렉산더와 베일리푸스 또한 보고 있었다. 아직 골드 드래곤의 입에는 브레스가 담겨 있다.

[루거. 이게 무슨 짓인가.]

베일리푸스도 고개를 갸웃거리며 입에 브레스를 머금은 채 말했다.

당장이라도 브레스를 뿜어 루거를 비롯해 자신의 몸에 상처를 입힌 놈을 녹여 버리고 싶었으나 골드 드래곤은 그렇게 하지 않았다.

'선량한 존재', 'NPC'의 한계였다.

갑작스레 나타나 자신을 도운 루거의 의도를 알 수 없는 이상, 골드 드래곤은 함부로 행동할 수 없었던 것이다.

루거는 위를 쳐다보지도 않고 소리쳤다.

"알렉산더, 네 애완동물의 브레스를 당장 처리해. 그 아가리 조금이라도 열었다간 이 총구가 그쪽을 향할 거야."

루거는 명백하게 저쪽에게도 적의를 보이고 있었다.

루거의 목소리가 충분히 들리는 범위에 있던 모든 이들이 놀랐다. 이하와 키드조차도 잠시 어안이 벙벙해질 정도.

알렉산더가 겨우 헛기침을 했을 때가 되어서야 골드 드래곤 베일리푸스는 반응했다.

[나에게 한 말인가.]

"똑똑한 척 하는 짐승치고는 말귀가 느리군. 그 아가리에 담고 있는 걸 삼키든, 없애든 알아서 해라, 드래곤. 죽고 싶지 않다면."

[이 녀석이 감히─]

"농담이라고 생각하면 뱉어 봐. 심연의 아가리까지 다녀온 내가 용의 아가리를 무서워할 것 같은가."

루거가 조용히 내뱉은 말에 베일리푸스의 동공이 확대되었다. 입을 이미 벌리고 있던 골드 드래곤은 황급히 목을 치켜들었다.

[파아아아아────!]

어두운 밤하늘에 골드 드래곤의 백염 브레스가 직선으로 뿜어져 올라갔다.

"저, 정말……. 골드 드래곤이 루거에게 쫀 건가?"

"쉬, 쉿! 그런 말씀 하시면 안 돼요, 길마님!"

기정이 베일리푸스를 바라보다 말리는 길드원에게 핀잔을 들었다. 방금 전까지 기정의 온 정신을 빼앗아 갔던 사람이 있었음에도, 그 기정조차 집중할 정도로 루거의 분위기는 대단한 것이었다.

'그, 그러고 보니 혜인 형─ 아니, 혜인 그 사람은─'

그제야 황급히 기정이 고개를 돌렸지만 혜인은 이미 사라진 상태였다. 그 어수선한 분위기 속에서도 유유히 자신의 몸을 빼내기에 충분한 눈치와 능력, 세이지 혜인은 사스케 사건 이후 더욱 성장해 있었다.

기정과 태일이 잠시 눈을 마주치며 생각을 다듬고 있을 때, 골드 드래곤이 다시금 입을 열었다.

[심연의 아가리라고 했는가, 루거. 그 의미를 알고 말하는 것인가.]

"물론이지. 그것 때문에 여기에 온 거다, 용가리."

루거는 이하를 쳐다보다가 조용히 포구를 지면 방향으로 내렸다. 이하와 키드가 움찔거렸다. 지금 바로 반격할까? 그러나 생각은 많았고 행동은 늦었다.

가방을 뒤적거리던 루거의 손엔 어느새 종이 두 장이 들려 있었다.

"나는 신성교국 에즈웬의 교황청 사자使者 자격으로 이 자리에 왔다. 퓌비엘과 미니스의 전군은 당장 전투를 멈추고, 각국의 최고지휘자는 이 서신을 받들라."

그는 퓌비엘의 편이 아니었다. 또한 미니스의 편도 아니었다.

"무, 무슨-"

"뭐라고?"

"에즈웬 교황청? 교국? 거기서 이 전쟁에 왜?"

주위가 삽시간에 술렁였다. 그 소음이 커지기 전에 루거가 다시 목청을 높였다.

"지금 이 시간부로 전투에 임하는 자는 교황의 이름으로 파면에 처하겠다! 모두 무기를 내려라!"

힘이 담긴 목소리가 구릉 주변으로 퍼져 나갔다. 뒷사람에게 전달, 뒷사람에게 전달되는 소식은 순식간에 퓌비엘 전군에 알려졌다.

"세상에…… 파면이라고?"

"키킷, 이거 엄청난 패를 꺼냈군요."

별초의 인원들조차 어쩔 수 없었다.

애초 페이우의 데미지를 대신 받았던 기정은 어차피 뭘 할 기력도 없었지만, 비예미와 다른 인원들은 파면이라는 말을 듣는 순간, 아예 무장을 모두 평화 상태로 돌렸다.

키드도 코트 자락 근처로 손을 가져가지 않았다.

이 상황에서 무기를 뽑아 들 순 없다. 페이우를 비롯한 황룡의 인원들, 론과 러쉬 길드원, 패트리어트 길드……. 하나, 둘 무기를 갈무리하기 시작했다.

오직 루거만이 당당하게 중앙을 딛고 섰다.

교황청의 사자, 현재 자리에서 유일하게 무기를 들고 외칠 수 있는 권위. 그 힘에 반하는 사람은 지금 이 지역에 한 명 뿐이었다.

"나는 종교 없는데?"

이하가 고개를 갸웃거리며 블랙 베스를 들어 올렸다. 그 총구는 알렉산더를 향해 있었다.

"이, 이, 이하 혀어엉?!"

기정의 삑사리 난 목소리가 울렸다.

"하이하– 크흡, 무슨 그런–"

키드조차 말문이 막힐 답변이었다. 루거가 이하에게 눈을 부라렸다.

"교황의 뜻에 반하겠다는 건가!"

"종교가 없는데 니네 교황이지 내 교황이냐?"

이하는 농담 삼아 하는 말이 아니었다.

진지한 이하의 태도를 보며 루거의 표정이 처음으로 바뀌었다. 뭐 이런 놈이 다 있어? 하는 표정에 잠시 이하의 기분이 나빠졌지만 루거는 다짜고짜 자신의 포를 쏘진 않았다.

"네놈 정말…… 그 머리로 [명중]의 시험을 통과했나? 브로우리스 소장도 맛이 갔군."

"뭐? 이 새끼가 말이면 단 줄–"

"혀어엉! 지금 이건 현실 종교가 아니야! 유저는 기본적으로 교황청 소속으로 되는 셈이나 마찬가지라고! 설정 상 모든 국가 국왕의 대관식에 교황이 참석해서 해당 국가의 국교로 만들어 버리니까! 그리고 파면– 파면될 경우, 으으음, 그러니까–"

"공공의 적이 됩니다, 이하 군. 적어도 신전이나 교회가 있는 모든 성, 모든 마을에서 이하 군을 적으로 규명하고 척살하려 할 겁니다."

"키킷, 힐링 포션을 잘 안 먹어 봐서 모르나? 그 포션이 어떻게 만들어지는지는 알 거 아녜요! 교황청의 힘이 얼마나 강한지!"

기정과 태일, 비예미가 앞다투어 말했다.

이하가 언젠가 말했던 대로 별다른 메리트도 없는 소국 에즈웬이 아직도 대륙에 버티고 있을 수 있는 이유였다.

권위.

교황청이 갖는 절대적인 권위.

물론 통상의 경우에 그 권위가 사용되는 일은 없다. 지금처럼 국가전이라는 특수한 상황이 아니라면 말이다.

그 말을 듣고도 이하는 쉽게 총구를 내리지 않았다. 루거가 미간을 찌푸리며 이하를 노려보았다.

"방아쇠에서 손 떼."

"세 번 말 안 한다더니 세 번 하셨네?"

이하가 툭 내뱉은 도발에 루거의 손가락이 꿈틀댔다. 방아쇠에 압력이 들어가기 직전, 이하가 아슬아슬하게 먼저 입을 열었다.

이하는 교황청의 권위와 파면의 영향에 대해서 궁금했기에 입을 연 것은 아니었다. 이하의 의문은 오직 하나, 아직도 이 상황에서 온전함을 가지고 있는 저 밸런스 파괴자에 대한 문제제기였다.

이하의 총구가 가리키고 있는, 저 여전한 위협이 되는 존재.

"알렉산더는! 알렉산더는 어쩔 거야! 저 알렉산더가 타고 있는 골드 드래곤은! 저 골드 드래곤은 인간이 아니다! 골드 드래곤에게도 파면이라는 인간의 권위를 행사하려고? 우리 모두가 무기를 내린다 한들 골드 드래곤은 영향이 없잖아! 만약 이 전투를 중지하러 온 거라면 성의를 보여, 루거!"

이하의 목소리가 폭발적으로 튀어나왔다.

이하는 이전부터 모두가 루거의 말을 순순히 듣는 모습을 보며 당황스러웠다. 에즈웬? 교황청? 파면? 그게 어쨌다고! 당장 눈앞에 골드 드래곤이 있다!

아무리 미들 어스가 게임이라지만 교황의 힘은 인간계에 한정되는 것이 아닌가! 초법적인 상태에 있는, 인간을 충분히 압도할 수 있는 존재를 앞에 두고 무기를 내려라?

그건 이하가 받아들일 수 있는 조건이 아니었다.

"……."

루거의 눈썹이 구겨졌다. 이하의 말은 일리가 있었다. 교황은 드래곤을 파면할 수 없다. 설정을 받아들일 줄만 알았지 응용할 줄 몰랐던 다른 유저들의 눈도 동그랗게 확대되었다.

"베일리푸스."

[그 서신엔 무엇이 들어 있지, 루거.]

알렉산더가 조용히 이름을 부르며 의사를 묻자, 골드 드래곤이 입을 열었다.

"내가 말한다 한들 소용없다. 각국의 최고 지휘관이 보는 순간 자연스레 모두가 알게 될 것이다."

[교황은 여전히 인간계의 평화를 원하는가.]

"심연의 아가리라는 명칭을 들어 놓고도 급박함을 모르는 건가?"

루거가 짜증 섞인 목소리를 내었음에도 베일리푸스는 반응하지 않았다. 골드 드래곤은 잠시 생각을 하곤 입을 열었다.

[좋다. 나, 질서의 수호자이자 정의를 집행하는 베일리푸스는 인간들을 향한 공격을 멈출 것을 확언한다. 그것이 설사 나에게 상처를 입혔던 자라도.]

베일리푸스가 이하를 바라보았다.

그리곤 천천히 목을 꺾으며 몰래 움직이고 있던 이지원의 등도 바라보았다.

이하도 어렴풋이 들었다. 골드 드래곤이 최초에 퓌비엘 진영에 모습을 드러냈던 순간, 그는 인류의 연합, 인간들의 힘이 필요하다는 뉘앙스를 얘기했다고 했다.

즉, 골드 드래곤은 저 약속을 깨지 않을 것이다. 아직 알 수 없는 어떤 목적을 위해서라도.

거기까지 생각이 닿고 나서야 이하는 총구를 내렸다.

수정구를 통해 상황을 파악하고 있던 치요는 입술이 찢어져라 깨물고 있었다.

　'정보망에도 걸리지 않기에 어디에 있나 했더니! 뭘 한 거지, 루거?! 교황청의 사자라고? 파면권까지 갖고 있단 말인가!'

　아직 사태 파악을 제대로 하지 못한 사람도 있건만 치요의 눈치는 보통 인간의 세 배 이상 빨랐다.

　루거의 등장이 뜻하는 바가 무엇인지, 에즈웬의 사자로 나타나 저런 이야기를 하는 의도가 무엇인지 그녀는 즉각 파악할 수 있었다.

　어쨌든 확실한 것은 하나였다.

　루거는 그녀가 치밀하게 공들인 계획을 반칙처럼 깨부수려 하고 있다는 점. 그녀가 가장 견디기 힘들어 하는 것이다.

　"서신이라, 무슨 내용을 담고 있는 거지. 그 교황이 할 말이라면 뻔하지만 대체 무슨 이유로……."

　곁에 선 에윈은 상황보다 내용에 포커스를 두고 있었다. 미들 어스 세계에만 존재하는 NPC로서는 당연한 행동이었다.

　"후훗, 글쎄요. 도착하면 알게 되겠죠. 저는 잠시……"

　"음? 어디 가는가?"

"밤바람 좀 쐬려고요."

치요가 에윈을 향해 생긋 눈웃음을 짓고는 막사를 나섰다. 그녀가 높고 얇은 휘파람 소리를 내자 어느 샌가 그녀의 곁에 검은 그림자가 나타났다.

"부르셨습니까."

"당장 삐뜨르를 불러요."

"무슨 일 있으십니까."

검은 복면을 두르고 밤의 그림자 속에 숨은 사람, 드러낸 두 눈만이 번쩍이며 그녀에게 고정되어 있었다. 기정과 태일, 비예미라면 즉각 알아볼 수 있는 사스케의 눈이었다.

"저 서신이 이곳에 도착해선 안 돼요."

"서신 강탈을 명하시는 건지-"

"퓌비엘 쪽으로 가는 서신을 막기엔 이미 늦었으니, 우리 쪽으로 오는 서신을 탈취해서 파기하는 게 첫 번째. 그리고 이 전역에 서신을 가져온 자를 제거하는 게 두 번째. 같이 이루어져야 해요. 무슨 말인지 알죠?"

치요는 빠르게 명령을 내렸다.

두 눈밖에 드러나지 않은 사스케였지만 그 눈만으로도 그의 당황을 알 수 있었다. 눈동자가 좌우로 빠르게 움직였다.

"서신 탈취 후 파기는 제가 직접할 수도 있습니다만 두 번째 문제에 대해서라면……."

"왜요? 불가능한가?"

"핫. 그것이 아니오라, 루거는 현재 퓌비엘 진영의 한가운데에 있습니다. 그 점에 대해 고려해 주시길 다시 한 번 말씀드리는 것입니다."

루거를 죽여라. 서신이 파기되어도 교황청의 사자가 이 땅에 발을 딛고 있다면 전쟁은 재개될 수는 없다.

그러나 루거가 누구인가. 루거만으로도 부담이 되건만, 그 곁에 있는 사람들의 면면은 또 어떤가. 사스케가 당황하는 건 당연한 상황이었다.

"그래서?"

줄곧 싱그러운 미소를 짓고 있던 치요의 얼굴이 굳기 시작했다. 그녀가 그걸 모를 리가 없다.

"별초가 두려운가요? 뻬뜨르와 함께 가는데도? 알렉산더에게는 모른 척해 두라고 일러둘 테니 이지원만 조심한다면―"

"별초 따위가 두려운 게 아닙니다, 이지원도 무섭지 않습니다."

사스케는 눈을 질끈 감았다. 이런 말을 해야 한다는 것 자체가 수치스럽고, 치요의 명을 받들지 못한다는 게 괴로웠지만 이 모든 것도 자신이 모시는 그녀를 위한 발언이라는 일념으로 입을 열었다.

"그러나…… 하이하가 있습니다."

불같은 화를 내진 않을까. 그러나 치요에게선 아무런 말이 없었다. 사스케가 이하에게 갖는 두려움엔 진심이 담겨 있었다.

단순히 멀리서 쏘아 맞추는 능력이나 그 데미지 따위가 두려운 게 아니었다. 데미지를 두려워할 거였으면 이하보다 이지원을 더 두려워했으리라.

사스케가 갖는 것은 두려움보단 불안감이었다.

또다시 자신의 일에 끼어들 것이라는 믿음. 자신의 움직임을 간파당할 거라는 걱정.

이미 몇 번이나 막혔기에 알 수 있었다. 준비 없이 막무가내로 달려든다면 퓌비엘 진영의 구릉으로 향하는 모든 암살자와 정보원들은 사살 당할 것이다.

"……우훗, 우리 사스케가 왜 그러실까? 그런 약한 소리를 하다니."

"더욱 철저한 준비가 없다면……. 지금으로선……."

치요의 부드러운 목소리에 사스케가 눈을 뜨며 입을 열었다. 그를 기다리고 있는 건 화를 내는 것보다도 더 무서운 미소였다. 사스케는 빠르게 입을 닫고 다시 고개를 숙였다.

"휴우우~ 역시 진작 싹을 잘랐어야 했나아, 여기까지 왔는데 더 가지고 놀 수 없다니……."

"죄송합니다, 오카상."

"괜찮아요, 괜찮아. 아직까지 우리의 힘이 미들 어스 전역에 닿지 않고 있다는 방증이지. 조금 더 세력을 키워야겠어.

어떤 정보든지 획득할 수 있도록. 무슨 일이든지 계획할 수 있도록."

"믿을 만한 요인들을 선별해 보겠습니다."

"은밀하게. 알지? 당분간은 상황을 지켜보면서 있자고요."

"핫!"

사스케의 몸이 순식간에 사라졌다. 치요는 꺼져 있는 수정구에 자신의 얼굴을 슬쩍 비추며 표정을 관리하곤 다시 막사 안으로 들어갔다.

"좋게 생각해야지. 꼭대기에 앉아 있는 것보다 꼭대기로 올라가는 게 재미있는 거니까. 후훗."

서신이라고 해서 즉각 양군 총사령관에게 전달되는 것은 아니었다.

교황의 사자가 도착하여 서신을 전달한다는 뜻이 총사령관에게 전달되고, 총사령관의 패찰을 받은 전령이 직접 루거가 있는 곳까지 와서 서신을 수령, 다시 복귀 후 총사령관에게 전달해야 한다.

즉, 시간이 필요하다.

"크흠, 흠."

"음……."

"진짜 뻘쭘하다. 그죠, 태일 형님?"

"꼭 검도 대회 같군요. 움직임만 없지 금방이라도 상대방의 머리를 후려칠 것 같은……."

태일의 비유는 적절한 것이었다. 지금의 이 정적은 방금 전까지 격렬한 전투를 수행하던 사람들에겐 상당히 낯선 환경이었다. 전투를 지속할 수도 없고, 전투를 멈출 수도 없는 그 중간 어디쯤의 애매한 기류들.

이상한 기류가 전장을 휘감는 와중 가장 먼저 움직인 것은 페이우였다.

"마스터케이 님."

"어, 아! 네, 페이우 님. 그러고 보니 몸은 괜찮으세요? HP 엄청 빠지던데."

기정의 말을 듣자 페이우의 얼굴이 구겨졌다. 울음을 참고 있는 청년의 표정으로, 그는 포권하며 깊이 허리를 숙였다.

"셰셰! 그 위급한 상황에서 저를 구해 주셔서 감사합니다. 마스터케이 님이 아니었다면 저는 벌써 죽었을 겁니다. 그저 감사할 따름입니다."

페이우는 자신을 구하려고 움직인 사람 앞에서 부끄러워하는 위인은 아니었다. 우렁찬 목소리가 구릉 전역으로 울리자 이곳, 저곳에서 황룡의 길드원들이 마찬가지로 기정을 향해 감사 인사를 올렸다.

셰셰! 셰셰!

셰셰, 케이 따꺼大哥!

"어이고! 어, 어어, 왜 이러세요?!"

기정이 당황해서 페이우를 마주 보며 맞절이라도 하려는 듯 엉거주춤하게 움직였다.

레벨 다운 페널티야 없다지만 이런 전쟁에서 페이우를 지키려는 기정의 움직임은 확실히 보통의 각오로 할 수 있는 게 아니었다.

무엇보다 저 알렉산더, 랭킹 1위의 공격에 맞선 것은 범인凡人으로선 불가능한 행동이었다. 지금의 기정은 뼛속까지 탱커라고 봐도 과언이 아니다.

"풉."

"큭큭큭."

곳곳에서 웃음이 새어 나왔다. 팽팽하게 당겨진 실이 갑작스레 느슨해진 기분이 구릉 주변으로 퍼졌다.

"키킷, 하여튼 우리 길마님은. 이럴 때라도 강한 척 한번 했어야죠! 사람이 너무 좋아서 탈이라니까."

"참나, 저 페이우를 상대로 무슨 강한 척을 해요!"

"하긴, 저도 저 사람을 잡아 본 적은 없네요. 킷킷."

"음, 역시 페이우는 무도인의 귀감이로군요. 많지 않은 나이임에도 이미 경지에 들어섰다는 게 느껴집니다."

비예미가 소곤거리며 기정을 놀렸고, 태일은 크게 감탄한 표정으로 고개를 끄덕였다.

"끄아아아……."

상황을 더 불편한 길드원들과 여전히 허리를 굽히고 있는 페이우를 보며 기정도 엉거주춤한 자세로 계속 서 있을 수밖에 없었다.

"하여튼 기정이 녀석. 은근하게 챙길 거 다 챙기고 있구만."

이하도 그 상황을 푸근한 표정으로 바라보고 있었다. 그렇게 다소간 밝아진 분위기에서, 구릉에 있던 키드가 슬쩍 이하의 곁으로 걸어왔다.

"인정하겠습니다."

모자챙 아래로 보이는 그의 입엔 미소가 걸려 있었다. 어딘지 모르게 통쾌함이 가득 담긴 웃음이었다.

"음? 뭘요?"

"세 번 말하게 한 거 말입니다."

이하가 고개를 갸웃거리자 키드가 뭘 모르는 척 하냐는 식으로 이하의 어깨에 툭 부딪쳐 왔다.

"세 번 말하게 했다고? 뭘?"

"저거, 저거."

그래도 이하가 못 알아듣자 키드가 턱짓했다. 그 미묘한 움직임이 가리킨 사람은 루거였다.

"푸핫! 아, 그거?"

"설마 저 인간이 자기 약속을 깰 줄은 몰랐습니다. 장담컨대 에즈웬의 교황조차 저 사람에게 같은 말을 세 번 들을 순 없을 겁니다."

루거와 여러 번 상대해 본 키드였기에 알 수 있었다.

두 번 말하는 것도 그가 갖추는 최대한의 예의다. 하물며 세 번? 루거가 처음 등장하자마자 말했듯 그는 같은 상대에게 경고를 세 번 이상 하는 법은 없었다.

"처음은 권고. 두 번째는 명령, 세 번째는 포탄이 그의 패턴입니다. 명심하십시오."

"모자 아저씨 말이 맞아요."

"응? 이지원 씨?"

그리고 어느새 이하와 키드 뒤에 슬그머니 나타난 이지원. 그는 루거와 알렉산더를 번갈아 보더니 조용히 속삭였다.

"완전 싸움에 미친 아저씨라니까. 말빨은 또 어찌나 센지. 아니, 말빨이 아니라 그냥 입 터는 게, 어후, 진짜 오지죠. 하여튼 저 아저씨가 죽자고 달려들면 개노답이에요."

이지원이 푸념처럼 늘어놓자 이하와 키드도 웃음을 참을 수 없었다. 낄낄거리는 웃음소리가 퍼지자 루거가 눈을 부라렸다.

세 사람은 순식간에 시선을 옮기며 모르는 척했다.

"하이하 형님도 얼른 탈주각 잡으세요. 여기 오래 있어 봤자 안 좋을 것 같은데."

"얘기는 들어 봐야죠. 아니, 잠깐. 근데 형님? 웬 형님?"

이지원은 대답 대신 옅은 미소만 머금으며 엄지를 치켜올렸다. 뭔 뜻이지? 언제부터 친했다고 또 형님일까. 그러나 기분은 딱히 나쁘지 않다.

"……나는 모자 아저씨Uncle hat이고 이쪽은 형님Big brother입니까?"

키드가 자신에게 번역되는 표현을 다시 언급하며 슬쩍 불만을 내비쳤지만 이지원은 그냥 웃고 말았다.

자신이 완벽하게 인정한 상대가 아니라면 형님으로 불러 주지 않겠다는 단호한 태도에, 키드는 그저 콧방귀를 뀌었다.

슈우우—

이하에게 브레스를 뿜기 위해 공중에 떴던 골드 드래곤과 알렉산더도 다시 땅으로 내려왔다.

['심연의 아가리'에서 무엇을 봤는가, 루거.]

"뭘 봤을 것 같나. 이미 알고 있을 텐데. 그곳에 '그것' 말고 다른 게 있을 수 있나?"

[흐으음……]

골드 드래곤이 길게 이어지는 콧김을 뿜었다.

[나는 네 녀석이 나를 맞춘 줄 알았거늘.]

읊조리는 그 말에 루거가 고개를 휙 돌렸다.

그의 눈이 골드 드래곤의 상처를 빠르게 살폈다. 벗겨진 드래곤의 비늘 틈에선 여전히 조금이지만 핏물이 나오고 있었다. 그 상처를 본 루거의 표정이 변했다.

'단순히 알렉산더를 노리고 있다고 생각했는데……. 저 총도 드래곤의 비늘을 뚫을 수 있는 건가.'

루거는 살짝 고개를 돌려 이하를, 이하가 들고 있는 〈블랙 베스〉를 바라보곤 다시 베일리푸스를 향해 섰다.

"내 탄이 고작 그 정도의 상처밖에 내지 않을 거라 생각하나, 드래곤."

[나 또한 그때와는 다르다, 루거. 질서의 수호자이자 정의의 집행관에게 예의를 갖춰라.]

골드 드래곤의 목소리가 점차 커졌다. 낄낄대던 이하는 물론이고 기정과 페이우, 별초의 인원들까지 동작을 멈추게 만드는 위엄.

정작 위엄을 바로 앞에서 듣는 사람이 가장 겁이 없었다.

"나 또한 그때와 다르다는 건 생각 못하는 걸 보니 파충류가 틀림없군. 생각나게 해 줄까? 자신의 몸 내부를 보고 싶다면 말해. 네 녀석의 대가리도 들어갈 구멍을 내줄 수 있다."

루거는 조심스레 〈코발트블루 파이톤〉을 만졌다.

교황청의 사자로서 차마 먼저 전투를 시작할 순 없지만 언제든 싸울 준비가 되어 있다는 것을 넌지시 알리는 행동이었다.

"베일리푸스를 도발하지 말라. 그대를 심판하는 것은 베일리푸스 없는 나로서도 충분한 일이다."

"웃기려고 하는 말이라면 실패다. 알렉산더 네 녀석 혼자 싸운다면 저쪽에 있는 키드도 너를 이길 수 있을걸."

"……2초 안에 몸에 구멍이 몇 개 나는지 세어 보길 원합니까, 루거. 감히 그따위 망발을 하다니."

알렉산더가 뭐라 반박하기도 전에 키드가 나서며 분위기가 험악해졌다. 그러나 키드의 말도 제대로 된 것은 아니었다.

"'그따위 망발'이라고? 그럼 날 이길 수 있다는 건가, 이름 모를 과객이여. 창날을 떼 내고 싸워도 그대는 이길 수 있으리."

이번엔 알렉산더가 키드를 건드렸다.

'이름 모를 과객'. 지금 이 자리에 낄 명성조차 없는 사람이라 깔보는 그 표현을 들은 키드가 가만히 있을 리 없었다.

"드래곤 없는 당신은 나를 건드릴 수도 없습니다. 그까짓 늘어나는 창으로 내 크림슨 게코즈-"

"아, 아아아! 그, 그만! 뭣들 해요, 지금? 다시 싸우자고?"

저벅, 저벅 걸어 나가는 키드를 이하가 뒤에서 가까스로 붙잡았다. 벌써 코트를 반쯤 젖힌 그의 표정은 일그러져 있었다.

뚱한 표정의 알렉산더 또한 분노의 눈빛으로 키드와 이하, 루거를 번갈아 볼 뿐이다. 정작 이 사태를 만들어 놓은 루거의 입꼬리가 올라가 있다는 게 이하의 마음에 들지 않았다.

'입을 오지게 턴다는 게 저런 뜻인가. 미친 싸움꾼이라는

표현이 딱 맞잖아?'

이하는 이지원이 했던 말을 정확하게 이해할 수 있었다. 주변 사람들의 심정을 긁으며 싸움으로 유도하는 루거의 언행은 보통이 아니었다.

조마조마한 분위기가 이어지고 있을 때, 마침내 이하를 안도하게 만들 전령들이 도착했다.

"퓌비엘 전군은 현 지점에서 2km 후방으로 이동합니다! 다시 한 번 말씀드립니다, 퓌비엘 전군은-"

"퇴각?"

"그냥 물러가는 건가?"

전령의 외침에 일반 유저들이 웅성댔다.

그들은 아직도 상황을 파악할 수 없었다. 알렉산더와 퓌비엘 군의 정예들이 무언가를 했다는 것 정도만 알 뿐 왜 전쟁이 갑작스레 멈췄는지도 알 수 없었으니, 지금 같은 일은 당연히 적응될 리가 없었다.

"휴, 일단은 우리도 쉴 수 있는-"

키드에게서 떨어지며 이하가 겨우 한숨 돌리려던 찰나, 전령 NPC가 다시 말을 이었다.

"그리고 최후까지 골드 드래곤을 상대했던 퓌비엘 군은 현 지점에서 대기하십시오! 총사령관님께서 직접 오십니다! 미니스의 총사령관도 올 예정이니, 남아 있을 퓌비엘 군은 모두 무장을 해제하고 대기하십시오!"

"헐. 그랜빌 총사령관이?"

"무슨 일이야? 미니스 총사령관이랑 그랜빌이 여기서 회합을?"

"서신 내용이 뭐였길래……."

이제 쉴 수 있겠다던 이하의 바람이 이뤄지진 않았다. 잠시 후 미니스의 전령이 알렉산더에게 도달, 같은 내용을 전파하며 대기를 명령했다.

"형, 이제 어떻게 될까?"

"글쎄다. 어쨌든……."

이하는 퇴각하는 퓌비엘 유저들과 NPC들의 등을 달빛에 비춰 보며 잠시 생각 후, 입을 열었다.

"전쟁은 끝난 것 같아."

적어도 지금처럼 각 군 100만 이상의 유저들이 모여 전투를 하는 일은 없으리라. 그러나 그것이 전쟁의 끝이 될 것인지는 아직 두고 봐야 할 것이다.

이하가 후련한 기분을 못 느끼는 것도 그 때문이었다.

Geschoss 2

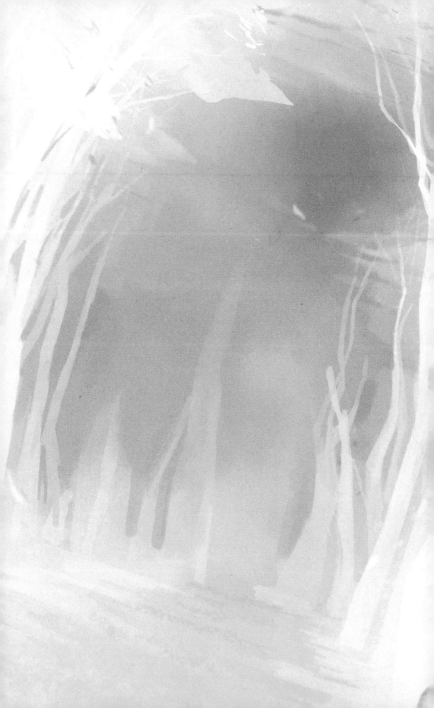

"오랜만이군, 그랜빌. 조금만 더 있었으면 우리 수도에서 그대를 내려다볼 수 있었을 텐데. 아마 그대는 포승줄에 묶여도 보기에 썩 괜찮았을 거야."

"여전하구만, 에윈. 조금만 더 있었으면 네 녀석의 몸무게를 5kg 정도 줄여 줄 수 있었을 텐데 아쉽게 되었어."

"포위망이 완성되었다면 퓌비엘은 패배했을 것이다. 포로로 잡혀 처참한 꼴이 되었을걸."

"천만에. 퓌비엘이 미니스의 수도를 함락시켰다면 너는 즉각 참수형이었다."

양군의 총사령관은 푸근한 미소를 지으며 살벌한 인사를 주고받았다.

퓌비엘 군과 미니스 군의 급작스런 대담이 이루어진 곳은 마지막으로 전투가 벌어졌던 그 구릉이었다.

퓌비엘 군에서 총사령관 보호의 명목으로 이하를 비롯한 유저들이 남았듯, 미니스 군에서도 비슷한 수의 유저들이 뒤를 따랐다.

Top100에는 이름을 올리는 몇몇 랭커가 있었지만 대다수는 명성이 그리 높지 않은 유저들이었다. 중간 중간 광대 복장을 하고 있거나, 흑의를 두르고 있는 사람들이 있긴 했으나, 어차피 그쪽은 주병력이 아니었다.

에윈의 뒷편 하늘에 둥둥 떠 있는 알렉산더와 베일리푸스만으로도 퓌비엘의 정예들과 균형을 이룰 수 있기 때문이다.

천막 하나 없이 단출한 탁자 몇 개와 의자 몇 개로 구성된 자리에 각 국의 전쟁을 책임질 수 있는 최고사령관들이 모여 있다니.

'실제 전쟁이었으면 미친 짓이지. 이렇게 개방된 장소에서 무슨……. 저격수들이 어디 숨어 있을 줄 알고.'

물론 미들 어스에서 그런 짓을 할 수 있는 사람은 없다.

이하는 현재 그랜빌의 뒤편에 서 있으며, 루거는 미니스 총사령관 에윈과 퓌비엘 총사령관 그랜빌이 마주 앉은 테이블의 상석에 앉아 있었기 때문이다.

"에즈웬의 사자신가."

그랜빌과 기 싸움을 하던 에윈이 슬쩍 입을 열었다.

루거는 답하지도 않고 자신의 가방을 뒤적이다 아이템 하나를 테이블 위에 올려놓았다. 턱−! 소리가 나게 올려 두는 루거를 보며 에윈이 고개를 끄덕였다.

"과연……."

날개가 달린 황금빛 열쇠는 미미하지만 스스로 빛을 발했다. 심지어 날개는 살아 있는 듯 꿈틀대고 있었다.

'웩, 뭐야, 저거? 몬스터? 끔찍하게 생겼는데.'

'교황청 성물 중 하나일걸? 그리고 어디 가서 그런 소리 하지 마, 형! 사제들이 바이블로 때릴지도 몰라!'

이하가 인상을 찌푸리며 기정의 귀에 대고 속닥거리자 기정이 호들갑을 떨었다. 실제로 이하를 제외하고 교황과 에즈웬에 대한 설정을 알고 있는 대부분의 고수 유저들과 그랜빌은 경탄의 표정을 짓고 있었다.

"퓌비엘의 국민이라고 들었는데 어찌 에즈웬의 사자의 자격을 얻으셨는가?"

"지금 내가 어느 국가의 국민인가는 중요한 게 아니오, 에윈 경. 적어도 이번 건에 대해서는 나는 에즈웬의 소속이라고 생각해도 좋소. 〈신의 열쇠〉를 증거로 내밀어도 믿지 못한단 말이오."

적어도 아까처럼 도발하는 말투는 아니었지만 여전히 루거의 입은 거침없었다. 미니스의 총사령관에게도 자신의 의견을 확실하게 피력할 줄 아는 점은, 오히려 이하가 보기에 대단하다는 생각이 들 정도였다.

"크흠, 뭐……. 의심을 하는 건 아니었네. 미안하게 되었소."

"괜찮소."

"역시나 약삭빠르게 찔러 보는 것은 똑같군."

"말조심하게나, 그랜빌. 아직 그대와 나는 합의한 게 아니네."

그랜빌은 에윈의 말을 들으면서도 그저 웃고 말았다. 그 또한 교황청의 성물을 잠시 확인한 후, 루거를 향해 물었다.

"교황 가이오 4세께서는 안녕하신가."

"지금은 매우 불안해하고 계시오. 나를 이렇게 급히 파견할 정도로 위급한 일이 생겼기 때문이죠. 물론 최초 발견한 것은 나고."

"그게 무엇인가? 서신에도 모든 전투를 중지한 후, 그대의 말을 들으라는 지시밖에 적혀 있지 않았네. 아니, 또 한 마디가 써 있기는 했지……."

그랜빌이 잠시 말을 끊고 에윈을 쳐다보았다. 에윈도 같은 내용의 서신을 받았다. 양군 총사령관을 당황하게 만들 정도의 내용이 담긴 서신.

그랜빌은 그 서신에 적힌 게 무슨 뜻인지 루거에게 물었다.

"가이오 4세께서……. 직접 양국의 강화조약을 중재하겠다고 적혀 있었지. 그 말이 사실인가."

"그렇소."

그것은 신성교국 에즈웬에 의한 퓌비엘–미니스 간 강화조약의 체결 제안이었다. 사실상 제안의 탈을 쓴 강제. 그럴 거라 예상은 하고 있었지만, 막상 확인이 되니 꽤 혼란스러워졌다.

"강화조약!"

"종전? 전쟁 끝이라는 소리잖아?"

"뭐, 뭐야, 이렇게 갑자기?"

"그럼 우린 어떻게 되는 거야?"

제3국에 의해 강제로 맺어지는 강화조약, 사실상 전쟁의 종료를 뜻하는 일이었다.

주변이 삽시간에 시끄러워졌다.

어렴풋이 전쟁은 끝나겠다는 느낌을 받은 이하조차 잠시 당황할 정도로 파격적인 발언이었다.

'진짜로? 진짜 끝이야? 에즈웬 중재에 의한 강화조약이라니–'

처음부터 미들 어스는 이걸 노렸을까? 적어도 한쪽 국가가 일방적으로 패해 체결하는 강화조약과는 성질이 다를 것이다.

사실 항복에 비하면, 이쪽이 훨씬 모양새가 그럴싸하다. 무엇보다 국가별 균형을 다시 되찾을 수 있을 테니까.

'아니, 애초에 그러면 뭐하러 국가전을 발발시킨 거지? 단

순 이벤트? 나쁘진 않았지만, 그 정돈 아닐 것 같은데?'

유저들보고 싸우며 즐기라고 만든 이벤트일 리가 없다.

무엇보다 이번 국가전이 발발하기 전 무슨 일이 있었던가. 문득 이하의 머릿속에 떠오른 단어가 있었다.

'페이즈 2. 공격은 최선의 방어다, 라는–'

종전의 정보를 얻은 사람들이 각자의 생각으로 잠시 시간을 갖은 후, 다시 그랜빌이 입을 열었다.

"교황은 분명 모든 대륙의 국가가 존경하는 인물, 신성교국 에즈웬에 대한 예도 충분히 갖추고 있소. 허나, 양국 사이에 발발한 씻을 수 없는 상처를 어찌 관계가 없는 교황께서 중재하신단 말인가."

"교황께서도 그렇게 말씀하셨소."

"그렇게 말씀하셨–"

"그리고 이걸 보면, 특히 양국 총사령관이 이것을 직접 보면 반드시 받아들일 거라 말씀하셨지."

루거는 그랜빌의 말을 끊으며 다시 가방을 뒤적거렸다. 날개 달린 황금빛 열쇠 옆에 또 하나의 아이템이 올려졌다.

"저게 뭐야?"

"모자? 아이템인가?"

"기분 나쁜데……?"

그것은 모자였다. 중세의 신사들이나 쓸 것 같은 높은 크라운을 가진 모자Top hat. 그러나 대단히 낡아 보였고, 모자

옆에 묘한 문양이 그려져 있었다.

유저들이 기분 나쁘다고 한 것은 문양이나 모양 때문이 아니었다. 그 모자에서 흘러나오는 묘한 기운 때문이었다.

'기정아, 저건 뭐야?'

'글세…… 나도 처음 봐.'

이하와 기정도 모르는 것. 지금 테이블 위에 올려진 그 모자를 바라보며 놀란 것은 두 사람뿐이었다.

총사령관 그랜빌은 부들부들 떨었고, 총사령관 에윈은 체통도 없이 입을 쩍 벌린 채 모자와 루거를 번갈아 보고 있었다.

'떠받치는 자', '초원의 여우'라는 별명을 가진 자라면 절대로 하지 않을 행동들이었다.

[귀족의 모자로군.]

"정확히 발음하라, 드래곤. 귀족鬼族들을 통솔하는 귀족장, 레 백작의 모자다."

[그것을 어떻게 구했나.]

"말했을 텐데. 심연의 아가리에서 구했다고."

[네가 레 백작, 아니……. 놈에게 그런 계급 따위 붙여 주고 싶지 않군. 그렇다면 다시 묻지, 심연의 아가리에서 네가 본 것이 '푸른 수염'이었나.]

루거는 조용히 고개만 끄덕였다.

[또 하나의……. 으으음…….]

그 모습을 보며 베일리푸스는 조용히 탄식했다. 골드 드래곤의 목소리에서 피로가 묻어났다.

퓌비엘의 유저들을 쓸어버릴 때도, 이하를 비롯한 정예들과 전투를 벌일 때도 분노는 있을지언정 피로는 없었던 드래곤이 지금, 피곤해하고 있었다.

"말도…… 말도 안 돼……. 푸른 수염은 분명 30년 전 죽었다. 죽었다고!"

"에윈의 말이 맞네. 녀석이 이끄는 귀족군단과 최후에 맞섰던 사단, 내가 바로 그 사단을 지휘했었으니까! 푸른 수염이든 귀족장이든 그건 중요치 않아. 어쨌든 레는 죽었다."

골드 드래곤과 루거의 대화를 듣던 총사령관들이 단호하게 고개를 저었다. 그래선 안 된다. 그런 일은 있을 수 없다.

루거는 그들의 모습을 보며 픽, 코웃음을 쳤다.

"웃기는 영감들이군."

정적이 잠시 흘렀다. 그랜빌과 에윈은 루거가 누구를 대상으로 하는 말인지 이해하느라 시간이 조금 걸렸다.

"뭐라?"

"지금 나한테 한 말-"

"귀 똑똑히 파고 잘들 들어. 당신들이 쓸데없이 얼마 남지도 않은 정력을 낭비하고 있을 때, 나는 죽음의 땅에 있는 심연의 아가리까지 들어갔다. 그리고 그곳에서 스스로를 봉해놓았던 레를 만났어. 알겠나? 그가 죽었다고? 미친 미들 어스 같으니, 설정도 참 좆같이 짜 놨군. 그는 죽지 않았다, 에윈, 그리고 그랜빌. 죽은 척 하며 지하에 숨어 회복 중이었던 것뿐이야."

루거가 쏜살같이 내뱉은 말은 주변의 유저들에게도 충분히 들렸다.

하물며 가까이에 있던 그랜빌과 에윈은, 저 험한 말에 차마 반박할 정신도 없을 정도였다.

총사령관들과 주변 유저들을 향해 시선을 쏘아 대며 루거가 최후의 충고를 내뱉었다.

"제3차 인마대전이 일어날지도 모른다. 마왕의 조각 중 하나, 레 백작이 깨어났으니까."

"그래서 전쟁을 일으켰구나……."

"응? 뭐라고, 형?"

"그래서…… 그래서 전쟁을 일으켰어. 그것 때문이었어!"

"무, 무슨 소리야, 형? 갑자기……."

루거의 말을 들으며 마침내 이하도 모든 퍼즐을 맞출 수 있었다.

국가전쟁. 어째서 미들 어스가 이런 짓을 벌이다가 애매한 형태로 강화조약을 맺게끔 하였는가. 처음부터 어느 국가도 멸망시킬 생각 따위는 없었던 것이다.

'전력의 약화!'

레벨 다운이 없었던 게 천만다행이라고 해야 할까? 그러나 유저의 전력을 측정하는 데에는 레벨만 중요한 게 아니다.

죽었을 시 아이템 드랍은 물론이고 전장에 참여할 때마다 사용할 수밖에 없는 금전과 시간 소모, 게다가 마이너스 기여도가 가져올 일종의 질책성 페널티까지 더한다면?

전쟁에 참여하는 대신 그냥 레벨 업을 하며 캐릭터를 키울 수 있었던 퓌비엘-미니스-크라벤 도합 500만 명이 넘는 유저들을 두 달간 천천히, 그러나 확실히 약화시킨 셈이다.

이하의 말을 들은 눈치 빠른 몇몇 유저도 경악했다.

아직은 '제3차 인마대전? 뜬금없이 무슨 소리야?' 하는 사람이 상당수였지만, 그건 미들 어스의 흐름을 제대로 파악하지 못한 평범한 유저들일 뿐, 중요한 사람들은 그것만으로 모든 상황을 파악하고도 남는다.

진짜 페이즈 2가 시작되기 전에 유저들의 힘을 빼놓는 것.

그것이 미들 어스가 국가전을 일으킨 목적이었다.

'유격 훈련 전 pt체조처럼……'

이하의 침울한 생각은 상당 부분 맞아떨어지는 것이었다. 말을 잃은 그랜빌과 에윈을 대신해 베일리푸스가 입을 열었다.

[네가 심연의 아가리에서 푸른 수염을 만났다면 어떻게 지금 살아 있을 수 있는가.]

"멍청한 파충류 같으니. 말하지 않았나? 푸른 수염은 봉인되어 있었다. 아니, 스스로를 봉인하고 있었다, 라고 말해야겠군."

줄곧 날카롭고 시니컬하던 루거의 표정이 조금 경직되었다.

그는 가까스로 다시 입을 열었다.

"지난 한 달간 나는 오직 죽음의 땅 지하에만 있었다. 햇빛도 보지 못한 채, 그곳 지하에 있을 거라 짐작한 연구소- 아니, 어떤 장소를 찾고 있었지. 그러다 그곳을 발견했다."

루거가 연구소라 표현하다 즉각 고쳤지만 이하와 키드는 알아들었다. 루거가 찾았을 법한 '연구소'라면 다크 엘프 카즈토르의 연구소 말고는 없을 것이다.

"분명히 자연 동굴은 아니었다. 불빛도 없고 아무 것도 없는 어둠 속 미로였지. 나는 오직 횃불 하나에 의지하며 내려갔다. 그곳은 넓고 높았다. 어느 순간부터는 내가 지하에 있는 것인지, 큰 건물의 안에 있는 것인지 헷갈릴 정도더군. 나는 기대했다. 내가 찾던 장소가 틀림없을 거라고 믿었지."

카즈토르의 연구소는 결코 자연적일 수 없다.

다크 엘프가 자료를 수집하고, 연구를 행하던 장소이므로 크기도 보통으로는 안 된다. 이하가 찾았던 연구소처럼.

루거도 이미 몇 개의 연구소를 찾아봤기에 더더욱 그렇게 확신했으리라.

"지하는 계속해서 이어져 있었다. 한 층, 한 층이 전부 최초의 층처럼 넓더군. 그리고 무엇보다 몬스터의…… 몬스터의 수와 강함이 나의 상식과 달랐다. 총사령관들은 뭐가 나왔을지 알고 있겠지."

루거가 마치 테스트라도 하듯 총사령관들을 바라보았다.

"레가 이끌던 몬스터는 모두 대형종이었지."

"윙드-오우거를 비롯해서 마법을 쓰는 원뿔 싸이클롭스, 트롤마馬를 탄 하이-트롤……."

그랜빌의 답변에 에윈이 덧붙였다.

20년 전 제2차 인마전쟁을 기억하는 노기사 NPC들에겐 악몽 같은 기억이 설정되어 있었다.

"역시 잘 아는군. 그 녀석들이 있었다. 포 핸드 오우거는 즐비하게 깔린 수준이더군."

"있었다? 있었다고 했나? 그럼 그, 그 녀석들과 겨뤘다고? 혼자서 말인가?"

루거의 말에 에윈의 눈이 휘둥그레졌다. 루거가 고개를 끄덕였다. NPC는 당연하고 주변의 유저들조차 믿지 못하고 있었다.

"그게 말이 되나? 포 핸드 오우거만 해도 1개 파티는 있어야 할 텐데."

"싸이클롭스는 어떻고. 아무리 강하더라도…… 필드 보스 급이 일반몹으로 나오는 지역을 어떻게 혼자서 통과하지?"

"트롤마는 대체 뭐야? 윙드-오우거면 날개가 달렸다는 건가? 개끔찍해!"

유저들의 웅성임이 더 커지기 전에 루거가 다시 입을 열었다.

"그렇게 33층까지 도달하고 보니 한쪽 벽면이 모조리 새카맣게 되어 있었다. 단순히 밤의 어둠 따위로 설명할 수 없는 색, 미들 어스의 그래픽이 깨진 것이라고밖에 생각할 수 없을 정도로 새카만 구멍. 횃불은 그곳을 비칠 수도 없을 정도였지. 그리고 그곳에서…… 그곳에서 레를 보았다. 너머를 볼 수 없는 새카만 구멍 앞에 놓인 붉은 수정, 그 속에 잠들어 있는 푸른 수염의 모습을. 나는 곧 그게 무엇인지 알게 되었고, 클리어 하기 위해 쏘았다."

테이블 위에 올려 둔 루거의 주먹이 꽉, 쥐어졌다. NPC들과 달리 유저들은 이해했다.

퀘스트가 떴다는 의미겠지. 내용은 아마도 레를 죽이는 것이었으리라.

"내가 가진 모든 것을 쏟아부었다. 그 결과가 바로 이 모자다."

"그, 그래서? 레에게 상처를 입혔나?"

에윈의 재빠른 물음에 루거가 고개를 저었다.

"〈판처 파우스트〉, 〈판처 슈렉〉"

콰아아아앙—— 콰아아아아앙————!

새빨간 수정을 향해 루거의 탄이 쏘아져 나갔다.

코발트블루 파이톤 뒤로 뿜어져 나오는 후폭풍도 엄청났지만 수정에 탄환이 부딪치며 일으키는 먼지는 그보다 더 대단했다.

그러나 그 모든 먼지들은 그래픽이 깨져 보이는, 새카만 암흑 속으로 모조리 빨려 들어갔다.

루거는 얼굴을 찌푸리더니 주변을 살폈다.

자신을 위협할 만한 몬스터는 모조리 죽었다. 어디서 자꾸 태어나는지 알 수 없었지만, 지금까지 내려오며 살핀 주기로 볼 때 당분간은 리젠 되지 않을 것을 확신했다.

"후우우……. 실전 사용을 마왕의 조각에게 하게 되다니, 영광이군."

그리곤 코발트블루 파이톤을 쥐었다.

이미 머스킷 형태에서 〈무기 변형〉 스킬을 사용한 상태였다. 〈블랙 베스 : SASR〉이 쏘아 대는 탄만 해도 일반 쇠구슬에 비하면 엄청나거늘, 그보다 큰 탄을 쓰고 있다는 게 그 증거였다.

"〈화포 강화 : 평사포平射砲〉"

화아아악—!

코발트블루 파이톤에서 짙은 푸른빛이 뿜어져 나왔다. 아까보다 굵기도, 길이도 조금씩 커져 있는 자신의 무기를 만족스럽게 바라본 후, 루거는 붉은 수정을 향해 겨눴다.

"메인 퀘스트는 내 거야, 뒤져라, 마왕의 조각."

그리곤 얼마 전 얻은 자신의 최강 스킬을 시전 했다.

"〈야크트판처Jagdpanzer 카노네Kanone〉"

―――――――――!

밀폐된 지하였기 때문일까, 폭음의 반향 때문에 루거 자신의 귀도 먹먹해질 정도의 음량이었다. 찌이잉— 하며 울리던 소리까지 연기와 함께 새카만 어둠으로 빨려 들어가고 있었다.

"젠장, 이런 곳에서 쓸 만한 건 아니었군. 개방된 공간이 아니라면 제한이— 음?"

루거는 만족과 불만을 동시에 가졌다.

깨진 수정을 바라보며 마왕의 조각을 잡으라는 퀘스트가 클리어 됐을 거라는 충족감이 있었지만, 새로 얻은 스킬이 너무 시끄럽다는 점은 마음에 들지 않았다.

그 상반된 감정의 사이에서 저벅, 저벅, 발걸음 소리가 들려왔다.

"누구—"

"조금 이르긴 하지만……. 고맙네, 청년. 다음에 만나면

한 번 정도 사랑해 주도록 하지."

고개를 들었을 땐, 이미 루거의 뒤에서 목소리가 나고 있었다.

위엄이 있다고 해야 할까? 그러나 묘하게 끈적거리는 말투였다. 분명히 중년 이상의 남성 목소리였음에도 어딘지 모르게 색기가 있어 다소 역겹게 느껴졌다.

그러나 루거는 그 말투에도 크게 신경 쓸 수 없었다.

그를 보지 못했기 때문이다. 툭, 자신의 머리에 얹히는 아주 약간의 무게감이 아니었다면 환청으로 취급해 버릴 정도였다.

"푸른 수-"

휘익!

즉각 코발트블루 파이톤을 회전시켜 겨누려 했으나 이미 루거의 등 뒤엔 아무도 없었다. 멀리서 들려오는 괴물들의 포효만이 끔찍한 사태를 암시하고 있었다.

루거는 잠시 동안 멍하니 어둠을 바라보았다.

괴물들의 기뻐하는 포효와 함께 들려오는 하이 톤의 웃음소리. 방금 자신의 곁을 지나간 '것'은 무엇인가. 그리고 그게 한 말은 무엇인가.

"고맙다…… 고……?"

굳이 깨어져 버린 붉은 수정을 두 번, 세 번 확인할 필요도 없었다. 루거의 눈앞을 가리는 알림창만으로 '푸른 수염, 레 백작'이 깨어났다는 걸 알 수 있었다.

"……내가…… 깨운 건가……? 게다가 이 업적은…… ."

새로운 업적이 뜨고 기존 퀘스트의 내용이 변경되었다.

변경된 퀘스트의 내용은 즉각 에즈웬으로 향해 교황을 만나라는 것. 복잡한 표정을 띤 루거의 얼굴 위에 푸른 수염의 모자가 얹혀 있었다.

"푸른 수염은 수정 속에서 걸어 나와 나에게 모자를 씌어 주곤 사라졌다. 그게 전부다."

[봉인은? 너는 레가 스스로 봉인했다고 말했다. 그 봉인을 레 스스로 풀고 나온 건가.]

"그렇겠지."

루거는 한 치의 망설임 없이 답했다. 마치 자신과는 관계없다는 듯.

[네가 가진 모든 것을 쏟아부었지만 레에게 상처는 입히지 못했고, 레는 너에게 모자를 주고 유유히 떠났다는 말인가.]

"그렇다."

[어째서 레는 너를 공격하지 않았지?]

"나도 모른다. 나는 즉시 에즈웬으로 달려갔고, 교황 가이오 4세께서 이 모자를 확인 후 지금의 일이 일어난 거다."

베일리푸스의 기습적인 물음에도 루거는 청산유수였다. 드래곤과 루거의 대화를 듣던 총사령관들의 표정이 결연해졌다.

마왕의 조각의 출현을 직접 목격한 자가 있다. 그 목격을 교황이 보증하며 강화조약의 중재에 나섰다. 남은 일은 간단하다.

"어떻게 할 셈인가, 떠받치는 자."

"본국 국왕에 대한 암살 책임은 반드시 따져 묻겠지만……. 적어도 그때가 지금은 아니라는 건 나도 알 수 있다, 초원의 여우."

"언제든 따져 묻게나. 그런 말도 안 되는 침공 사유 정도야 역사의 오점으로 기록될 뿐일 테니."

"역사는 승자가 기록하는 것이다. 미니스가 기록할 일은 없을 테니 안심하시게."

그랜빌의 마지막 말에 에윈이 뭐라 대꾸하려 했지만, 그랜빌이 조금 더 빨랐다.

"현 시간부로 퓌비엘—미니스는 강화조약 체결 시까지 휴전에 들어간다. 양군은 전역을 불문하고 상호간 국가적 전투 행위를 금하며, 국경 및 영토에 대해서는 강화조약 체결 전 추후 논의하는 것으로 한다. 미니스의 총사령관은 이에 동의하는가."

"아니, 아니, 대국적 포위망을 갖춘 우리가 너희 퓌비엘 군을 '살려 주는 것'인데 어째서 국경 및 영토에 관해 언급을 하는가. 오히려 우리 미니스의 입장에선 불법적이고 폭력적인 침공에 대해 손해배상을 청구할 예정인데?"

방금 당했던 것을 에윈은 확실하게 갚아 주었다.

초원의 여우는 그랜빌이 은근슬쩍 껴 놓은 조항에 쉽게 넘어오지 않았다.

'이럴 줄 알았다니까! 일방적이지 않은 휴전은 막 할 수 있는 게 아니라고!'

이하는 두 NPC들의 불꽃 튀는 신경전을 보며 가슴 졸였다.

크라벤의 경우는 쉬웠다. 방어군 승자인 퓌비엘이 침략군 크라벤을 내쫓으니 국경-영토적으로 문제될 게 없다. 선박손실에 대한 것만 이야기해서 받아 내면 된다. 말 안 들으면? 승자인 퓌비엘이 크라벤의 바다로 건너가서 혼내 주면 되는 것이다.

'하지만 지금은 그게 아니지. 엄밀히 말하면 누가 이겼는지 확언할 수 없는 상황이니까.'

만약 이하가 알렉산더를 맞췄다면?

알렉산더가 그 탄을 피했다면? 또는 브레스가 뿜어졌다면?

이지원은 공격할 수 있었는가? 미니스의 다른 정예군은 보고만 있었을 것인가?

벌써 퓌비엘 군 후방 지근거리에 위치한 미니스의 파우스트&크로울리 콤비는 어떻게 처리 할 것인가?

그 벽이 있으므로 미니스 군의 승리라 할 수 있을까? 디케 해변에서 행군의 평원으로 열심히 이동 중일 버크 해전사령관과 그 군사들은 어떻게 보아야 할까?

'미치겠네. 그걸 누가 장담할 수 있겠어.'

이하도 뚜렷하게 알 수 없는 것이었다. 마지막 그 순간 루거가 없었더라면 맞출 수 있었을까. 혜인의 정지 마법 효과 덕을 볼 수 있었을까.

그러나 역사에 가정은 없다.

이미 지나간 일을 다시 따지는 것만큼 힘든 일은 없다.

더군다나 지금처럼 즉흥적인 자리에서는 말이다. 그랜빌이 할 수 있는 말은 몇 개 없었다.

"……양국 간 갈등에 대한 모든 것은 추후 강화조약을 체결하는 자리에서, 주요 증인을 포함하여 결정하는 것으로 한다. 그러면 되겠나, 에윈."

"그래야 합당한 것이지. 미니스의 총사령관은 퓌비엘의 총사령관에 제의에 동의하며, 양 당사자 간의 명예와 국가의 위신을 걸고 약속한다."

뒤로 미루자는 것. 당장 손부터 잡아야 한다는 것. 그랜빌과 에윈이 손을 맞잡자 모든 유저의 머릿속에 팡파르가 울려 퍼졌다.

[미니스 왕국과 퓌비엘 왕국의 일시적 휴전이 성립되었습니다.]

[휴전 기간 : 강화조약 체결 시까지]

[협정 체결자

: 퓌비엘 측 – 총사령관 떠받치는 자, 그랜빌

  미니스 측 – 총사령관 초원의 여우, 에윈]

전쟁이 끝났다. 그러나 이것은 또 다른 시작일 뿐이었다.

[국가전 발발 퀘스트가 종료되었습니다.]

[전쟁기여도 4,611포인트를 획득하였습니다.]

[참전 유저의 징집이 해제되었습니다.]

[전쟁 상대국 유저와의 관계가 평시로 회복됩니다.]

[이후 무차별 공격은 PK로 취급되며 모든 페널티가 적용됩니다.]

[습득 기여도에 따른 보상은 추후 공고될 예정입니다.]

[누적 습득 기여도 : 35,857]

[각국별 기여도 최상위권 유저에 대한 논공행상이 진행될 예정입
니다.]

끝났다아아아!

"워어어어–! 대애바악! 내 기여도!"

"씨벌! 기여도 먹어도 −80이잖아! 며칠만 전쟁 더 하지!"

"어후우우, 마이너스 겨우 다 깠네. 개아슬아슬했다. 너 몇 먹었냐?"

"나 마지막에 97 먹음. 잭팟! 최종 기여도 283에서 마무리했다."

"와, 님 기여도 엄청 높으시네요. 저 192인데."

"흐흐. 행군의 평원에서부터 딱 한 번 죽고 계속 버텼는데요! 이 정도 못 먹으면 말도 안 되죠."

퓌비엘, 미니스를 가릴 것 없이 유저들은 들떴다.

방금 전까지 마왕의 조각과 관련된 끔찍한 소리를 들었기 때문일까, 오히려 유저들은 앞으로 어떻게 흘러갈 것인가 보다는 당장 눈앞의 잿밥에 집중했다.

'마지막 그 전투까지는 보상해 주는구나. 그래도 양심은 있네.'

이하는 눈앞에 주르륵 뜨는 홀로그램 창을 여유롭게 읽었다. 공성전의 키스톤 파괴를 진행했던 퀘스트 당시 얻었던 기여도가 3,000포인트 전후였다. 그런데 마지막 전투 한 번에 4,000이 넘는 포인트를 얻었다. 이하는 그 의미가 무엇인지 알 수 있었다.

'알렉산더와 골드 드래곤의 진격을 막은 것. 그들을 끌어들이고, 데미지를 입힌 게 퓌비엘의 입장에서 엄청난 기여를 했다는 해석이겠지? 이거, 참. 좋아하기도 민망하네.'

협동 작전이었지만 최종적으로 베일리푸스에게 치명타를 입힌 건 이하였다.

덕분에 엄청난 기여도를 얻었다는 의미인데, 데미지를 입힌 정도로 4,000포인트의 기여도를 부여하게 만드는 존재인 알렉산더와 베일리푸스는 도대체 얼마나 대단하다는 얘긴가.

넋 놓고 좋아하기엔 당연히 입맛이 씁쓸할 수밖에 없었다.

[전쟁이 끝난 건가.]

"완전한 끝은 아니지만 적어도 지금은 서로를 향해 검을 겨누는 일은 없을 것이오, 드래곤이여."

베일리푸스의 말에 그랜빌이 답했다.

강화조약이 체결되어야 진정한 종전이다. 휴전은 말 그대로 언제든 재개될 수 있는 상황, 그러나 교황이 관여한 이번 사건은 휴전만으로도 종전에 준한다고 봐야 했다.

[음…….]

"역시 뭔가 있을 줄 알았습니다."

골드 드래곤의 태도를 보며 키드가 조용히 읊조렸다.

처음 등장했을 때부터 무언가를 말하려 했던 알렉산더다. 당연히 그 알렉산더의 말은 베일리푸스에게서 들은 것일 터. 골드 드래곤은 주변의 떠들썩한 유저들과 평온한 유저들을 순식간에 선별해 내었다.

-조용히 듣거라, 인간들이여. 내가 그대들을 살려 두었던 이유를 말해 주마.

"혀, 형?"
"쉿. 기정이 너도 들리나 보네."
단순히 레벨이 기준일까. 아니면 태도의 문제일까. 어쩌면 스탯의 총합일 수도 있다. 알 수 없는 기준으로 선별된 인원에게만 들리는 골드 드래곤의 전언을 이하와 기정은 조용히 들었다.

-내가 나의 교우와 함께 너희들의 쓸모없는 전쟁에 나선 것은 얼마 전 레어에서 사라진 드래곤을 찾기 위함이었다. 그는 컬러 드래곤, 그중에서도 가장 강대한 힘을 가진 레드 드래곤의 일족이다. 그리고 나의 오랜 적이지.

'컬러 드래곤Color Dragon이라면 색채色彩용이라는 소린데. 설정이…… 어떻게 잡혀 있더라.'
드래곤은 육신이 강대하고 마법에 능통하며 무지막지한 브레스를 쏜다. 인간과 대화가 통하며 지능과 지식은 압도적이고 수명 또한 길다. 따라서 공략에 어렵다. 그 드래곤의 종류는 메탈 드래곤과 컬러 드래곤으로 나뉜다.
여기까지가 이하가 대략 알고 있는 드래곤의 설정이었다.

그 안에 세세하게 나뉘어 있는 것은 홈페이지에도 기록되어 있지 않았다.

미들 어스 내부에서 드래곤과 관련된 자료를 찾은 자만이 지금의 말을 완벽히 이해할 수 있을 것이다.

─그의 마나가 사라진 것을 실종이나 사고로 볼 수는 없었다. 또한 그 정도의 힘을 가진 레드 드래곤이 인간 따위에게 사냥당할 리도 없다. 그렇다면 남은 것은 하나다. 푸른 수염, 레가 깨어났다는 이야기를 들으며 나는 더욱 확신하게 되었다.

'이 골드 드래곤이 오랜 적이라고 지칭할 정도면 비슷하게 강하다는 소리겠지. 확실히 유저 몇몇이 모여서 레이드를 뛸 수는 없었을 것이고.'

전통 있는 라이벌이니만큼 골드 드래곤의 감시도 철저했으리라.

그러나 단순히 사라진 것 때문에 걱정이 되서 찾으러 돌아다니는 것은 아닐 것이다. 이하는 이제 골드 드래곤이 말할 그 이유를 기다렸다.

─레드 드래곤 쿠즈구낙'쉬는 [티아마트]를 재생하려 할 것이다. 魔마에 동조하는 컬러 드래곤의 여왕, 그녀가 깨어난

다면 인간 따위는 한 줌의 재도 남지 않을 터. 너희들을 스스로 구하기 위해서라도 쿠즈구낙'쉬를 찾아라. 그리고 나에게 정보를 가져오라. 이 일이 새어 나갈 경우 놈의 행동은 더욱 예측 불허가 될 터이니 극히 비밀로 해야 한다.

'티아마트? 어디서 들어 본 것 같은데.'

이하가 고개를 갸웃거릴 때, 베일리푸스의 머리가 스르르 돌았다. 골드 드래곤은 자신에게 상처를 입힌 자를 똑똑히 기억하고 있었다.

ㅡ루거의 맹우ㅡ 아니……. 그대의 이름이 무엇인가.

'어? 어어? 저요? 아니, 이렇게 하면 안 들리겠구나.'

이하는 화들짝 놀랐다.

골드 드래곤의 눈은 차분하고 침착하게 이하를 바라보고 있었다. 이하는 허겁지겁 베일리푸스에게 귓속말을 하듯 말을 걸어보았다.

ㅡ하, 하이하. 하이하입니다.

ㅡ하이하……. 루거, 이지원과 함께 그대의 이름을 기억하겠다. 대륙의 질서를 위해서라도 그대들의 힘은 온전히 보존되어야 할 터. 반드시 쿠즈구낙'쉬를 찾아 티아마트의 재생

을 막아야 한다. 그녀의 머리 여섯 개가 다시 모이는 순간은 꿈에서라도 보지 않기를 빌어라.

골드 드래곤의 몸이 빛났다. 그리고 그 빛이 스멀스멀 새어나와 세 사람에게 향했다.

주변의 유저들이 보기엔 사뭇 긴장되는 모습이었다. 전투 개시 전, 저 베일리푸스는 자신에게 상처 입은 자를 살려 두지 않겠다고 했었으니까. 말하자면 골드 드래곤이 가장 찢어 죽이고 싶어 하는 세 사람에게 마법이 향하는 꼴이었다.

[골드 드래곤 베일리푸스가 당신에게 마법을 시전했습니다.]
[지속 버프-베일리푸스의 축복에 걸렸습니다.]

'웃…….'

이하도 자신에게 다가오는 빛을 보며 잠시 움찔했으나 곧이어 뜬 설명창을 보며 안심할 수 있었다.

〈'베일리푸스'의 축복〉

설명 : 골드 드래곤의 일족은 자신들이 인정한 자와 지속적인 관계를 구축하고 싶어 한다. 골드 드래곤의 마나는 언제나 당신의 주변을 감싸고 있으리라.

효과 : 마법을 시전한 골드 드래곤과 즉시 연락 가능

화염 저항력 +15%

모든 메탈 드래곤과의 친밀도 +50%

모든 컬러 드래곤과의 친밀도 −80%

'오……?'

축복? 게다가 효과가 굉장하다. 드래곤 친밀도는 차치하더라도 화염 저항력 15%! 무엇보다 버프 마법이면서 지속 시간이 없는 게 이하의 눈길을 끌었다.

'언제나 감싸고 있다는 표현도 그렇고, 설마 영구 지속?'

이하가 휘둥그레 눈을 뜨곤 이지원과 루거를 바라보았다. 그러나 사태 파악을 할 수 없는 건 두 사람도 마찬가지였다. 루거와 이지원 모두 이하보다 더 크게 눈을 뜨고 알렉산더를 바라보고 있었기 때문이다.

이하 자신이야 이번 전쟁 때문이었다지만 두 사람은 어떤가. 정말로 알렉산더를 죽이기 위해 호시탐탐 기회를 노렸던 사람들이다. 그런 자들에게도 축복을 걸어 준단 말인가?

'배포가 크다고 해야 할지, 그만큼 이번 사건이 중요하다고 해야 할지.'

어쨌든 이하의 기분이 나쁠 리는 없었다.

−감사합니다, 골드 드래곤.

이하가 고개를 숙이고 이지원도 엉거주춤 고개를 숙였다. 루거만이 꼿꼿하게 고개를 든 채 베일리푸스를 노려보고 있었다.

[떠나야겠다, 알렉산더.]

"음."

골드 드래곤의 몸이 두둥실 떠올랐다.

[잊지 마라, 인간들이여!]

여전히 기여도의 문제로 떠들썩한 일반 유저들과, 베일리푸스의 집단 메시지 마법을 들으며 머릿속이 혼란스러웠던 정예 유저들을 뒤로한 채, 랭킹 1위 용기사는 떠났다.

알렉산더가 떠나고 각국 총사령관이 서로 눈빛을 교환하다 등을 돌리는 순간, 자리는 금세 정리되었다.

기여도 챙길 거 다 챙겼고, 보상은 추후 공지한다는 메시지까지 떴는데 유저들이 굳이 접속을 유지 할 필요가 없었기 때문이다.

"템 주우러 갑시다~"

"아직 남은 거 뭐 있을지도 모르는데 한 바퀴 훑을 분들 구해요~ 선착순 세 명!"

몇몇 사람들은 넓은 전장에 남아 있을지 모르는 아이템을 구하기 위해 소리 치고 다녔지만 그것에 동조하는 이는 많지 않았다. 대부분은 귀환 마법을 써서 흩어지기 시작했고, 그냥 그 자리에서 로그아웃을 하는 사람도 있었다.

"어으으으, 피곤해. 뭔가 전쟁이 끝났는데 찝찝한 기분인데."

"그러게 말이다. 푸른 수염, 레 백작은 뭐고, 그- 그 용가리는 또 뭐고. 이름도 기억 안 나네."

기정의 말에 이하도 머리를 긁적였다. 끝은 끝인데 끝이 아닌 이 기분은 대체 뭘까.

"키킷, 쿠즈구낙'쉬. 컬러 드래곤 중에서도 가장 포악한 레드 드래곤 일족. 베일리푸스가 이름까지 기억해 주겠다고 했는데 그걸 까먹으면 어떡해요, 하이하이 님."

"까, 까먹기는! 그냥 잠깐 생각 안 난 거뿐이라고요. 근데 비예미 님, 그 드래곤들 설정 좀 아세요?"

이빨을 훤히 드러내는 리자디아를 보며 이하가 물었다. 이하가 알고 있는 유저 중에는 미들 어스 세계관에 가장 정통한 사람. 비예미는 과연 이하의 기대에 부응했다.

"뭐어……. 미드나잇 서커스에 있을 때 교육 받은 적이 있기는 해요."

"정말로?"

"드래곤의 알을 훔치는 퀘스트가 한 번 있었는데 거절했거든요. 내가 아무리 미쳤어도 그건 도저히 못하겠더라고요.

키킷."

"그럼 그ー 메탈? 컬러? 그건 무슨 차이예요?"

"퓌비엘과 미니스 관계쯤이라고 할까? 키킷. 같은 드래곤이지만 서로 적대해요. 국가를 위해서가 아니라 자신들의 성향을 위해서."

"성향……."

비예미의 간단한 강의가 이어졌다.

메탈 드래곤은 선을 수호하고 정의를 집행한다.

'메탈'이라는 이름처럼 골드, 실버, 브론즈 드래곤 같은 광물계로 구분되며, 그 절대자는 오직 메탈 드래곤 중 1개 개체만이 도달할 수 있는 플래티넘 드래곤이다.

그의 이름은 바하무트.

"키킷, 컬러 드래곤은 정확히 그 반대죠. 사리를 탐하는 탐욕스런 드래곤들. 본성이 악한 드래곤들이며, 유저들이 레이드 뛰는 화이트 드래곤처럼 색채계의 명칭으로 구분돼요. 제2차 인마대전 당시 마왕군의 편에 섰다고 하고요."

"호오……."

"그리고 그들의 절대자는 티아마트. 육두룡. 6종류의 컬러 드래곤이 하나의 육체를 공유하며 합체한다, 라는 것 정도가 제가 아는 전부예요. 미드나잇 서커스의 단장조차 그 이상은 몰랐으니까. 제2차 인마대전에도 티아마트는 없었대요. 바하무트와 메탈 드래곤이 인류 연합에 서 줬기 때문에 마왕의 조각과 컬러 드래곤들을 몰아낼 수가 있었다……. 키킷, 그런 말을 하더라고요."

"미드나잇 서커스의 단장도 제2차 인마대전 참전 설정인가 보군요."

태일의 말에 비예미가 끄덕거렸다. 비예미의 토막 강의는 특임대 별초 모두가 듣고 있었다.

이하는 비예미의 설명을 들으며 새삼 부럽다는 생각이 들었다.

'저쪽 스승 NPC는 저렇게나 친절하게 설명을 해 주나 보구나.'

자신의 스승격 NPC인 브로우리스가 '알아서 찾아와' 하는 태도에 비하면 얼마나 친절한가! 이하가 그런 생각을 할 때, 기정이 실실 웃으며 이하에게 다가왔다.

"합체라니 무슨 볼트론도 아니고……. 흐흥, 근데 엉아야, 아까 골드 드래곤이 뭐한 거야? 마법 걸어 준 거야?"

"응, 뭐, 마법이라면 마법인데―"

"그게 무슨 마법이었을까요?"

자박, 자박, 흙을 밟는 소리와 함께 처음 듣는 목소리가 이하의 귀에 꽂혔다. 아직도 조금은 소란스러운 주변 상황임에도 확실하게 귀에 들리는 여성의 목소리. 이하와 기정을 포함한 모두의 눈이 돌아갔다.

"누, 누구……?"

"어머, 처음 뵙겠습니다, 혹시 퓌비엘의 하이하 님이 아니신지……."

"아, 예. 맞습니다."

이하가 고개를 끄덕였다. 촤악−! 순간 여성은 부채를 펼치며 입가를 가렸다. 부채 위에 떠오른 두 개의 초승달. 그녀의 눈웃음을 보며 기정이 헤벌쭉 따라 웃었다.

"우훗, 잘 찾아왔네요. 처음 뵙겠습니다. 치요라고 해요."

그 인삿말에 기정의 표정이 삽시간에 굳었다.

"치요! 설마 랭커 치요 님이신가요? 랭킹 7위, 미니스 왕국의 무희, 치요?"

"으응, 7위는 무슨. 그냥 운이 좋았던 것뿐인데요. 그리고 미니스 왕국이라는 말은 너무 딱딱한데요? 이제 전쟁도 끝났는데. 그렇게 생각하지 않으세요, 하이하 님?"

"어, 아, 예. 근데 어쩐…… 일로?"

치요가 콧소리 잔뜩 섞인 목소리를 내며 앙탈을 부렸다. 그리곤 은근슬쩍 이하에게 다가왔다.

이하는 경계 섞인 태도로 그녀를 대했다. 무슨 일일까. 랭킹 7위의 무희, 이하가 보기엔 Top10 랭커 중 이번 전쟁에 유일하게 참가하지 않은 사람이라는 이미지가 있었다.

'나라 씨야 왕궁을 지켜야만 했을 테니 어쩔 수 없었다지만, 이 사람은?'

랭킹 6위 신나라는 세이크리드 기사단 소속이다. 전쟁이 발생해도 그녀의 임무는 수도 치안 유지와 국왕의 보호, 틀림없이 충실하게 해냈겠지. 그러나 이 여자는 뭘까? 어떤 임무를 갖고 전쟁에 참가했을까?

"생각보다 딱딱하시다아, 무슨 일이 있어야만 인사를 할 수 있는 건가요?"

"아뇨, 그건- 아닙니다만-"

"저 크라벤의 드레이크와 휴전 협정을 맺고, 알렉산더를 무찌른 사람이 있다고 해서 얼굴이나 볼 겸 온 거예요. 우웅, 굳이 말하자면 하이하 님의 팬?"

찡긋, 부채로 여전히 얼굴의 반을 가린 치요가 윙크를 날렸다.

그녀를 보며 기정의 표정이 다시 풀어졌다. 만들어진 색기가 아니다. 눈 밑에 도톰하게 오른 애교살과 그녀의 휘어진 눈꼬리가 만들어 내는 도화살. 천성적으로 남자를 홀릴 줄 아는 얼굴이 그곳에 있었다.

"팬이요? 허허, 이거 참. 감사합니다."

"너무 그렇게 경계하지 마세요. 이제 적이 아니니까."

"그렇죠. 적은 아니죠. 아, 혹시 한 가지 여쭤봐도 될까요?"

"네! 그럼요! 친구 추가 하시려고요? 후훗."

치요가 고개를 15도 꺾고 웃으며 이하를 바라보았다. 그 애교에 이하의 심장이 두근대는 것 같았으나, 지금은 그보다 더한 생각이 이하의 머릿속에 자리 잡고 있었다.

"전쟁 중 어디 계셨습니까. 뭘 하셨죠? 랭킹 7위의 실력이라면 미니스 왕국에 큰 힘이 되었을 텐데요."

이하의 눈이 빛났다. 그녀는 뭘 하는 사람인가.

이번 전쟁에서 가장 위험했던 사람은 알렉산더가 아니다. 삐뜨르도 아니다.

근거리나 중거리, 원거리 따위의 개념을 넘어 아예 '반상 밖'에서 자신을 괴롭혔던 그 적이 이하가 생각하는 가장 중요한 적이었다.

행군의 평원부터 작전을 수립, 지휘해서 끝의 끝까지 이하를 괴롭혔던 게 이 여자의 머리에서 나온 것은 아닐까.

이하의 촉이 말하고 있었다.

"그건 말씀드리기 곤란한데요오?"

"왜죠? 혹시 치요 님이–"

슈우우욱– 이하가 무슨 말을 하기도 전에 그녀의 몸이 이하와 밀착했다. 부채 뒤에서 작은 날붙이가 반짝이며 튀어나왔다. 이하의 턱 밑에 닿기 전, 아슬아슬하게 멈춘 것은 길고 얇은 바늘이었다.

그녀의 손은 멈췄고, 움직이는 것은 상체뿐이었다. 그녀의 얼굴이 이하의 귀에 닿았다.

"암살자의 행적을 함부로 드러낼 수는 없잖아요? 후우우우."

이하의 귀에 긴 콧바람을 뿜어 대고, 다시 이하에게서 떨어지기까지 걸린 시간은 1초가 채 되지 않았다. 그녀의 손에 들려 있던 기다란 바늘은 이미 사라진 후였다.

"혀, 형!"

"이하 군!"

"어, 어어- 괜찮아요. 괜찮아, 기정아. 공격한 거 아냐."

갑작스런 움직임에 기정과 태일이 다가왔다. 그러나 그들조차 치요의 바늘을 보지는 못했다.

이하는 자신이 그녀를 테스트 하려 했다는 걸 그녀가 눈치채고 일부러 과잉대응 한 것이라 여겼다. 굳이 바늘까지 보여 주면서 말이다.

"이 정도면 대답이 되었을까요?"

"네, 뭐…… 대강 알겠습니다."

"우후훗, 귀여우셔라. 이제 전쟁도 끝났으니 종종 연락하고 지내요. 오늘은 인사만 드리러 온 거니까, 부디 다음엔 경치 좋은 곳에서 차라도 한잔할 수 있기를."

치요는 무릎을 살짝 굽히며 다소곳이 인사를 하곤 미니스 진형으로 돌아갔다.

"예, 예쁘게 생겨 가지곤 움직임은 장난 아니네. 역시 랭커는 랭컨가 봐."

"그 찰나의 움직임, 그야말로 허를 찌르는 한 수로군요. 일본인을 국화와 칼로 칭한다더니 정말……."

"하이하이 님, 저 여자가 뭐래요?"

기정과 태일은 감탄에 그쳤지만 비예미의 눈은 날카로웠다.

"아니, 뭐, 별말은 없었어요. 뭔가 생각나는 게 있어서 물어보려 했던 건데, 저 여자는 아닌가 봐. 암살자 직군이라고 하더라고요."

이하도 떠나가는 치요의 뒷모습을 유심히 바라보았다. 그녀의 말을 100% 믿는 것은 아니었지만 그렇다고 작전을 짠 사람이라고 확신할 증거도 없었다.

'여전히 수상한 여자지만……. 저 여자가 그 '보이지 않는 적'이 아닐 확률이 더 높다. 생각해 보면 굳이 얼굴을 드러내는 것도 이상하니까.'

만약 정말 그런 사람이었다면 자신의 정체를 최대한 숨기려 했을 것이다. 그럼 대체 미니스에서 작전 지휘를 한 사람은 누굴까.

'총사령관 에윈 말고 분명히 누군가 있는데, 미니스 소속 유저들의 정보에도 능통하고 그들에게 연락, 지휘할 정도의 누군가가…….'

잠깐 알렉산더라는 의문도 들었으나 곧 지워졌다. 한 번 겪어 봐서 알 수 있었다. 그는 그럴 사람이 아니다. 차라리 혼자 돌아다니며 다 쓸어버리는 타입. 그렇다면 삐뜨르일까? 아니면 아예 랭커가 아니라 아웃사이더인 누군가?

이하의 생각이 꼬리에 꼬리를 물 때, 비예미가 조용하게 한 마디 내뱉었다.

"암살자라……. 자신을 암살자라고 밝히는 암살자……. 키킷, 재밌네요."

리자디아의 눈이 치요를 살피며 빛나고 있을 때, 그들의 뒤에서 또 다른 여성의 목소리가 들려왔다.

"뭐가 그렇게 재미있다는 거죠? 흥, 예쁜 여자만 보면 다들 실실대는 건 여전하구나, 하이하."

람화연이 팔짱을 낀 채 특임대 별초와 이하를 바라보고 있었다. 그녀의 뒤편에서 이하를 향해 손을 흔드는 것은 이지원. 그리고 뒤에는 키드와 루거가 어색하게 서 있었다.

Geschoss 3

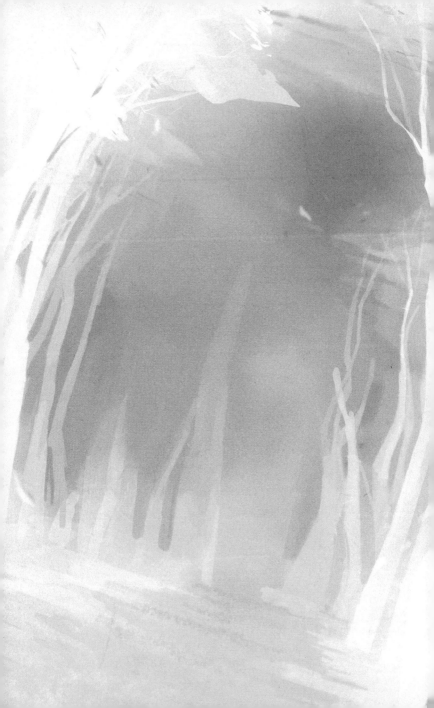

"누구야?"

"뭐, 뭐가?"

"방금 당신한테 안기려고 했던 여자 누구냐고."

"안기기는 무슨! 치요란다, 치요. 적국의 암살자!"

"그, 그래?"

매섭게 이하를 노려보던 람화연의 눈초리가 풀렸다. 이하는 람화연의 이런 물음에 왜 자신이 당황해야 하는지 알 수 없었다.

게다가 여성 유저와 있을 때만 귀신같이 딱, 딱 나타나는 람화연도 신기하기만 할 따름이다.

"흥, 그럼 됐어. 바로 퓌비엘로 갈 거지?"

"응. 그래야지."

"시간 괜찮거든……. 캐슬 데일에 한 번 들려줘."

"왜?"

"그냥…… 저번에 치료해 준 것도 있고 해서 같이……."

람화연이 고개를 살짝 숙였다.

"치료? 아아, 부상당했을 때? 치료야 뭐 내가 했나, 주변의 힐러분들이 했지. 근데 같이 뭐?"

무슨 말을 하려는 거지? 같이 사냥이나 돌자는 얘길까. 이하는 캐슬 데일 근처에 자신이 레벨 업 할 장소가 있나 잠시 떠올렸으나, 우물거리던 람화연이 먼저 소리를 질렀다.

"저, 정산금이나 찾아가라고! 흥, 하여튼 연락 꼭 하고 들러. 알았지?"

"어?! 어, 어어, 그래야지."

람화연은 휙, 뒤로 돌아 사라졌다.

'내가 미쳤지, 내가 미쳤어. 왜 그랬지?!'

행군의 평원에서 보급이 끊기고 위험에 처했을 때, 가장 먼저 생각난 사람이 이하였다. 가까스로 연락이 닿고, 이하의 곁으로 체인 텔레포트를 했을 때 그녀는 그녀의 감정을 느낄 수 있었다.

'HP가 없어서 그랬어, 응, 그래서 그랬겠지! 얼른 돌아가서 일이나 하자!'

람화연은 억지로 고개를 저으며 보급선 파괴와 갑작스런 전쟁 종료로 인한 손익을 계산했다. 그리곤 수정구를 꺼내어 캐슬 데일로 사라졌다.

"휴, 그렇게 안 봤는데 무서운 여자네요, 하이하 형님."

"아, 이지원 씨. 근데 그 형님은 왜 자꾸―"

"형님이니까 형님이죠. 저도 인사나 하려고 왔어요. 다음에 알렉산더 조질 일 있을 때 연락드릴 테니 꼭 오셔야 해요, 동의? 어, 보감~"

"응? 무, 무슨 말이에요? 그리고 알렉산더랑 싸운다고?"

이지원은 여전히 커뮤니케이션 능력이 미숙했다. 이하의 말을 제대로 듣고나 있는 건지.

게다가 골드 드래곤의 말을 분명히 들었음에도 저 말은 대체 무엇인가. 황당한 이하의 표정을 보며 이지원은 미소 지었다. 순수한 소년의 미소였다.

"그러거나 말거나 내 알 바 아니잖아요. 나한테 축복을 걸어 주다니 미친 거지. 정신 나간 용가리는 회쳐야 제 맛인 거 인정? 캬하핫, 저는 갑니다!"

이지원이 손을 흔들고 달려가자 키드와 어색하게 서 있던 루거가 황급히 달려왔다. 그의 목적이 무엇인지는 들고 있는 〈코발트블루 파이톤〉의 상태만 봐도 알 수 있었다.

"멈춰, 이지원!"

"으아악, 저리 가! 싸움에 미친 틀딱 같으니!"

슈욱―!

이지원의 몸이 순식간에 사라졌다. 텔레포트로 사라진 마검사를 머스킷티어가 쫓을 순 없었다.

"……틀딱?"

"크흠, 흠." "허어어……."

이하, 키드, 특임대 별초, 기타 주변의 유저까지 모조리 루거의 혼잣말을 외면했다. 키드가 슬금슬금 이하에게 다가 왔다.

"얼른 가는 게 좋습니다. 보는 눈이 더 줄어들기 전에."

"왜요? 루거가 싸우자고 하니까?"

"알면 묻지 마십시오. 저는 이제 갈 겁니다. 물론 삼총사의 텔레포트 스킬은-"

"오케이, 당연히 비활성화로 해야겠죠. 지금 패닉에 빠졌을 때 얼른 사라집시다. 다음에 봐요, 키드."

이하의 말을 들으며 키드도 고개를 끄덕, 곧이어 슈욱-! 하는 소리와 함께 사라졌다.

아직도 혼자서 '틀딱이 무슨 뜻이지?'하며 되뇌고 있는 루거가 정신을 차리기 전에 이하도 몸을 숨겨야 했다.

"기정아, 가자!"

"응, 형. 특임대 별초! 전원 복귀합니다! 모두 고생하셨고, 다음에 뒤풀이 해요!"

예, 길마님! 수고하셨습니다, 하이하 님!

"아이고, 수고는 무슨- 어, 어어, 루거 정신 차렸다, 도망 가요!"

별초 길드원들의 우렁찬 목소리에 루거가 고개를 번쩍 들었다. 이하는 허겁지겁 텔레포트 스크롤을 꺼내어 들었다.

"멈춰라, [명중]! 네 녀석의 무기에 대해 물어볼─"

"으아아아아, 거짓말! 그런 말을 하면서 무기는 왜 겨누는데?"

물어보는 게 아니라 답하지 않으면 죽이겠다, 라는 표현에 가까운 루거의 태도를 보며 찌이익─ 이하는 스크롤을 찢었다.

마지막 순간까지도 인상을 찌푸리며 자신에게 달려오는 루거가 보였지만, 곧바로 그의 얼굴은 사라졌다.

이하가 순식간에 도착한 곳은 퓌비엘의 수도, 아엘스톡!

"후아아아…… . 진짜 끝이구나."

미니스의 수도 근방에서 단 한 번에 퓌비엘의 수도까지 왔다. 마나에 대한 방해도 사라지고 전역별 귓속말, 텔레포트 제한까지 모두 풀린 것을 확인하자 마침내 전쟁이 끝났다는 게 실감 났다.

이하는 온몸에서 힘이 쭉 빠지는 느낌이 들었다. 한 번에 너무 많은 정보를 받아들이고 그에 대해 생각했기 때문일까. 그러나 지금은 그런 정보에 치일 때가 아니었다.

"쉴 땐 쉬어 줘야 한다고!"

복작거리고 떠들썩한 퓌비엘의 수도 거리를 잠시 둘러보다 이하는 곧 로그아웃을 준비했다. 전쟁 기간 내내 제대로 수면을 취한 날이 거의 없을 정도였으니, 피로는 대체 얼마나 누적되었을까.

"24시간 정도는 자 줘야겠어."

말도 많고 탈도 많았던 퓌비엘vs미니스−크라벤의 국가전쟁이 미들 어스 역사에 기록되었다.

그 기록물의 중심에 하이하의 이름 또한 또렷하게 박혀 있었다. 소문에 소문을 타며 높아지는 명성은, 이하의 기존 행보에 비할 바가 아니었다.

마침내 이하도 아웃사이더 중 한 명으로 이름을 드높이게 된 셈.

그러나 아직 이하의 명성을 높게 만들 만한 일은 한참이나 남았다. 기여도에 따른 보상은 시작도 하지 않은 상태니까.

"자자!"

이하는 기분 좋게 로그아웃했다.

"아들, 아들! 언제까지 잘 거야, 밥이라도 먹고 자!"

"우우웅…… 몇 시예요?"

"저녁 여덟 시!"

"아직 12시간 밖에 안 됐네……. 조금만 더 잘게요."

이하가 꾸물대며 이불을 치켜 올렸다. 아침 해가 뜨는 것을 보며 기절하듯 잠들었는데 이제 겨우 저녁 8시? 그러나 이하의 모친은 황당하기 그지없었다.

"얘가, 얘가! 너 잠든 게 어제 아침 8시야!"

"……네?"

"어휴, 옛날부터 뭐 하나에 빠지면 정신 못 차리는가 싶더니! 잠도 36시간을 자는 녀석이 어디 있니! 일어나, 얼른! 얼른!"

이하의 모친이 서른 살 먹은 이하의 궁둥이를 팡, 팡 때렸다.

물론 하반신 마비라 전혀 타격은 없었지만 이하는 모친의 말에 잠시 넋을 잃었다.

"어제 아침? 제가 이틀 가까이 잤다고요?"

"그래! 너 중간 중간 엄마 불러서 화장실 다녀온 건 기억 나?"

"……제가요?"

전혀 몰랐다.

이게 진짜 기절인가? 이하는 무슨 꿈이라도 꾼 것 같았다. 찌뿌드드한 몸은 여전히 피로가 누적되어 있다고 말해 주는 것 같은데 벌써 36시간 이상 취침을 했다니.

'전쟁을 빡세게 하긴 했구나.'

행군의 평원에서 승전보를 울린 후로는 전쟁 흐름에 맞춰 수면 패턴이 꽤 안정되었다고 생각했는데 그게 아니었나 보다.

이하는 겨우겨우 몸을 일으켰다.

36시간이 지난 것을 확인, 기정이에게 부재중 전화 세 통과 톡 이십 몇 개가 쌓여 있는 것을 보며 헛웃음을 삼켰다.

[엉아, 언제까지 잘 거야?! 공고 떴어!! 빨리 일어나 빨!!!!!! 리!!!!!!!!]

'허, 참.'

이하는 기정의 문자를 확인했으나 서두르지 않았다. 무엇보다 걱정스런 눈빛으로 자신을 바라보는 모친을 실망시키지 않는 게 가장 중요했기 때문이다.

'어차피 보상공고는 금방 보게 될 테니까.'

자신이 잠든 사이 미들 어스 안에서는 2주 가까운 시간이 흘렀을 것이다. 현실이라면 보상 공고는커녕 전후 마무리를 하는데도 한참 시간이 걸리겠지만 AI들의 일처리 속도는 인간보다 아득히 빨랐다.

"얼른 밥 먹어! 다 먹고 씻기 전까지 오늘은 저 캡슐 금지야."

"아이고, 걱정 마십시오, 오마니."

이하가 세상에서 가장 효자 같은 표정으로 식탁에 자리 잡자 이하의 모친도 안심하고 수저를 들었다. 모친도 출퇴근은 물론이고 박봉으로 고생만 하고 있다는 걸 이하도 잘 안다. 밥을 먹던 이하에게 문득 다른 생각이 들었다.

"아, 근데 엄마. 지금 나가는 그 식당 말이에요."

"응? 식당?"

"네. 음……. 우리가 그런 거 하나 차리려면 얼마나 들려나? 지금 그 정도 크기로, 한 오십 평쯤 되던가요?"

"그 정도 되겠지……? 근데 식당을 차린다고? 갑자기 무슨 소리니?"

모친의 물음에 이하는 아무렇지 않은 척 열무김치 하나를 물었다.

"아니, 그냥. 뭐, 그 정도 크기로 해서……. 하나 차리면 엄마도 좀 편하지 않겠어요? 어차피 집에 계시라고 해도 집에 안 계실 거잖아요. 그니까 카운터 보고 심심하면 주방일 좀 돕고 하는 정도로만 일하면ー"

"아서라, 아서. 말만으로도 고맙다. 그런 것도 하는 사람이나 하는 거지, 괜히 어설프게 돈 만졌다고 함부로 나서면 큰일 나요. 너 다리 나을 생각이나 해. 엄마도 열심히 모으고 있으니까."

역시. 모친의 대답을 들으며 이하는 당연하다는 듯 고개를 끄덕였다. 당분간은 무슨 얘기를 해도 돈과 관련된 문제를 자신의 다리와 연관시켜 답하리라.

그러나 이하 또한 만만치 않았다.

"그니까요. 일단 식당 차려서, 울 엄마 음식 솜씨 또 죽이잖아? 이걸로 손님 끌어모아서 엄마도 벌고, 나도 나대로 벌면! 그럼 내 다리 훨씬 빨리 고칠 수 있지 않겠어요? 그게 더 빠른 길 같아서 그래요."

이렇게 답하면 과연 어떻게 나올 것인가. 이하의 모친은 잠시 눈을 휘둥그레 떴다가 허겁지겁 국물을 마셨다.

"그게 가능하기만 하다면야……. 그렇겠지만……."

계산은 빨랐다. 무엇보다 모친 스스로에게 열정과 희망이 생긴다는 점이 긍정적이었다. 수입이 안정적이지도, 일정하지도 않은 저 캡슐 속에서 아들이 어떻게 돈을 버는지 몰랐기 때문이기도 했다.

밑도 끝도 없이 아들의 수입을 기다리느니, 모친 스스로가 나서서 경영을 할 수 있다면 마음도 편하고 더 떳떳하지 않겠는가. 이하도 자신의 모친이 거기까지 생각할 거라는 걸 알고 있었다.

"일단 돈 문제는 어떻게든 할 수 있을지도 모르니까, 가격대랑 한 번 알아봐 주세요. 주변에 누구 부동산 잘 아시는 분 없어요?"

"우리 식당 위에 작은 경매 회사가 하나 있기는 한데……. 식사하러 자주 오는 분이 있어. 그분한테 한 번 물어볼까? 대표라는 사람이 꽤 젊고 잘하는 것 같더라. 부동산 저렴하게 구하고 싶으면 한 번 들러 달라고 했거든."

"믿을 만한 사람이에요?"

"이수백 씨라고, 괜찮아. 경매왕이라고 명함도 주고 다니던데, 내가 받아 놓은 게 아마−"

"아, 어차피 명함 봐도 모르니까 괜찮아요. 근데 스스로를 왕이라고 부르는 사람치고 제대로 된 사람 없던데. 그것도 경매왕 이수백이라니……. 하여튼 그건 엄마한테 맡길게요. 나중에 물건 나오면 저도 같이 보러 가고. 그럼 되겠죠?"

"그래. 응, 그래. 대신 너무 무리는 하지 말고. 일단 알아 만 보는 걸로 하자."

모친의 목소리가 높고 빨라지는 걸 들으며 이하는 빙긋 웃 었다.

'원래 쇼핑도 고르고 주문하고 택배를 기다리는 게 제일 즐겁지.'

얼마 만에 저렇게 들뜬 모습을 보는 걸까. 모친을 위해 한 말이었지만 이하에게도 힘이 되는 제안이었다.

최소 20억, 어쩌면 30억까지 치솟을 자신의 치료비보다 훨 씬 더 현실적인 금액이 될 건 분명했기 때문이다. 구체적이 고 현실적인 목표일수록 의지와 열망은 커지는 법.

이하는 모친과 즐겁게 식사를 마치곤 기정에게 문자를 날 렸다.

−아, 형! 뭐했어! 바로 연락 달랬잖아!

"귀 따가워, 기정아. 무슨 일이야? 접속해서 들으면 안 돼?"

전화는 즉각 걸려 왔다. 기정의 목소리는 엄청나게 크고 또랑또랑했다. 그가 얼마나 흥분했는지 알 수 있었다.

-인터넷에서 확인하고 접속하는 게 좋을걸! 푸하핫, 나 참, 황당해서.

"뭐가 또 황당한데 그래?"

-일단 얼른 들어가 봐. 이번 전쟁 관련 공지, 아니, 커뮤니티가 낫겠다. 거기에 정리된 표 있으니까.

뭔 난리가 났길래 자신을 이렇게 다그칠까. 이하는 컴퓨터 앞으로 가서 재빨리 커뮤니티에 접속했다.

"뭐야, 이거…….."

-봤어? 대박이지? 쩔지? ㅋㅎㅎ, ㅎㅎㅎ, 엉아야!! 엉아야아아아!!!!

수화기 너머로 웃음소리만 듣고 있음에도 이하는 기정의 표정이 보이는 것만 같았다.

〈제목 : ★퓌비엘 전 유저는 하이하 님을 찬양합니다★〉

〈제목 : ㅋㅋㅋ내가 하이하 저 사람이랑 팟도 했었다 저렇게 될 줄 알았음〉

〈제목 : 근데 저 사람은 뭘로 저렇게 먹음? 적국 친구랑 기여도 작업한 거 아니냐?〉

〈제목 : 크라벤 1위 드레이크, 미니스 1위 알렉산더, 퓌비

엘 1위 듣보잡ㅋㅋ 퓌비엘 수둔ㅋㅋ〉

〈제목 : 투베요청] 퓌비엘 주요공신 정리.txt〉

주루루룩, 갱신되는 글은 전쟁과 관련된 잡담들이었다.

그리고 그 잡담의 90% 이상을 차지하고 있는 것이 기정이
말했던 '보상 공고'와 관련된 것.

이하는 제목을 한 번 훑는 것만으로도 보상 공고에 어떤
내용이 포함되어 있었는지 알 수 있었다.

"설마 기여도 1위 유저들 공개한 거야?"

ー그렇다니까! 1위뿐만이 아니야! 홈페이지에는 일등공신
에서 십등공신까지 좌라라락 나열되어 있는데, 그 위에ー 그
위에, 크으으으! 형 이름이 딱! 박혀 있더라니까!

이하는 벙 찐 표정으로 글 하나를 클릭해 보았다.

〈제목 : 투베요청] 퓌비엘 주요공신 정리.txt〉

일등공신 ー 하이하 : 기여도 35,878

이등공신 ー 그랜빌 : 기여도 14,556

삼등공신 ー 페이우 : 기여도 8,044

사등공신 ー 람화정 : 기여도 6,861

오등공신 ー 람화연 : 기여도 10,000 ー〉 삭감 후 5,000

육등에 러쉬 길마, 칠등에 키드, 팔등 NPC, 구등에 별초
길마, 십등에 신나라.

아니 근데 총사령관 NPC 제치고 일등 먹은 건 대체 뭐냐고 ㅋㅋㅋ 그것도 차이가 무슨 2배 넘게 나네 미친 ㅋㅋ 미니스는 알렉산더니까 납득이라도 가는데…….

−그것보다 람화언이 더 쩌는 거 아니냐? 람화정이 6,800인데 람화연이 5,000?

− ㄴ삭감 안 당했으면 삼등공신 수준 ㄷㄷ 총사령관 NPC는 그렇다 치면 유저 중에 2빠임 ㄷㄷ

− ㄴ삭감은 뭔데?

− ㄴ마지막에 무슨 대박 실수했다던데 그것 때문이라는 소문이…….

−나는 −1,000가까이 되는데 누구는 +35,000? 씨팔 더러워서 게임 못해 먹겠네

− ㄴㅌㅋㅋㅋ 나도 −400인데 ㅋㅋ 너 보니까 안심된다

−랭커 아닌 유저 중에는 그나마 러쉬 길마가 체면치레했네

− ㄴ별초 길마도 있음. 러쉬 길마는 돈빨, 사람빨이라도 받았을 텐데 별초 길마가 ㄹㅇ 알짜배기지

"헐……. 차이가 생각보다 많이 나는구나."

1위 한 것에 놀랍지는 않았다. 유저들 중에 자신보다 더 높은 기여를 한 사람이 없을 거라는 건 이하 스스로가 잘 알

고 있었다. 그러나 그 경쟁 대상자로 총사령관 NPC가 있는 것은 반칙이지 않은가?

심지어 그 총사령관 NPC를 높은 점수 차로 따돌렸다는 게 이하에게 첫 번째로 놀라운 점이었다.

그리고 두 번째는 십등공신 안에 들어가 있는 또 다른 인물이었다.

"기정아?! 너-"

-봤어? 봤어? 고마워, 형! 지금 형 때문에 난리 났어, 우리 길드 홈페이지에 가입신청이 아주 줄을 잇는다, 줄을 이어! 태일 형님이 일일이 원서 검토한다고 밤새고 계실 지경이야!

구등공신 마스터케이.

특임대 별초에서 최고의 활약을 펼치며 사실상 이하 없는 특임대를 훌륭하게 이끈 공로를 인정받은 셈이었다.

'팔등에 있는 NPC가 위치모어 강변 침공로를 이끌던 사단장 중 하나였다. 즉, 총사령관뿐 아니라 말 그대로 전쟁에 참여한 모든 NPC가 경쟁 대상이었다는 건데……'

그 안에 당당하게 이름을 올린 기정 스스로도 얼마나 뿌듯했겠는가.

이하에게 부리나케 전화를 하고 메시지를 남길 만한 충분한 이유가 있었던 것이다.

-우리 마지막에 알렉산더랑 붙은 것도 녹화 뜬 사람이 은

근 많더라고. 와이튜브랑 해외 방송에 우리 이름 계속 오르내린다, 형. 흐흐흐.

"그래? 녹화 방지는?"

―당연히 있었겠지. 그래도 찍으려는 놈들이 왜 못 찍겠어. 거리 확보 충분히 한 상태에서 찍은 것들이라고. 모습이 좀 흐릿하긴 하지만 아는 사람들은 알아볼 수 있는 정도였어. 형도 러쉬 길마 '론' 기억나지? 그 사람은 벌써 TV나와서 인터뷰도 했던데! 거기서도 형 언급 한 것도 있어. 와이튜브 링크 찍어 줄까?

"아, 아니. 됐어. 봐 봤자 낯간지러운 소리만 있을 것 같은데."

자신의 길드에 들어오라 은근히 권유까지 했던 사람이다. 이하에 대해서 결코 안 좋은 소리를 했을 리가 없다.

―낯간지러운 정도가 아니지. 그 사람은 형을 무서워하고 있어.

"뭐?"

그리고 그건 이하가 너무 순진하게 생각한 것이었다. 론은 단순히 이하에게 호감을 얻기 위해 말을 하지 않았다.

―크흠, 내가 그대로 읽어 줄게.

'그에 대해 허튼소리를 했다간 접속하자마자 머리가 날아갈 것이다. 그의 위치도 알지 못한 채. 하지만 한편으론 좋은

점이다. 공격자가 누구인지도 모르는 상황에서 한 방에 로그
아웃 당한다면 무조건 하이하가 원인이라고 생각하면 되지
않겠나? 그는 내가 본 모든 미들 어스 유저를 통틀어 가장
놀라운 실력을 선보였다. 단언컨대 알렉산더가 이 자리에 앉
았어도 같은 말을 할 것이다.'

　기정은 론의 인터뷰 중 이하에 대해 언급한 전문을 읽은
후 다시 목소리를 가다듬었다. 이하는 기정의 전달을 들으며
황당한 표정을 감출 수 없었다.
　"······내가 무슨 싸이코패스도 아니고 설마 칭찬 안 해 줬
다고 머리를 쏠까."
　−낄낄, 이런 게 미국식 농담이겠지. 그래도 반쯤은 진심
이었을걸? 잘못 입을 열었다가 자신이 어떻게 될지 잘 알고
있다고.
　정말 친한 몇몇 사람을 제외하곤 아군에게도 공포와 경외
의 대상이 되어 버린 이하. 그 싱숭생숭한 기분을 좋다고 표
현해야 할지, 나쁘다고 표현해야 할지 잘은 알 수 없었다.
　−어쨌든 얼른 접속해! 미들 어스 시간으로 이제 일주일
후면 보상 기간이라니까 절대 까먹지 말고!
　"당연하지. 지금 들어간다."
　−오키, 들어오면 보상에 대한 것도 마저 얘기해 줄게!
　직접 찾아보지 않아도 알아서 정리, 전달해 주는 귀여운

동생. 이하는 쨍알쨍알거리는 기정의 밝은 목소리에 덩달아
웃음이 피어났다.

"기정아!"
"형! 형! 왔어? 아까 말하다 말았는데, 보상은—"
"자, 잠깐만, 기정아. 보상 얘기 전에!"
"응?"
이하가 접속하자마자 기정이 대형견처럼 달려왔다. 이하
는 우선 그를 진정시켰다.

어차피 이미 결정되어서 변동될 일도 없고, 또한 조바심을
낸다고 빨리 받을 수 있는 것도 아닌 보상에 집착할 때가 아
니었다.

이하에겐 그보다 더 중요하게 여겨지는 사건이 있었다.
"혹시 제3차 인마대전 관련 정보는 뭐 들은 거 없어?"
"제3차 인마대전?"
"루거가 말했던 것들 있잖아. 푸른 수염 레 백작이었나,
마왕의 조각 중 하나라고 했던 그 몬스터. 아니, 그거 몬스터
는 맞나?"
"아, 아. 별 얘기 없던데? 홈피에도 아무런 내용 없었고
미들 어스 내에서도 조용하고…… 형도 커뮤니티 봤겠지만

다들 관심 없어. 루거가 말했던 걸 들은 사람들 몇몇이 이슈화시켜 보려고 했지만 다들 자기 기여도에만 관심 있지 뭐미들 어스의 스토리가 와닿기나 하겠어? 그냥 적당히 전쟁을 마감 짓기 위해 나온 얘기 아니냐, 하는 댓글 몇 개는 본 것 같아."

기정이 자신이 보고 들은 모든 걸 이하에게 전달했다.

휴전 협정과 강화 조약의 체결 예정에 관한 것도 사실 일반 유저들에겐 관심대상이 아니었다. 전쟁이 갑작스레 끝나버린 이유보단, 갑작스레 끝나며 자신에게 미칠 결과가 더욱 중요했기 때문이다.

"음……. 쿠즈구낙'쉬, 그 레드 드래곤에 관한 건?"

"그건 골드 드래곤이 일부러 소수 정예한테만 얘기한 건데 소문이 났겠어? 당연히 무소식이지. 하이고, 우리 엉아 하여튼 너무 진지해서 탈이라니까. 우선은 즐겨야지!"

"하핫, 야! 원래 이렇게 즐길 시간에 대비하는 거야. 대비하라고 이런 시간을 준 거란 말이지. 빡센 훈련 가기 전에 맛스타 주는 거 몰라?"

들뜬 기정이 덩실덩실 춤이라도 추려 했지만 이하는 웃으며 그를 말렸다. 미들 어스가 이렇게 조용할 리가 없다는 어렴풋한 확신 하나가 이하를 계속해서 긴장시키고 있었다.

"하여튼 내 얘기나 마저 들어 봐, 일단 플러스 기여도와 마이너스 기여도 보상이야."

"알았다, 알았어. 말해 봐. 너 말 못하게 하면 나 때리겠다?"

"킥킥, 때리기는!"

이하의 농담에 기정은 신이 나서 마저 설명을 이었다.

먼저 미들 어스의 공식 보상 공고로 보면 플러스 기여도의 수치는 기여도 수치에 따른 아이템 내지 스탯 포인트로 변경이 가능하다고 했다.

다만 희귀급 이상의 아이템부터는 기여도 포인트가 급격히 상승해서 얻기 힘들어졌다고.

스탯의 경우에는 말할 것도 없었다.

미들 어스에서 사실상 최고 중요한 포인트를 기여도 100, 200에 내어줄 리가 없었으니까.

"흐음, 영웅급이나 전설급은?"

"그건 모르겠어. 누가 기여도 다 털어서 희귀급 투구 하나 받았다는데 그게 기여도 1,000 들었대. 특별급과 희귀급도 기여도 포인트가 3배 이상 차이나니까 그 위로 갈수록 더 심해지겠지?"

"희귀급이면 그래도 웬만해선 200골드 넘을 거 아냐? 돈 좀 벌었겠는데?"

"뭐 본인 말로는 전쟁 중에 안 죽으려고, 기여도 안 깎이려고 가져다 쓴 물약이랑 버프 스크롤만 150골드 어치는 될 거라던데? 어쨌든 우는 소리라는 걸 감안해도 크게 이득 보진 못했나 봐. 얼마간 남기야 남았겠지만."

"역시 미들 어스구만."

"응. 그래도 플러스 기여도인 사람들은 행복한 거야."

이하가 고개를 끄덕이자 기정이 다시 말을 이었다. 마이너스 기여도의 경우는 떠돌았던 소문처럼 정말 페널티가 존재했다.

무려 접속 시간을 바쳐야만 사라지는 경험치 페널티!

"접속 안 하면 안 까지고?"

"응. 무조건 접속해 있어야 해. 당분간 어느 마을을 가도 사람들 북적댈 것 같아."

페널티를 받고 사냥 가느니 그냥 마을에서 수다나 떨겠다는 사람들이 많아질 터. 기정의 예측은 제법 정확했다. 그리고 이하는 어째서 그런 페널티가 나왔는지 추측할 수 있었다.

'이것도 유저들 전력 약화의 한 방편인가? 애당초 전쟁의 목적이 제3차 인마대전 발생 전 유저들의 힘을 깎을 이벤트였다고 생각한다면…….'

단, 경험치 페널티는 돈을 내고 감면받을 수 있다고 했다.

그러나 미들 어스의 골드는 사실상 사이버 화폐나 다름없는 가치가 있다. 따라서 웬만큼 금전적 여유가 있는 유저가 아니라면 크게 해당 되지 않으리라는 게 이하의 생각이었다.

"반발이 제법 있겠네. 누가 그걸 돈 주고 까겠어."

"여전히 미들 어스 유저에 대해서 잘 모르는 구나, 엉아야."

그리고 미들 어스 유저들의 뚝심은 이하의 예상보다 훨씬 강했다.

"응?"

"반발은 반발이라 치더라도, 미들 어스 골드 시세가 올랐어. 페널티를 돈으로 까려는 사람들 때문에 갑자기 골드 수요가 폭증했대. 돈으로 까려는 사람들이 그렇게 많은데도 마을에 사람들이 미어터지고 있다는 얘기지. 전쟁 중 한 번만 죽어도 사실상 기여도 마이너스의 늪에서 빠져나오기 힘드니까, 그 대상자들이 엄청나게 많나 봐."

황당한 표정의 이하를 보며 기정도 자신의 골드를 얼마간 처분했다며 슬쩍 귀띔해 주었다.

"형은 이제 뭘 할 거야? 전쟁도 끝났는데."

"글쎄다. 보상부터 챙길까 싶기도 하지만……. 일주일 후에 왕궁에서 논공행상論功行賞 한다며."

"응. 나도 그래서 기여도 아직 안 쓰고 있거든. 그때 뭘 주는지 보고 나서 스탯이나 템으로 바꿔 보려고."

기여도 포인트가 얼마 안 되는 자들이야 바로바로 교환해서 사냥에 나섰지만 기정은 달랐다.

그리고 이하 또한 기정과 같은 생각이었다.

왕궁에서 더 좋은 아이템을 줄 수도 있는데, 굳이 기여도를 써서 아이템으로 교체할 필요는 없다. 그때 상황을 봐서 결정해도 되는 것이니 당장은 할 일이 몇 가지 없었다.

첫 번째라면 사냥.

전쟁터에서 그토록 활약했음에도 이하의 레벨은 오르지 않았다. 다수의 캐릭터를 죽이는 게 아니라 요인 암살에 치중했었기 때문이다.

어느 순간부턴 키스톤 파괴에 열중했으니 당연한 일이기도 했다.

이하는 캐릭터 창을 열었다.

이름 : 하이하 **/ 종족 :** 인간

직업 : 머스킷티어 **/ 레벨 :** 162 (99.7%)

칭호 : 두려움을 모르는 **/ 업적 :** 94개

HP : 4,420(3,094) **/ MP :** 1,160

스탯 : 근력 280(+195), 민첩 2,031(+817), 지능 148(+97), 체력 145(+52), 정신력 40(+30)

남은 스탯 포인트: 51

이하는 99%의 경험치를 보며 그나마 다행이라는 생각을 함과 동시에 다소 황당함을 느꼈다.

"엉?"

"왜?"

"내 정신 좀 봐라. 나 스탯도 안 찍고 있었다."

"형……. 형은 진짜 참 퓌비엘 인이구나. 전쟁에 정신이 팔려서 스탯을 안 찍다니."

기가 차다는 표정의 기정을 보며 이하도 부끄러움을 느꼈다.

"크, 크라벤이랑 막 휴전 협정하고- 그때라서 어쩔 수 없었- 아, 맞다."

정말 정신없이 돌아다니지 않았던가.

알렉산더가 나타났다는 신호를 막 받은 때였기에 여유 따위도 없었다. 이하는 〈해신의 아들이 인정한 자〉 업적과 그 명예의 전당으로 받은 스탯 포인트를 민첩에 투자하며 또 한 가지가 떠올랐다.

"뭐야, 이불이야?"

이하가 가방에서 주섬주섬 꺼내는 것을 보며 기정이 물었다.

가방 안에 있던 물건을 꺼내 이하는 팡, 팡 구김을 털어 내며 말했다.

"아니, 코트. 드레이크가 줬어."

"응? 뭐라?"

누가 줘?

"크, 크라벤의 드레이크? 그 총사령관 NPC? 바다의 최강자?"

"응. 휴전 협정 맺으면서 줬는데, 이것도 정신이 없어서 그냥 가방에 짱 박았었네."

"드레이크가 준 방어구를 가방에 둘둘 말아서 넣어 놨다고? 형?!"

진짜 미친 거 아니지? 라는 표정의 기정을 보며 이하는 다시 한 번 겸연쩍은 표정을 지었다.

그만큼 바빴을 뿐인데……

"형이 기여도 1위 할 만하네. 그렇게 정신없이 전쟁터만 돌아다녔다니, 허, 참. 그나저나 그거 뭔지 옵션 좀 봐 봐."

기정이 크게 고개를 끄덕이며 말했다.

이하는 자신을 놀리기만 하는 얄미운 사촌동생에게 어떻게 갚아 줄지 잠시 생각했다.

"궁금하냐?"

"당연하지! 특급 NPC가 준 거면 최소 희귀급? 아니, 이름빨만 보면 영웅급이 나와도 이상하지 않은데! 빨리 보고 말―"

"궁금하면 탱 좀 서라."

"뭔 탱?"

"레벨 190 넘는 몬스터가 어디서 나오냐? 너 걔네들한테 몇 대 맞아도 살 수 있지?"

때마침 적절한 게 있었다. 정보 길드의 쥬에게 가도 얻을 수 있겠지만 기정을 만난 김에 써먹는(?) 게 훨씬 효율적이라는 판단이 섰다.

이하의 설명을 들은 기정은 입을 쩍 벌리며 사촌형을 바라

보았을 뿐이다. 아이템 정보에 대해서 한 번 물어보려다가
완전히 코 꿰었다.

"오, 레벨 200쯤 되면 이런 사냥터에 오나 보구나. 분위기
쌈빡한데?"

스산한 바람이 이하의 얼굴을 스치고 갔다.

이하가 말했던 조건에 가장 부합하는 곳을 기정이 고른 사
냥터. 주변엔 몬스터도 없고 오직 이하뿐이었다.

-형! 뭐해? 준비됐- 어, 떴다!

"으으음, 확실히 미들 어스는 경치 구경만으로도 값어치
가 있는 게임이라니까. 자아, 그럼 준비를 해 볼까나."

이하는 블랙 베스를 꺼내어 천천히 양각대를 펼쳤다. 머릿
속에서 급박한 외침이 계속 들려왔지만 전혀 신경 쓰지 않는
태도였다.

저 멀리 보이지도 않는 곳을 향해 눈을 찌푸린 후, 이하는
자리에 엎드렸다. 스코프의 캡을 열고 우선은 낮은 배율로
대략의 위치를 확인했다. 멀리서 꼬물꼬물대며 방패를 들어
올리는 사람, 그리고 그 사람의 앞에 선 쓰리 핸드 오우거.

통상 레벨 195이상, 지금의 기정이 상대하고 있는 녀석은 대략 레벨 200 수준이었다.

−형! 형!! 빨리− 어, 어어− 크윽−! 형, 준비됐지? 이제 쏠 거지?

−오, 기정아. 보는 위치는 여긴데 목소리는 내 머리에 바로 들리니까 무슨 자동차 극장 온 것 같다. 너 자동차 극장 가 봤어?

−허, 헛소리 말고! 형! 빨리이이! 나도 오래 버티려면 힘들다고!

이하가 떠올렸던 것은 블랙 베스의 퀘스트였다.

2,000m 거리에서 레벨 190 이상의 몬스터를 일격에 상대해야 한다.

'일격'이라는 조건이 붙는 이상 두 번의 데미지를 입혀서도 안 되고, 이하 외의 타인이 데미지를 입혀서도 안 된다.

즉, 지금 기정은 말 그대로 팔 셋 달린 오우거의 공격을 일방적으로 방어해야만 한다는 의미였다.

"짜식, 한 번 고생 좀 해 봐야 형 대우를 할 줄 알지."

이하는 빨리 쏠 생각이 없었다.

미들 어스 지식 좀 모른다고 형을 그렇게 무시해?

물론 그렇다고 기정이 죽을 때까지 넋 놓고 바라본다는 건 아니었다. 티릭- 티릭- 티릭- 스코프의 클릭을 조정하며 이하는 기정을 관찰했다.

그의 몸에서 푸른빛이 번쩍였다.

–하아, 하아, 형! 제발! 쏴 주세요! 나 스킬 썼다고! 내가 쓰리 핸드 오우거보다 레벨이 높다지만 이 녀석 공격력만큼은 동렙 이상급이란 말이야!

이하가 주문했던 것 중 하나가 '몬스터의 덩치가 클 것'이었다.

레벨은 200으로 기정보다 15 이상 낮지만 덩치가 덩치이니만큼 공격력만큼은 레벨 210 이상을 내는 몬스터. 힐러도 없이 기정이 단독으로 탱킹하기엔 꽤나 힘에 부치는 상대였다.

거대한 몽둥이를 든 팔 세 개가 번갈아 가며 휘둘러졌다.

기정의 귓속말 외에는 아무런 소리도 들리지 않았지만 기정이 방패를 들어 올릴 때마다 쾅-! 쾅-! 하는 효과음이 이하에게 들리는 것 같은 기분이 들었다.

–형, 진짜 나 농담 아니야! 나 진짜로 형!

기정은 이제 말도 꼬이고 있었다.

회피와 탱킹을 같이 하는 수준급의 움직임을 보이는 별초 길드의 길드 마스터도 반격 스킬 없는 무작정 봄빵에는 별 수 없었다.

-까불래, 안 까불래.
-어, 엉?
-앞으로 까불 거야, 안 까불 거야.
-혀어엉? 지금 그런 장난할 때가-
-쓰으읍, 까불 거야, 안 까불 거야.

이하는 킥킥, 홀로 숨죽여 웃으며 기정과 쓰리 핸드 오우 거의 공방을 바라보았다. 뭐라 표현하기도 어려운 구시렁거 림 내지 울음소리 같은 게 잠깐 머릿속에 들렸다.

그 뒤에 곧바로 이어진 것은 기정의 항복 선언이었다.

-잘못했습니다, 엉님! 안 까불 테니까 얼른 얘 좀 처리해 줘요! 빨리!
-진짜지?
-당근 진짜지!
-'당근 진짜지'?
-무, 물론 진짜입니다, 엉님! 얼른 쏴 줘! 나 벌써 HP 1/5 빠졌다!

"뭐야, 잘 버티네."

죽는 소리를 그렇게 내면서도 과연 기정은 준랭커급의 실력이 있었다.

동레벨대의 몬스터를 잡을 때 5인 파티가 기본이라는 미들 어스에서, 거의 동레벨에 가까운 몬스터를 홀로 장시간 탱킹하면서도 HP는 겨우 20%의 소모라니.

"어쨌든 당분간은 말 좀 듣겠네. 흐."

이하는 천천히 호흡을 가다듬었다. 말은 저렇게 해도 결국 기정도 이하를 도와주는 셈이나 다름없는 것.

서로가 서로의 마음을, 그 장난을 잘 아는 사촌형제였다.

'거리 2,000…… 2,045m. 풍향 동, 풍속 4m/s, 안정화 완료.'

기정을 향해 오른팔, 왼팔, 중간팔이 번갈아 뻗어 나간다.

기정이 고생하는 모습만 바라본 건 아니었다. 쓰리 핸드 오우거의 공격패턴과 움직임을 파악해야 할 필요가 있다.

'지금부터는 사실상 나도 못 가 본 곳, 미지의 장소다.'

2,000m 거리의 저격은 미들 어스 내에서도, 현실에서도 도전한 적 없다. 그러나 아직까지는 별다를 바 없다. 이하가 나선 것도 어느 정도의 자신감이 있었기 때문이다.

디케 해상에서 크라벤과의 전투, 그리고 알렉산더를 노렸던 1,800m 거리의 저격을 몇 회나 성공시킨 경험이 이하를 성장시킨 상태였다.

이하의 머릿속에 가상의 소리가 들려왔다.

쾅– 쾅– 그리고 쓰리 핸드 오우거의 중간팔이 움직이려는 시점.

'차분한 마음.'

투콰아아아앙————!

탄두가 바람을 가르며 날아갔다. 쓰리 핸드 오우거의 중간팔이 기정의 방패를 내리치고 나서 생기는 잠깐의 딜레이.

탄두가 도달하기까지의 시간과 쓰리 핸드 오우거의 행동에 딜레이가 생기는 타이밍을 정확하게 계산한 이하의 샷은 틀림이 없었다.

기정은 방패를 내리고 이하 쪽 방향을 바라보며 두 팔을 휘저었다. 사촌동생의 명중 신호와 함께 이하의 머릿속에 팡파르가 울렸다.

빠밤–!

Geschoss 4

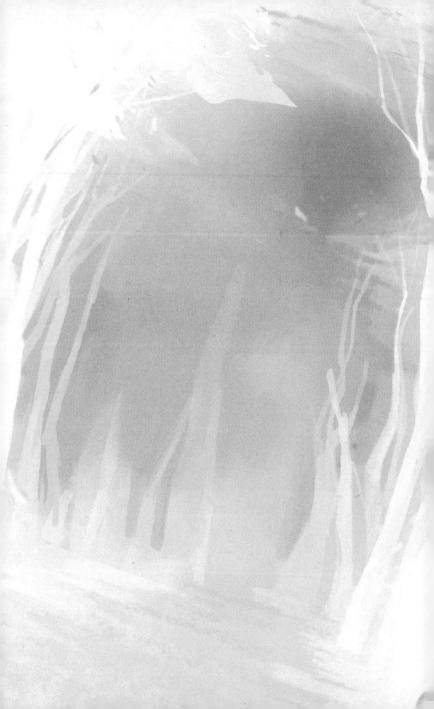

[레벨이 올랐습니다.]

〈업적 : 사일런트 스나이퍼⒝〉

축하합니다! 사거리 2,000m 거리 이상의 목표물을 적중시켰습니다! 발포한 당신 스스로도 느끼고 있겠죠? 공격 적중 후 3.4초가더 지나야 소리가 들릴 테니, 미들 어스에서 당신을 알아차릴 존재는 극히 적을 것입니다. 허나, 언제나 예외는 있는 법! 인간과 인외의 존재들의 '예외'를 조심하세요. 미들 어스는 당신이 가진 힘을 원하고 있으니까요.

보상 : 민첩 +13

〈사일런트 스나이퍼〉업적의 첫 번째 등록자입니다.

업적의 세 번째 등록자까지 명예의 전당에 기록되며, 기존효과의 200%가 추가로 적용됩니다.

효과 : 민첩 +26

[블랙 베스의 봉인-3 퀘스트를 완료하였습니다.]
[스킬-마나 증발탄을 배웠습니다.]
[블랙 베스의 봉인-4 퀘스트가 생성되었습니다.]

"오? 오오?"

레벨 업과 더불어 블랙 베스 퀘스트를 노렸던 건데 뜻하지 않은 업적 하나가 이하의 눈에 걸렸다. 400m 이후 사라져 버렸던 거리별 업적. 블랙 베스가 현대식 저격총으로 변화하고 1,000m, 1,500m에서도 등장하지 않아 그냥 사라졌나 했던 건데…….

'2,000m……. 그렇구나, 머스킷의 100m부터 시작했던 업적이 저격총으로는 2,000m부터 시작인 셈이야.'

칭찬하는 내용에 비하면 업적의 등급 자체는 겨우 B급.

몇 m 단위인지는 알 수 없지만 위로 한참이나 더 있다는 것을 이하도 분명히 느낄 수 있었다.

-형, 끝났어?

-오야. 렙업 완료다. 이제 163 달성.

―굿, 굿! 히히, 얼른 와서 템 먹어, 지키고 있을게.

이하는 자리를 정리하곤 스탯 5포인트를 민첩에 투자한 후 기정에게로 향했다. 우선은 스킬과 블랙 베스의 퀘스트 확인이었다.

'대체 얼마 만에 새로운 스킬을 배우는 건지. 아무리 무기가 사기급이라지만 루거나 키드에 비하면 너무 아무것도 없는 거 아닌가. 나도 막 블렛스톰! 이런 거 배우고 싶은데.'

남들이 들었다면 스킬 전부 줄 테니 그 무기를 내놓으라고 말할 정도로 블랙 베스가 사기급이긴 했지만, 역시 사람 마음은 그런 게 아니었다.

이하는 피식 웃으며 스킬 상세창을 띄웠다.

〈마나 증발탄〉

설명 : 노련한 포식자는 먹이의 발버둥조차 틀어막는다. 영문도 모르는 먹이는 반항할 수도, 도망갈 수도 없다.

효과 : 탄착 반경 30m 범위 내 모든 신규 마나 동결

　　　　(기존 스킬 유지, 신규 스킬 시전 불가)

마나 : 200

지속시간 : 탄착 후 10분

쿨타임 : 1시간

"음……? 으으음?"

신규 마나 동결? 기존에 썼던 마법은 유지되지만 새로운 마법은 시전 봉인된다는 뜻.

'디스펠은 이미 시전 된 스킬조차 취소시켜 버리는 스킬이지. 아오, 그 정도만 되면 진짜 대박일 텐데!'

골드 드래곤 베일리푸스의 위력을 봤기에 알 수 있었다. 용이 눈만 부라리고 콧김만 뿜어 대도 날아오던 마법들이 몽땅 사라졌었다.

골드 드래곤급이 되지 않더라도 비예미의 스킬만 되어도 좋았을 텐데. 공중에 뜬 마법사조차 플라이 마법이 취소되며 땅으로 떨어지지 않았던가.

'그나마 범위 마법이라는 게 다행인가. 게다가 탄착 지점에서 반경 30m라면 생각보다 넓긴 한데…….'

디스펠급이 아니라는 게 다소 아쉬운 점이었지만 거의 처음으로 주어진 '후한 쿨타임', '후한 효과 범위'를 보며 조금은 위안이 되었다.

새로 생긴 퀘스트는 예상대로였다.

[블랙 베스의 봉인-4]

설명 : "이 녀석은 살아 있어, 피 맛을 볼수록 녀석은 깨어날 거야. 자신에게 맞는 사용자가 나타나는 그날, 블랙 베스는 다시 깨어날 거야……." 전설의 드워프는 블랙 베스에 일곱 가지 봉인을 걸어 놓

았다. 사용자를 선택한다는 전설의 총기는 자신을 깨워 줄 사용자를 기다리고 있다.

내용 : 2,500m 이상 거리에서 레벨 210 이상의 몬스터를 일격에 처치(0/1)

보상 : ???

'예상은 했지만 역시 황당해.'

2,000m 거리부터 슬슬 조준점이 어긋나기 시작한다. 2,500m라면 블랙 베스의 유효 사거리를 넘은 지점일 것이다. 스나이프 스킬을 써서 사거리를 증가시켜야 겨우 맞출 수 있다는 뜻.

'젠장, 거기까지야 그렇다 치지만―'

―형, 뭐해? 빨리 와!

―아, 기정아. 잠깐만.

그다음 3,000m부터는 골 아픈 상황이 될 터. 이하는 어지러운 생각을 털어 버리고 블랙 베스를 꺼내어 들었다. 그리곤 스코프의 클릭을 조정했다.

티릭― 티릭― 티릭―

기정과의 거리는 이미 1,000m 이내다. 이 정도라면 무리 없다.

—뭐하는데?

—내가 신호 주면 스킬 한 번 써 봐.

—스킬? 뭔 스킬?

—글쎄. 아무거나. 준비됐지?

—자, 잠깐만 엉아야, 뭐하려—

'마나 증발탄.'

몸에서 마나가 빠져나가는 익숙한 느낌, 블랙 베스에 별다른 변화는 없었다. 이하는 특별히 호흡을 가다듬을 필요도 없다는 듯 방아쇠를 당겼다.

투콰아아아앙————!

탄은 1초 남짓한 시간 후, 기정의 발치에 꽂혔다.

엎드려 쏜 게 아니었기에 탄은 비스듬히 쏘아져 대지를 파고들었다. 탄두가 완전히 찌그러지는 그 순간, 주변으로 푸른 물결이 퍼져 나갔다.

—와아아아앗?! 뭐야, 형!!!

—스킬 써 봐.

—깜짝 놀랐잖아!

—빨리 스킬 써 봐.

이하는 스코프로 기정을 살폈다. 방패를 들어 올리며 혼자 무슨 동작을 취하고 있었지만 기정의 몸에선 아무런 빛도 새어 나오질 않았다.

　―어라? 어? 스킬이 안 써지는데?
　―낄낄, 알림창 같은 거 안 떴냐?
　―안…… 떴는데. 형 나한테 뭐 썼어?

　'그게 그 뜻이었군.'
　단어 하나도 놓쳐선 안 되는 미들 어스다.
　스킬 창에 보이는 '영문도 모르는 먹이는~'이라는 표현에서 감을 잡았던 이하다.
　통상의 상태 이상이 시전자의 이름과 효과를 알려 주는 반면 이 스킬은 그런 알림조차 띄우지 않는다는 뜻이다.
　'이거 디스펠급이 아니라고 실망할 게 아니잖아?'
　더 좋다! 적어도 이하에겐 안성맞춤인 스킬이나 다름없다! 모습을 드러내지 않아야 하는 스나이퍼 입장에서 이보다 좋을 수가 있을까.
　〈블랙 베스〉는 과연 [명중]에게 특화된 무기였다.
　이하는 여전히 당황한 채 귓속말을 뿌려 대는 기정에게 다가가며 외쳤다.
　"쓰긴 뭘 쓰냐, 그냥 그냥 너 놀려 주려고 한 거지. 가자!"
　"거짓말! 형 뭐 썼지? 무슨 스킬 배웠지?! 뭔데? 뭔데?"

"귀환이나 써, 수도 가서 그 코트 보고 싶지 않아?"

"아, 코트! 맞네. 헤헤, 가시죠, 형님."

이하는 〈쓰리 핸드 오우거의 특별한 몽둥이〉를 루팅하곤 기정과 함께 수도 아엘스톡으로 귀환했다. 시끌벅적한 수도에 떨어지자마자 이하를 반긴 건 새롭게 발생한 퀘스트 알림 창이었다.

[성장의 길 퀘스트를 완료하였습니다.]

[브로우리스의 부름 퀘스트가 생성되었습니다.]

'음?'

성장의 길은 브로우리스가 부여했던 퀘스트였다. 스스로의 힘을 기르면 적당한 때에 다시 부르겠다고 했었던 바로 그 퀘스트.

'블랙 베스의 모든 봉인을 풀으라는 뜻인 줄 알았는데……. 하긴 거기까지 갈 수가 없으려나. 지금 상황에서 무슨 수를 쓰더라도 3,500m쯤이 넘어가 버리면 맞출 수가 없을 테니.'

즉, 7단계의 봉인과 연관되는 퀘스트는 애초에 아니라는 뜻. 이번 블랙 베스의 퀘스트가 완료되며 바뀐 점이라곤 하나쁘이다.

'업적. 2,000m부터 급이 다른 것으로 인정해 준다는 얘기겠지. 이걸 맞추는 시점이 이전과 확연히 다른 성장을 했다는 증거일 테고.'

엄밀히 따지면 2,000m부터 블랙 베스의 모델이 된 총기의 유효 사거리를 초과하기 때문이리라.

"왜, 형?"

"아냐, 아무것도."

기정과 이하는 수도에서 사람이 적은 골목으로 향했다.

아이템을 대놓고 꺼내 놓아 봐야 주변의 눈총만 받을 테니까. 중간 중간 별초의 길드 마스터를 알아보는 자들이 많았지만 이하의 얼굴을 즉각 알아보는 자는 드물었다.

'이름은 알아도 얼굴은 바로 알기 어렵겠지. 영상에도 내 얼굴이 제대로 찍힌 게 아니고.'

그게 오히려 이하에겐 마음에 들었다. 충분히 구석진 골목으로 향하고 나서야 이하는 코트를 꺼내어 들었다.

"와……. 벌써 때깔이 다르긴 하다. 얼른! 얼른 상세정보 공유해 줘!"

"킥, 알았어. 기다려 봐."

이하도 세세히 살피기는 처음이었다.

전체적으로 짙은 푸른색을 띠고 있으며 중간 중간 금실로 디테일이 강조된 외투는 겉보기만으로도 아름다움을 뽐내고 있었다. 이하는 아이템 창을 기정에게 공유했다.

〈해신의 가호가 담긴 영웅의 코트〉[대여]

방어력 : 3,500

효과 : 물 및 얼음 저항력 +60%, 체력 +15, 정신력 +5

필요조건 : 업적 〈해신의 아들이 인정한 자〉

설명 : 해신의 가호가 담긴 코트. 얼지 않는 바다의 기운을 고스란히 옮겨 담았다. 그가 웃으면 바다는 육지보다 평화롭겠지만 그가 화를 낸다면 모든 바다가 들고 일어나리라.

추가효과 : 스킬-퍼펙트 스톰 사용 가능(범위 제한)

"헐, 영웅— 게다가 방어력 3,500? 뭐야, 이거! 가, 가죽 재질 아닌가? 아니, 천? 무슨 방어력이…… 옵션은 또…….."

기정은 황당함을 감출 수 없었다.

자신이 입고 있는 풀-플레이트 메일보다야 물론 방어력이 낮았지만 그것에 거의 근접했다. 사실 그것만으로도 말이 안 된다.

통상 재질별로 나누는 직업군의 방어구로 보자면, 원딜러나 마법사가 입을 수 있는 모든 방어구를 더해도 이것 하나만큼의 방어력이 나오지 않을 텐데!

황당한 것은 코트의 주인이 된 이하도 마찬가지였다.

아니, 엄밀히 말하면 '주인'이 된 것은 아니었다.

'대여?! 이런 젠장, 이걸 다시 돌려줘야 하나? 화, 확실히 그때 '맡긴다'라는 말을 드레이크가 하긴 했는데…….'

영원히 안 돌려줄 방법이 없을까? 하는 생각이 먼저 떠오를 정도로 아이템의 옵션도 화끈했다.

체력 +15에 정신력 +5, HP와 MP상승 옵션은 물론이거니와 저항력은 또 어떤가. 엄청난 방어력까지 고려한다면, 일반 수속성이나 빙속성 마법 등은 이하에게 아무런 데미지를 입히지 않을 정도이리라.

'얼지 않는 바다의 기운이라. 과연. 그래서 수속성에 빙속성 저항이 붙은 건가.'

문득 이하는 그 바다를 얼렸던 람화정의 이야기가 떠올랐다. 미들 어스 설정 상 엄청난 저항이 붙은 것조차 얼려 버리는 그녀의 마력에 잠시 감탄했다.

"형, 이거 대박인데? 근데 왜 [대여]야?"

"잠깐 맡긴다고 하면서 준 거거든. 어쨌든 필요조건을 보면 입을 수는 있으니 다행이긴 한데……."

"이거 먹자, 형! 먹을 수 있는 방법 없을까?"

기정이 눈을 초롱초롱하게 빛내는 걸 보며 이하는 푸흡, 웃음을 참을 수 없었다. 사촌지간에도 닮는 건 닮는 법이다.

"그건 조금 더 생각해 보자고. 하여튼 썩 괜찮은 거지?"

"썩 괜찮냐고?! 형도 잘 알 거 아냐! 웬만한 레벨의 유저들 공격은 아예 들어오지도 않을걸? 레벨 120대, 130대가 스킬

써도 잘 하면 그냥 흘려버리겠구만!"

기정의 과한 리액션을 보며 이하는 만족스런 표정을 지었다.

블랙 베스가 상상을 초월할 정도의 공격력을 갖고 있기에 다소 낮아 보였을 뿐이다.

이하가 즐겨 썼던, 그 엄청난 '허밍 버드'의 공격력이 4,760이었다. 이 코트를 입고 방어구 몇 가지를 더 갖추기만 해도 허밍 버드의 공격력을 튕겨 버릴 수 있을 정도가 된다는 뜻이니…….

장난감을 기다리는 강아지마냥 이하의 옆에서 눈을 빛내던 기정의 표정이 갑자기 변한 것은 그때였다.

"왜?"

"……아니, 태일 형님한테 연락이 와서."

"길드 일이야? 뭔 일 있대?"

"아냐, 그냥. 손님이 왔다네. 형, 나 가 봐야 할 것 같아."

기정의 표정이 굳었다. 아직 코트에 붙은 스킬 설명도 안 봤건만 기정이 저렇게 말할 정도라면 보통 손님은 아닐 것이다.

"어, 그래."

"미안, 코트 스킬 다음에 꼭 보여 줘야 한다! 나 갈게, 무슨 일 있으면 연락해!"

기정은 순식간에 스크롤을 찢었다. 안전가옥으로 향한 그가 만날 사람이 누구인지, 이하는 어렴풋이 한 사람을 떠올릴 수 있었다.

'전쟁 때 모습을 드러낸 것도 그렇고…… 어쩌면 그가 왔을 수도…….'

어차피 이미 지난 일이고 별초 내부의 사정. 이하는 자신에게 닥친 일부터 처리하기로 했다.

"자, 그럼 스킬은~ 나중에 보고, 소장님께 인사나 드리러 가야겠다."

갑자기 완료된 브로우리스 관련 퀘스트를 정리하기 위해 이하는 아카데미로 발을 옮겼다.

타앙- 타아앙-!

브라운 베스 아카데미 인근에서 머스킷의 발포 소리가 들려왔다.

퓌비엘의 수도에서 함부로 공격을 할 리는 없으니, 이것은 아카데미 내부에서 들려오는 소리다.

'불쌍한 사람들이 또 늘었구만…….'

이하의 활약을 보며 머스킷티어의 꿈을 품고 새롭게 시작한 유저들이리라. 연속해서 들려오는 총성을 들으며 이하는 고개를 가로젓곤 아카데미 안으로 들어갔다.

"소장님, 계십니까."

언젠가 기정이 말했었다.

유저의 수와 아카데미의 발전도는 비례한다고.

삐걱, 삐걱 소리가 나던 나무복도나 어두침침했던 통로는 이제 없었다. 벽에는 은근한 장식물들이 걸려 있었고 상시 라이트 마법이 뿜어져 나오는 조명까지 설치된 브라운 베스 아카데미는 이미 과거와는 많이 달랐다.

"우와⋯⋯. 이거 전부-"

"자네의 활약 덕분이지. 전하께서 아카데미의 발전을 위한 지원금을 많이 내려주셨네."

놀라서 아카데미 복도를 살피던 이하에게 친근한 웃음을 띤 브로우리스가 다가왔다. 그의 표정 또한 많이 밝아져 있었다.

"그, 그런가요?"

"당돌하게 테스트를 받겠다고 말하던 애송이가 이렇게나 성장할 줄이야. 이번 전쟁에서도 자네들의 활약은 내 일처럼 즐겁게 들었네. 잘했어."

뿌듯한 표정을 짓는 그를 보자 이하는 어쩐지 찡한 느낌이 들었다. 처음 만났을 때의 그 어둡고 딱딱한 표정, 가시 돋친 말투에 비하면 지금의 칭찬은 대체 어떻게 받아들여야 할까.

"별말씀을요. 소장님의 훌륭한 지도편달 덕분입니다."

이하는 겸손하게 모자를 벗으며 고개를 숙였다. 브로우리스도 모자를 벗곤 이하를 향해 맞례를 갖췄다.

낯간지러운 서로 간의 인사가 끝나고 나서야 이하는 브로우리스의 말을 다시 한 번 곱씹을 수 있었다. 방금 누구의 활약이라고 했지?

"근데 자네'들'이라고 하셨나요?"

끼이익ㅡ.

이하가 묻자 소장실의 문이 열렸다. 브로우리스가 복도에 있는 상황에서 소장실 안에 있을 수 있는 사람은 드물다. 그러나 안에서 나온 사람은 그럴 정도의 자격이 있는 사람이었다.

아니, 사람'들'이었다.

"혼자서 다 해결한 척 하깁니까."

"키, 키드? 당신이 왜ㅡ"

"그때는 잘도 도망가더군, [명중]."

"헐, 루거까지?"

순간 블랙 베스를 꺼낼까 하는 충동도 들었지만 이하는 참아 냈다.

이미 키드와 비교적 사이좋게(?) 있었던데다가 여기는 수도이지 않은가. 하물며 브로우리스라는 스승격 NPC까지 존재하는 상황에서 루거가 공격을 하지는 않을 것이라는 판단이 섰다.

잠시 벙 찐 이하에게 다가온 브로우리스가 그의 어깨를 감쌌다.

"그래. 우리들 삼총사의 뒤를 잇는 자네들 삼총사. 오늘 와 달라고 부른 이유도 바로 그것 때문일세. 들어가지."

머스킷 아카데미 사상 최초의 삼총사 일괄 소집이었다.

이하는 갑자기 퀘스트가 완료된 게 어쩐지 자신이 2,000m 업적을 획득하고 블랙 베스의 봉인을 하나 더 해제했기 때문은 아니라는 생각이 들었다.

[브로우리스의 부름 퀘스트가 완료되었습니다.]

"자, 앉지."

브로우리스의 말이 떨어지기 무섭게 키드와 루거가 다시 몸을 옮겼다. 소장의 책상 맞은편에 놓인 세 개의 의자, 그 양끝에 앉아 버리는 두 사람. 졸지에 빈자리는 가운데 한 개밖에 남지 않게 되었다.

"어- 나, 나는-"

"자네도 앉게."

"예…… 소장님."

루거는 이하를 죽일 듯 노려보고 있으며 키드는 이하의 눈빛을 슬쩍 피하고 있었다.

결국 저 독일산 투견의 옆자리는 이하의 차지가 되었다.

브로우리스는 착석한 세 사람을 보며 흐뭇한 미소를 짓고 블라인드를 돌려 자리를 다소 어둡게 만들었다. 분위기를 차분하게 만들자마자 그의 얼굴에 있던 잔잔한 미소가 점차 사라지기 시작했다.

"오늘 자네들을 부른 건 다른 이유 때문이 아닐세. 이하 군도 이미 루거 군에게 들었겠지?"

"레…… 에 관한 것이라면, 예. 알고 있습니다."

루거와 이하가 대화를 나눌 만한 소재는 저것밖에 없다. 이하의 답변을 들으며 브로우리스가 고개를 끄덕였다.

"맞네. 마왕의 조각 중 하나, '푸른 수염' 레가 살아 있다는 것, 그것도 현재 대륙을 돌아다니고 있다는 것은 보통 큰 문제가 아니야. 분명히…… 죽은 줄로만 알았는데."

브로우리스가 입술을 깨물었다. 루거가 입을 열었다.

"살아 있소. 교황께서 마나를 확인했다는 말까지는 필요치도 않지. 내가 직접 보았소."

"알고 있네, 루거 군. 자네의 말을 믿지 못한다는 게 아냐. 놈들의 끈질긴 생명력에 대해서 생각하고 있던 걸세."

브로우리스와 루거의 대화를 들으며 키드의 눈살이 찌푸려졌다. 이하는 놀랐다.

그래도 스승격 NPC인데 저런 말투로 대화해도 되는 건가?

'그러고 보니 키드는 브로우리스를 정말로 존경하는 태도였는데……. 하여튼 두 사람은 섞이려야 섞일 수가 없겠구나.'

브로우리스는 잠시 고민하다 다시금 입을 열었다.

"아직 특별한 징후는 보이지 않고 있지만 내가 걱정하는 건 '푸른 수염' 하나 때문이 아니야. 마왕의 조각들은 개별체이자 연결체. 놈들은 하나이자 둘이고 셋이자 넷인 존재. 언젠가 자네들이 알아본 바대로일세."

"네, 마魔에게서 떨어져 나온 것들이라고 했으니 태초엔 모두가 하나였겠죠."

다크 엘프 족장에게서 듣기도 했기에 이하와 키드, 루거 모두 알고 있는 내용이었다. 이하의 답변에 브로우리스가 고개를 끄덕였다.

"맞네. 따라서 '푸른 수염'이 깨어났다면 다른 녀석들도 어딘가에 숨어 있을지도 모른다는 생각이 들어. 교황께서는 그에 대해 말씀이 없으셨나, 루거 군?"

"없었소. 우선은 인간끼리의 무의미한 살육을 멈춰야 한다는 것밖에는."

"강화 조약을 체결한 후에 말씀하시려는가……. 그때는 늦을지도 몰라. 그래서 자네들을 우선 부른 걸세."

브로우리스가 말을 마치자 세 사람의 눈앞에 같은 내용의 홀로그램 창이 떴다.

[삼총사와 삼총사]

설명 : '푸른 수염이 본격적으로 행동한다면 다른 마왕의 조각 또한 반응이 있을 거야. 그러나 자네들만으로는 푸른 수염을 쫓는 것은 위험하네. 무엇보다 《마탄의 사수》를 상대해야 할지도 모르니까. 섣불리 쫓다 그들이 나온다면……. 보통 곤란한 일이 아니겠지. 그러니 우리는 다른 정보를 찾아보세. 혼자서는 힘들겠지만 삼총사라면 할 수 있을 거야. 나와 미스터 브라운, 그리고 미스 엘리자베스가 그랬듯이 말이야.'

브로우리스는 인마대전의 재발을 막고자 하나 차세대 삼총사의 현재 실력으론 마왕의 조각을 직접 쫓게 만들 순 없다고 판단했다. 마왕의 조각이 활동을 시작한다면 가장 먼저 반응이 오는 것은 몬스터들의 규합이다.

제2차 인마대전 당시 푸른 수염의 귀족鬼族 군단의 한 축을 맡았던 '크롤랑'의 동태를 파악하자.

내용 : 파티 결성 후 북부 트롤들의 왕으로 군림하는 크롤랑과 그의 부족 살피기 (0%) 또는 크롤랑의 사살

보상 : 대륙 공통 명성 +100, 3골드, 칭호-엿보는 자

실패조건 : 삼총사 이외의 인원과 파티 구성 시, 차세대 삼총사 중 1인 이상의 사망 시

실패시 : 퓌비엘 왕국 국가 공적치 -300, 대륙 공통 명성 -200, 업적-멸망의 단초

추가보상 : 크롤랑 사살 시 최대 가격자 1인 한정 스탯 포인트

10개

–수락하시겠습니까?

이하를 비롯한 세 사람은 재빨리 홀로그램 창을 읽어 내려갔다.

'말하자면 연습 경기를 한판하겠다는 건가?'

푸른 수염 레나 변절한 미스터 브라운, 미스 엘리자베스일게 분명한 《마탄의 사수》를 상대하기 전, 그보다 약한(?) 상대를 대상으로 삼총사를 테스트하겠다는 의도처럼 보였다.

'내용이 비교적 간단해서 그런지 보상도 간단하다. 살피기만 하면 돼. 사살이나 어떤 아이템을 탈취해 오는 게 아냐. 말 그대로 보기만 하면 된다.'

명성이나 골드 얼마 정도는 이제 눈에 차지도 않는다.

그나마 눈에 띄는 것은 칭호. 그러나 '엿보는 자'라니? 중첩되는 업적과 달리 칭호는 한 개만 선택가능하다. 적어도 이름만 봤을 때는 '두려움을 모르는'이라는 이하의 칭호에 비해 별 영향력이 없어 보였다.

'뭐, 그건 클리어 해 봐야 아는 거고. 일단 몇 시간 또는 며칠 정도 보다가 오면 되는 거니까.'

뒤에 있는 퍼센테이지도 확실히 이해할 수 있었다.

고지전에서 일정 시간 동안 해당 지점을 지킬 경우 100%

까지 상승했던 것에 비추어 보면, 크롤랑과 그 부족을 일정 시간 이상 지켜보면 100%에 도달하게 되리라.

"그냥 살피기만 하면 되는 건가요?"

"그래. 그들의 모습을 전체적으로 살피려면 일주일은 필요하겠지. 할 수 있겠나?"

100%까지 일주일의 시간이 필요하다는 뜻.

언뜻 보면 엄청나게 쉬운 퀘스트다. 그러나 이하는 실패 조건과 그에 따른 무지막지한 실패 페널티를 보며 불안감을 가질 수밖에 없었다.

"혹 실패라도 하게 된다면 어떻게 되는 건가요?"

"크롤랑이 북부에서 날뛰기 시작하겠지. 그 움직임 때문에 푸른 수염의 행동도 빨라질지도 몰라. 그 점을 생각한다면 절대 실패해선 안 되네."

이하의 눈이 계속 꽂힌 부분이 저것이었다.

'업적─멸망의 단초'.

만약 실패할 경우 미들 어스의 제3차 인마대전이 즉발할 수도 있다는 의미인가? 게다가 왜 그걸 업적으로 주는 걸까.

'항시 페널티일 수도 있어. 전쟁에서 마이너스 기여도 유저들이 경험치 페널티를 받는 것처럼……'

이하와 마찬가지로 키드도 의문을 가졌다. 다만 그는 다른 쪽에 집중하고 있었다.

"크롤랑을 죽이면 어떻게 되는 겁니까."

"크롤랑은 제2차 인마대전 당시에도 괴물 같은 무를 자랑하던 놈이야. 히쥣-카 같은 나부랭이 몬스터와는 격이 다르지. 크롤랑을 상대하는 사람은 그에 걸맞은 성장을 하겠지만…… 스승으로서 권하고 싶지 않군."

"성장은 한 사람만 해당되는 겁니까."

"아마도 그렇지 않겠나."

"으음……."

키드의 말을 듣던 이하도 추가보상 부분을 다시 살폈다.

크롤랑을 사살할 경우 스탯 포인트가 무려 10개. 사실상 2레벨 업의 효과를 준다는 의미다.

그러나 그 대상자가 1인.

'3인 합동 퀘스트에서 1인에게만 보상을 준다고?'

그제야 감이 왔다. 성공 조건에 사살이 있긴 하지만 이건 크롤랑을 때려잡으라는 퀘스트가 아니다. 미들 어스에서 알게 모르게 주는 힌트들을 조합해 보자면 더더욱 확실했다.

'퀘스트 제목은 삼총사와 삼총사다. 과거 삼총사와 현재 삼총사의 차이를 깨닫고 더 나아지게 만들자는 의도겠지. 즉, 세 사람이 힘을 합쳐야만 한다는 얘기야. 그것도 크롤랑의 사살이 아니라—'

조용히 관찰만 하고 돌아오는 쪽으로. 그래서 브로우리스도 계속 저런 식으로 말을 하고 있는 것이리라.

이하와 키드가 눈을 마주쳤다. 그러나 이 퀘스트를 보고 있는 사람은 둘이 아니었다.

"다녀오겠소. 트롤이라면 3,000마리도 잡을 수 있소. 나혼자서도 가능하겠군."

"어, 어어어, 잠깐! 잠깐만, 루거!"

"기다리십시오! 파티를 해야 합니다!"

"닥치고 꽁무니나 쫓아와."

루거가 퀘스트 수락을 누르곤 자리에서 일어났다. 이하와키드도 재빨리 퀘스트 수락을 누르고 그를 따라나섰다.

"부디 조심하게, 제군들. 북부의 트롤은 센티널 산맥의 트롤들과는 조금 다를 거야⋯⋯."

우당탕탕 나가는 세 사람을 보며 브로우리스가 불안한 표정을 지었다.

루거는 아카데미를 나가자마자 자신의 가방을 뒤적였다. 꺼내어 든 것은 수정구였다. 이하가 허겁지겁 소리쳤다.

"루거! 루거! 어디 가려고?"

"닥치고 쫓아오랬지."

"야이— 퀘스트 내용을 제대로 이해하긴 한 거야? 파티를 하고 깨야 한다고! 게다가 크롤랑이 어디서 출몰하는지도 모르는데 무슨—"

"나는 알고 있어."

루거가 휙, 뒤로 돌며 자신의 무기를 들어 보였다. 아직 무기 변화가 되지 않은 일반 머스킷이었지만 총신에는 짙은 푸른빛이 감돌고 있었다.

"방해하지 말고 조용히 쫓아오기나 해, 키드. 파티는 가서 한다."

"멈추십시오, 루거. 탄약의 보급도 필요하고 물자도 정비해야 합니다."

"난 준비되어 있어. 그리고 너희들은 그런 게 있을 필요도 없다."

"그게 무슨-"

"어차피 내가 알아서 다 잡을 테니까. 조용히 따라와서 아이템이나 주워. 스탯은 내가 먹는다."

루거는 이미 확신이 있었다.

비록 자신이 푸른 수염에겐 아무런 데미지도 입히지 못했지만 그는 심연의 아가리까지 도달했었기 때문이다.

가는 동안 나왔던 거대한 몬스터들을 모조리 홀로 처리한 경력이 있다. 그들에 비하면 북부 트롤은 상대적으로 난이도가 낮은 편이었다.

그러나 그것은 '경험자'인 루거만의 생각이었다.

"웃기고 있네. 내 이럴 줄 알았다니까."

"뭐?"

"이거 완전 바보 아냐? 루거, 당신 이 퀘스트가 지금 무슨 의도로 내려졌는지 모르지?"

안하무인도 보통 안하무인이 아닌 금발의 언행에 화가 난 건 키드만이 아니었다. 이하가 성난 얼굴로 루거를 향해 말했다.

"바보……?"

"그래, 바보야. 이거 순 무대뽀네. 직진, 직진, 직진……. 세상에 직진만 있냐? 생각을 좀 하면서 합시다, 루거 씨."

"……해보자는 건가, [명중]."

공격은 아니었지만 의사는 확실했다. 루거가 손에 쥐고 있던 푸른 머스킷은 어느새 묵직한 포신으로 변해 있었다. 〈무기 변화〉 스킬을 사용한 것이다.

그걸 보고도 이하는 전혀 물러서지 않았다.

"수도에서 쏘겠다? 세이크리드 기사단 전원을 적으로 돌릴 자신 있으면 시도해 보든가. 그리고 시발, 왜 키드 씨한테는 키드라고 부르고 나는 [명중]이야? 나도 이름 있어, 내 이름 알려 줘? 대가리에 한 방 꽂아 드려?"

〈블랙 베스〉를 쥔 이하의 손에도 힘이 들어갔다.

움푹 파여 들어간 곳에서 번쩍이는 루거의 눈이 이하의 손을 빠르게 훑었다.

삼총사 협력 작전의 의미로 부여한 퀘스트가 [관통]과 [명중]의 대립으로 시작되었다는 것은 어느 정도 예견된 일이었다.

루거의 어깨가 움찔거릴 때마다 이하의 팔도 꿈틀댔다.

스킬도 사용하지 않았다. 서로 장전이 되어 있는지 여부도 모른다. 그러나 이미 두 사람은 싸우는 셈이다.

치열한 기싸움이었다.

그런 와중에도 이하는 조금 감탄했다. 루거가 실제로 공격을 하지 않았다는 점과 '밖에서 처리해 주마'라고 떠들지 않은 점에 대해서.

최초로 삼총사의 업적을 따고, 용기사로 승직한 알렉산더와 랭킹 2위의 마검사 이지원이 루거에게 치를 떠는 데에는 이유가 있었다.

그는 미들 어스에 대해 충분히 이해하고 있는 유저였기 때문이다.

'언행은 저따위여도 미들 어스에 대한 적응은 확실하다는 건가. 삼총사가 퀘스트로 엮인 이상 셋 중 한 사람만 죽어도 이 퀘스트는 실패야. 나를 죽인다는 말을 하지 않는 것만으로도 이 퀘스트에 대해 이해는 하고 있다는 얘기긴 한데…….'

그렇다면 어떻게 풀어 나가야 하는가.

무작정 돌격해 버릴 것 같은 이 녀석을 어떻게 처리해야 할까. 이하가 고민하는 틈, 키드가 먼저 입을 열었다.

"두 사람 다 알고 있을 겁니다. 이 퀘스트의 클리어 방법은 두 가지가 있고, 성공 확률을 높이기 위해 두 가지 모두 준비할 필요가 있습니다. 만약 루거 당신이 크롤랑을 잡는 방법으로 클리어를 하려고 한다면, 내가 주변 잡몹을 맡고 하이하가 원거리 견제를 맡으면 더 쉽지 않겠습니까."

그는 확실히 이하보단 루거와 많이 부딪쳐 본 사람이었다.

키드의 논리적이고 합리적인 말을 들으며 루거의 굳은 표정이 다소간 풀어졌다.

"좋아. 나도 너희들을 공짜로 키워 주긴 싫으니까. 최소한의 밥값이라도 할 수 있도록 준비해라."

끝까지 명령조인 루거의 말투에 이하의 눈동자가 다시 확장되었지만 곧바로 표정을 숨겼다. 키드가 가까스로 잡아 놓은 이 분위기를 일단은 유지할 필요가 있었다.

"후우우…… . 오케이. 그러면 서로 조사할 거 조사하고, 준비할 거 준비해서, 2시간 후에 이곳으로 모이기. 콜?"

이하의 말에 키드가 고개를 끄덕였고 루거는 답하지 않았다.

세 사람은 각자의 방법으로 퀘스트를 대비하기 시작했다.

"살다 살다 저렇게 성질 긁는 놈은 또 오랜만에 만나 보네. 안 그래요, 키드?"

"흐으음…… ."

"왜, 왜 그런 눈으로 봐요?"

씩씩대면서 이하가 콧김을 뿜어 대자 키드가 묘한 눈초리로 그를 바라보았다.

키드는 이하가 아직 삼총사의 업적을 따기 전, 머스킷이나 만지작대던 그 시절에도 몇 번 봤었다. 따라서 이하에 대한 첫인상과 선입견이 이미 어느 정도 잡혀 있는 상태였다.

'마일드한 성격이라고 생각했는데……. 보기보다 와일드한 면이 있어. 루거한테도 안 밀리다니.'

어리바리하고 헤헤 웃는 사람 좋은 성격.

솔직한 감정 표현에 능하고 계책이라고 부르기 뭐할 정도의 잔머리가 잘 돌아가는 사람.

키드가 그동안 이하에 대해 느낀 것은 그 정도였다. 능력은 있지만 주도적으로 뭔가를 해 나가는 유저라고 생각하지는 않았다.

물론 키드는 국가전 당시 페이우와 주로 움직였기 때문이기도 했다. 만약 행군의 평원부터 별초를 이끌었던 이하를 곁에서 봤다면 이런 생각은 진작 부서졌으리라.

"루거도 미들 어스에 대해 모르진 않습니다."

"응, 그건 나도 알겠어요. 저렇게 얄밉게 굴면서도 퀘스트 실패 요건은 확실히 파악하고 있다는 게……. 그게 더 얄미워! 아으, 망할 놈. 북부 트롤에 대해서 뭐 조금 안다 쳐도, 크롤랑은 분명히 미출몰 보스몹일 텐데. 히죗-카처럼. 안 그래요? 지가 뭘 안다고."

코볼트 보스였던 히죗-카는 일반 상황에서 출몰하는 보스 몬스터가 아니었다. 특정 조건을 만족해야만 했다. 제2차 인마대전 당시에는 일반 행동 대장이었던 히죗-카가 그 정돈데, 이미 당시부터 네임드급이었던 크롤랑이라면?

당연히 상시 출몰 몬스터는 아니리라.

즉, 루거가 북부 트롤 정도는 잡아 봤어도 크롤랑을 상대해 본 경험은 없다는 게 합리적인 추측이었다.

"싫은 소리를 하면서도 벌써 퀘스트 공략을 준비 중인 겁니까."

"으, 응? 아니, 대비는 해 놔야죠. 잡지 않더라도 놈이 등장하면 분명 보통 사태가 아닐 테니."

입은 루거에 대해 투덜거리면서도 머리는 이미 퀘스트에 온전히 집중되어 있는 유저. 키드는 이하를 보며 씨익 웃었다.

"그렇다 치더라도 별문제는 없지 않습니까."

싸움닭 같으면서도 미들 어스에 대해 확실히 파악하고 있는 루거.

뒷담화를 하는 와중에도 머리는 차갑게 유지하고 있는 이하.

키드는 '적어도 두 사람과 같이 다닌다면 당하지는 않겠구나' 하는 일종의 안도감이 들 정도였다.

"문제가 없다고?"

"만약 루거의 저 자신감대로……. 크롤랑을 사살해서 퀘스트를 더욱 빨리 완료할 수 있다면. 그건 더 좋은 것 아닙니까. 미들 어스에서 시간은 금입니다."

"그렇긴 하죠. 그렇긴 한데, 흐으음."

과연 그게 될까? 루거가 긍정적인 방면으로 시나리오를 짜는 데 대가라면, 이하는 최악의 상황을 대비하며 만반의 준비를 갖추는 데 선수다.

이런저런 확률들이 머릿속에서 충돌했다.

"저 사람에게서 자신감을 빼면 뭐가 남겠습니까. 저 사람은 저 사람대로 생각하라고 하고, 우린 우리대로 준비해야 합니다."

"하긴 자신감 빼면 시체 같은 사람이니까."

"시체도 안 남을 겁니다."

"응? 그러면?"

고개를 갸웃대는 이하를 보며 키드가 훗, 콧바람을 내뿜었다.

"머리에 바른 포마드만 좀 남을 겁니다."

묘한 미소를 지은 채.

이하는 저게 대체 무슨 소린가 한참 동안 키드를 바라보았다. 그런 이하의 눈빛에 키드가 당황한 듯, 헛기침을 하며 모자를 푹 눌러썼다.

그제야 이하도 깨달았다.

"푸핫, 뭐야, 그거. 개그? 방금 개그 한 거죠? 그치? 나 웃기려고 한 거죠?"

"크흐흠, 이따 봅시다."

"크하하핫, 뭐라고? 포마드? 푸후훕, 포오마아드으?"

키드는 스크롤을 꺼냈다. 종이를 찢는 그 순간까지 이하는 입을 가리고 키드를 놀려 댔다.

"자, 탄은 아직 넉넉하고……. 오우거 몽둥이나 경매장에 올려놓고, 성스러운 그릴에 들러야겠네."

키드가 사라진 자리에서 이하도 발을 놀렸다. 두 시간이 지나는 것은 금방이었다.

Geschoss 5

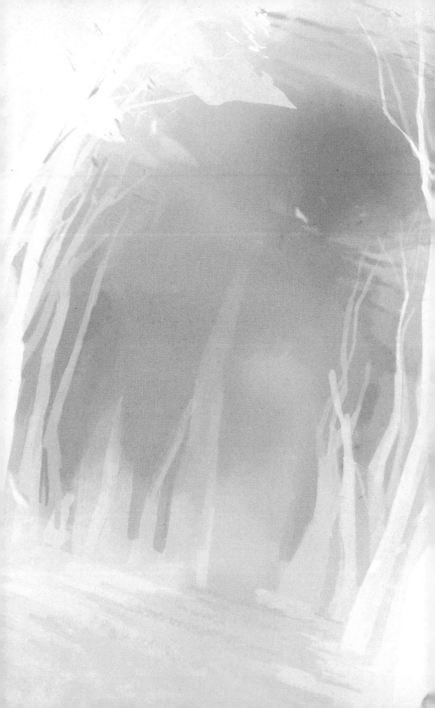

　루거는 아무런 준비도 하지 않은 건지, 이미 모든 준비가 끝났던 건지 아카데미의 벽에 기대 있었다. 이하가 나타나자 잠깐 흘끗거리며 보기만 할 뿐, 그는 사과를 꺼내어 우적우적 씹어 댔다.

　"이럴 때는 보통 '준비는 잘 하셨어요?' 하면서 사람간의 커뮤니케이션이 시작되는 거거든. 아니면 '사과 한 입 드실래요?'라든가. 할 말 많은데 굳이 저렇게 조용히 있어야 하나."

　이하가 입을 비죽이며 슬쩍 비꼬아 보지만 루거는 거들떠보지도 않았다.

　"오케이. 뭐 우리 사이에 그런 얘기가 있을 필요는 없겠지. 나도 퀘스트만 아니었으면 이러기 싫다고."

　그러나 이하의 고민은 그것뿐만이 아니었다.

이번 퀘스트 같은 게 언제 또 나올지 모른다. 삼총사 협력 합동 퀘스트의 난이도도 어쩌면 점점 더 상승할지도 모른다.

'젠장, ㄱ때ㄷ 저렇게 비협조저으로 ㅏ오면 곤란할 것 같은데.'

어차피 미들 어스 상 '삼총사'라는 하나의 그룹으로 묶인 이상 서로 호흡을 맞춰 놓을 필요가 있다고 생각했기에, 마음에 들지 않음에도 먼저 다가서려고 했던 것.

그러나 상대방이 다가오지 않는다면 이하 쪽에서도 먼저 다가가고 싶은 생각은 없었다.

"갑시다."

잠시 후 키드까지 도착하고 나자 루거는 먹던 사과 심을 던져 버리곤 수정구를 꺼냈다.

"따라와."

어떻게 따라가는지에 대한 이야기도 필요 없었다. 이하와 키드는 스킬창을 켜 체인 텔레포트의 활성 상태를 확인했다.

비활성으로 되어 있으면 한 마디 꽉 쏘아붙이려 했건만, 이미 루거는 활성화로 돌려놓은 상태였다.

숙-!

루거의 몸이 사라지고 이하와 키드도 체인 텔레포트 : 삼 총사 스킬을 사용했다.

슈숙-!

방금 전까지 녹음이 있던 우거진 도시는 순식간에 사라졌다.

"우와……. 들었던 것보다 심하네."

"음, 쌀쌀합니다."

휘우우우———!

살풍경 속에서 불어오는 칼바람이 세 사람을 맞이하고 있었다.

샤즈라시안 연방에서도 마을들을 벗어난 최북단에서 루거가 먼저 발을 옮겼다. 이하와 키드를 돌아보지도 않았고, 가자는 말도 하지 않았다.

"망할 놈, 콱 미끄러져라."

"이걸 챙겨 오길 잘 한 것 같습니다."

"푸핫, 뭐야, 목도리? 장갑?"

키드는 주섬주섬 가방에서 여우 목도리를 꺼내어 목에 둘렀다. 서부의 무법자 같은 옷차림으로 돌아다니던 그가 복부인 같은 아이템을 착용하자 모습이 다소 우스꽝스러웠다.

"방한이 우선입니다. 여기서 더 위로 올라가면―"

"알아요, 알아. 나도 두 시간 동안 놀기만 한 건 아니거든."

이하가 꺼낸 것은 아랫면에 작은 스파이크가 부착된 덧신이었다.

마치 등산화에 끼는 아이젠 같은 물건. 물론 장갑도 있다. 그것을 보며 키드가 고개를 끄덕였다.

성스러운 그릴의 쥬에게서 이미 북부 트롤들에 대한 이야기를 들었다. 그들의 위력보다도 무서운 것은 그들이 거주하

는 곳의 환경. 혹한이 가져오는 신체의 변화를 견디기 힘들
것이라고 했다.

"자, 키드 것도 하나."

"내 것도 준비해 준 겁니까."

"저놈 것도 일단 챙겨는 왔는데, 재수 없어서 안 주려고.
낄낄, 가요."

"……–맙습니다."

"뭐?"

"아니, 얼른 갑시다."

키드가 코트를 여미며 벌써 저만치 앞선 루거를 따랐다.
이하는 키드가 내뱉은 그 작은 말소리에 담긴 진심을 느끼며
그 뒤를 따랐다.

차세대 삼총사의 세 사람은 샤즈라시안 연방 최북단에서
북부 트롤마을을 향하기 시작했다.

얼어붙은 땅덩어리가 지근하게 밟히는 느낌이 들었다.

루거가 텔레포트 한 곳은 마을도 아니었다.

이미 샤즈라시안 북단의 마을에서 벗어나 한참 동안 걸어
야 도달할 수 있는 곳. 따라서 이하가 쥬에게 들었던 것보다
더 빠른 시기부터 추위를 느끼게 된 셈이다.

모스크바를 거쳐 시베리아로 향한 게 아니라 뜬금없이 서울에서 시베리아 한복판에 떨어진 것과 같은 기분이 들었다.

"후우우우……. 동화율 더 높였으면 괴로웠겠는데. 50% 정도에도 이렇게 쌀쌀한 게 느껴지네."

동화율이 얼마 되지 않음에도 확연히 추위를 느낄 수 있는 이유였다. 호오오- 입김을 불자 만두 가게에서 올라가는 증기처럼 짙은 덩어리가 뿜어졌다.

자박, 자박, 스파이크가 딱딱한 땅 위에 덮인 살얼음들을 부수며 나아가는 소리 외에는 세 사람 모두 대화가 없었다.

이하가 슬쩍 친근하게 말을 해 봐도 역시 허공을 떠도는 소리뿐이다. 가끔 키드가 답해 주고 있었지만 그 역시 말이 많은 타입은 아니었기에 결국 대화는 금방 끊기게 되었다.

'근데 저 자식은 어떻게 이런 곳이 수정구에 저장이 되어 있을 수 있지?'

북부 트롤에 대한 말이 나오자마자 루거가 한 말도 그것이었다.

자신은 위치를 알고 있다는 말.

'마담 쥬의 말로는 버림받은 땅이나 마찬가지라고 했는데. 털옷을 칭칭 감은 자이언트들도 기피하는 땅, 작물이 자랄 수 없는 곳, 따라서 오직 육식과 생피를 빨아 먹는 괴수들이나 돌아다니는 지역……. 죽고 싶어서 거기 가냐고 물어볼 정도였지.'

게다가 그 괴수들의 정체는 또 무엇인가.

쥬가 경고하지 않아도 알 수 있었다. 자이언트 징겅겅과 함께 설산토끼를 겪어 보았던 이하다. 추운 곳에서 몬스터들의 덩치는 더욱 커진다. 원래도 중대형 종에 속하는 트롤들이 이런 곳에 산다면?

'하긴…… . 오히려 이런 곳이 저장되어 있는 게 당연한 건가.'

그의 무기는 정조준이 힘들다. 작고 재빠른 몬스터일수록 맞추기는 어려워질 터.

그런 면에서 보자면 그는 사냥을 위해 주로 대형 몬스터를 찾아 돌아다녔고, 이 지역 또한 그가 자주 왔던 곳 중 하나다, 라는 추측도 합당한 것이었다.

자박- 자박- 슥-.

"음? 왜 멈-"

"쉿."

루거가 인상을 팍 찌푸리며 이하를 돌아보았다. 자세를 낮추는 그를 보며 키드도 따라 자세를 낮췄다.

'망할 놈, 신호나 주고 멈추든가. 저 새끼 군대 가면 존나게 맞을 새끼야, 저거. 분대 수신호 체계도 모르는 놈 같으니.'

가장 뒤에 있던 이하도 자세를 낮췄다.

북극처럼 얼음 위를 걷는 게 아니다. 얇은 얼음 층이 대지를 덮은 정도. 중간 중간 눈이 녹지 않았고, 또 쌓인 곳도 있다. 능선을 따라 바위와 또 혹한에 적응한 몇몇 식물들도 존재한다.

즉, 몸을 숨길 만한 충분한 지형이 있다는 뜻. 셋은 그 구릉에 몸을 숨긴 채 눈만 빼꼼 내밀었다.

"트롤 수색꾼이다. 아직 북부 트롤 구역까진 한참 남았을 텐데……."

루거의 불길한 읊조림에 이하와 키드도 덩달아 긴장했다.

루거의 표정이 평소완 확연히 달랐다. 이곳에 자주 와 본 루거가 이상함을 느낄 정도라면 확실히 보통 상황은 아니라는 뜻으로 봐야 한다.

그리고 지금 그들이 받은 퀘스트 내용상, 보통의 상황이 아니라면 추측할 수 있는 것은 한 가지다.

"푸른 수염이 들렀을 수도 있다는 얘기군."

"어쩌면 지금 북부 트롤 구역에 있을 수도 있습니다."

철컥, 철컥-.

갑자기 들려온 소음에 이하가 화들짝 놀랐다. 루거가 장전을 하고 있었다.

"뭐하려고?"

루거의 포신을 이하가 손으로 누르며 빠르게 말했다.

"방해하지 마."

루거는 이하의 손을 파악-! 쳐 내곤 날씨만큼 차갑게 말하며 일어섰다.

그러나 그는 한 발자국도 나아갈 수 없었다. 이하가 뒤에서 루거의 옷을 잡아당기고 있었기 때문이다.

후우우우…….

이하는 크게 한숨을 내쉬었다. 이런 식이라면 도저히 끝까지 갈 수 없다.

"대답 똑바로 해, 루거. 저걸 잡아야만 북부로 갈 수 있나, 아니면 피해서도 갈 수 있나."

이하의 왼손에는 허밍버드-피스톨이 쥐어져 있었다. 권총 모양의 머스킷을 흘끗 본 루거는 결국 이하를 향해 몸을 돌렸다.

다시 한 번 발생한 일촉즉발의 상황에 키드도 스으윽, 코트 속으로 손을 가져갔다.

이미 리볼버 형태로 변한 총을 쥐고 있는 키드였다.

퀵드로우&패닝만으로도 0.3초 안에 정리할 수 있다. 키드는 자신 있었다. 이 거리, 아무리 이 두 사람이 상대라고 해도 자신의 [속사]는 확실하게 통한다.

그러나 지금 그가 고민하고 있는 건 통하냐, 안 통하냐의 문제가 아니었다. 둘에게 데미지를 주지 않고 무기만 맞춰 떨어뜨리게 만들면서도 저 앞의 트롤 수색꾼에게 걸리지 않게끔 해결할 수 있을까? 그 생각이 키드의 손을 붙잡고 있었다.

'젠장, 왜 계속 이런 상황에 빠지는 건지.'

결국 가장 최선은 애초에 그런 상황이 발생치 않게 막는 것이었다.

"퀘스트는 아직 시작도 안 했습니다."

그러니까 쓸데없이 힘 빼지들 마라. 키드가 코트 속에 손을 넣고 목소리를 내리깔자 이하와 루거도 대립을 계속할 순 없었다.

키드까지 '행동'으로 나선다면 정말 말릴 사람이 없어진다. 그렇게 되면 파탄이다. 그 상황을 루거 또한 알고 있는 걸까, 이하와 눈싸움을 하던 그가 결국 입을 열었다.

"저건 잡아야 한다."

"왜."

루거의 말은 짧았고 이하의 물음은 더 짧았다. 그 후 잠시 동안 루거는 말이 없었다.

이하의 태도가 마음에 들지 않는다는 티를 팍팍 내고 있었지만 이하도 결코 물러날 뜻을 보이지 않았다.

결국 루거가 다시 입을 열었다.

"수색꾼은 사냥감을 찾을 때까지 밖을 맴돈다. 지금처럼 먼 곳으로 나오는 경우는 한 번도 못 봤지만. 그리고 다른 곳의 감시병 위치는 내가 기억하고 있는데다, 이곳에서 총성이 난다한들 북부 트롤 구역까지는 들리지 않는 거리다. 무엇보다 녀석이 우릴 먼저 발견한다면 네놈이 원하는 '엿보기'도 끝이야. 북부 트롤 전원이 엄중경계에 들어갈 테니까. 잡아야 할 이유가 더 필요한가?"

루거는 짜증이 가득 섞인 말투로 으르렁거렸다. 설명을 하기보단 알지 못하면 나서지 말라는 뜻과 같았다.

"좋아. 그렇다면 잡아야지. 여기서 맞출 수 있어?"

"당연하다. 하지만 굳이 여기서 그럴 필요는 없지. 나가서—"

"자신 없다는 소리군. 그럼 닥치고 앉아서 주변이나 살펴. 수색꾼 한 놈이 나왔는데 다른 놈이 안 나왔을 거라는 보장은 없잖아. 아니면 평소 감시병들의 위치나 다시 되새겨 보든가."

이하는 루거의 말을 끊으며 일어섰다.

루거가 잠시 움찔거렸지만 이하는 그에게 신경 쓰지 않았다. 장갑을 벗고는 빠른 속도로 블랙 베스를 꺼낸 뒤 양각대를 펼치며 자리에 엎드렸다.

인상을 구기고 뭐라 말하려던 루거도 행동하는 이하를 제지하거나 방해하진 않았다.

'짜— 식이, 맞추지도 못하는 게 나대고 그래. 이런 건 전문가한테 맡길 것이지.'

비록 루거가 북부 트롤에 대한 정보는 더 빠삭했지만, 어쨌든 이하는 루거에게서 이겼다는 생각을 하며 속으로 뿌듯해하고 있었다.

'거리는 대략 800m. 이 정도라면 루거도 맞출 수 있을 텐데.'

이하도 루거의 무기를 겪어 본 적이 있다.

물론 탄입과 발포의 과정을 자세히, 모두 지켜본 게 아니었지만 생김새만으로도 유추할 수 있었다.

대전차포와 비슷한 루거의 〈코발트블루 파이톤〉이라면, 아무리 탄이 무겁고 크다 해도 사거리가 1km 가까이는 될 것이다. 가까이서 쏴야 파괴력이 더 높아지기 때문일 수도 있다.

그러나 이하는 일부러 다르게 생각했다.

'조준실력에 자신이 없는 거겠지! 나랑 키드가 지켜보는 가운데 삑사리라도 냈다간 뭔 쪽을 당하려고. 낄낄.'

그런 면에서 보자면 이하는 안심이었다.

북부 트롤은 센티널 산맥의 오우거 수준으로 거대했다. 800m 거리에서도 머리와 팔, 다리 등의 외형이 충분히 구분될 정도의 크기다. 피부가 푸른 것만이 일반 트롤과 다른 점이었다.

'독수리의 눈.'

이하는 스코프를 쓰지도 않았다.

독수리의 눈으로 보기엔 다소 거리가 있었지만 그것으로 충분했다. 클릭 조정은 빨랐고, 이하의 조준은 더욱 빨랐다.

"귀 막아."

"무스-"

투콰아아아아아앙————————!

즉각 당긴 방아쇠에 루거가 인상을 찌푸리며 뒤로 한 발자국 물러섰다. 키드는 이미 귀를 막은 상태였다.

"이 자식이-"

"후우우, 헤드 샷, 타겟 다운."

이하에게 다가서던 루거가 몸을 멈췄다.

"맞췄다고?"

"보면 모르나?"

트롤 수색꾼이 넘어져 있는 모습을 루거가 잠시 살펴보았다. 그의 얼굴 근육들이 일순 꿈틀거렸지만 이하나 키드는 그 모습을 보지 못했다.

그사이 이하는 블랙 베스를 거둔 후였다. 정보에서 만큼은 확실히 앞섰던 루거지만, 이하의 실력을 보고 나니 특별히 할 말이 없어졌다.

"가지."

루거는 다시금 앞장섰다.

"그렇게 말 안 해도 갈 거거든? 갑시다, 키드 씨."

이하는 키드를 챙기며 그의 뒤를 따랐다. 이하에게 등을 떠밀리면서 키드는 조용히 한숨을 내쉬었다.

"여러 의미로……. 이렇게 가슴 졸이는 퀘스트는 처음입니다."

"이런 게 다 재미지 뭘. 아참, 루거! 템은 내가 가질 거야! 발견은 네가 했지만 잡은 건 나니까."

이하는 별 기대 없이 루거에게 말을 붙여 보았다. 어차피 또 닥치라거나 꺼지라거나 또는 그냥 무시하는 반응이나 돌아올 줄 알았지만 루거는 이하에게 답을 해 줬다.

"그깟 거 나는 필요 없으니 마음대로 해."

비록 그 답이라는 것도 이하의 마음에는 하나도 들지 않는 것이었지만 말이다.

"쳇. 말이나 못하면……."

이하는 입을 비죽이며 북부 트롤 수색꾼에게 향했다.

동토에 피를 흘리고 있는 거대한 트롤, 돌출된 엄니가 위협적으로 생긴 녀석에게서 아이템을 루팅하고 세 사람은 다시 길을 걸었다.

그렇게 한 시간여를 더 걷고 나서야 이하는 북부 트롤 구역에 도착했음을 알 수 있었다. 루거가 친절하게 알려 준 것은 아니었다.

가장 먼저 반응한 것은 키드였다. 그는 붉은 기운이 도는 물약을 마시고 있었다.

"뭐 먹어요?"

"빙氷 속성 저항력을 올려 주는 포션입니다. 지금 먹어 둬야 합니다."

"왜요?"

"……아무렇지도 않은 겁니까."

"뭐가 아무렇지도-"

순간 이하의 눈에도 시스템 메시지가 떴다.

[기온이 영하 20도에 도달했습니다.]
[상태 이상 '혹한'에 저항했습니다.]
[추위로 인하여 '동상'에 걸릴 확률이 올라갑니다.]
[상태 이상 '동상'에 저항했습니다.]

"오? 상태 이상? 어쩐지 더 추워졌다 싶더라니."

아무리 동화율 50%라도 이제는 쌀쌀함을 넘어선 으슬으슬한 기운이 느껴질 지경이었다. 이하의 반응을 보며 키드가 포션 하나를 내밀었다.

"마십시오. 걸릴 확률은 낮지만 혹시 모릅니다. 한 번 걸리면 지속시간도 긴데다가 이동 속도, 공격 속도, 명중률 저하, HP 자동 회복 불가까지 가져오는 최악의-"

"아니, 난 안 먹어도 돼요. 저항했으니까."

"……저항? 어떻게? 포션도 없이……."

불행 중 다행이라면 춥기만 할 뿐이라는 것이다. 이하는 고개를 갸웃거리는 키드에게 씨익 미소를 보여 주었다.

"비밀이지."

쥬에게 혹한에 대한 이야기를 들었던 이하다. 아이젠 유사한 덧신까지 챙겨 올 정도였다. 상태 이상에 대한 것도 듣기는 했었다. 다만 그것에 대해선 별다른 준비가 필요치 않았다.

'역시 영웅급 템이 템빨 좀 받는다니까.'

〈해신의 가호가 깃든 영웅의 코트〉.

드레이크에게서 받았던 그 옷을 믿었기 때문이다.

물 및 얼음에 60%까지 저항한다. 데미지를 감소시켜 주는 마법 방어력의 기준에서도 엄청난 것이며, 상태 이상처럼 애당초 확률성 마법의 경우는 더더욱 그 확률을 낮춘다.

'걸릴 확률 30%에 60% 저항하면 실제 확률은 18%까지 내려가지. 걸릴 확률이 애당초 30%도 아닐 테니, 사실상 안 걸린다고 봐야 해.'

혹 걸린다 해도 저항이 있는 상태라 그 효과도 극히 약해져 있을 것이다. 이하와 키드가 잠깐 얘기를 나누는 사이, 루거도 재빨리 포션 한 병을 까먹고 허공에 던졌다.

파삭-!

유리병 깨지는 소리가 퍼졌다.

"루거! 이제 진입한 건가?"

"알면 묻지 마라."

"끙……. 하여튼."

이하는 털장갑을 다시 끼고 그의 뒤를 쫓았다. 북부 트롤 구역에 세 사람을 즐거운 눈으로 바라보는 사람이 있다는 건 알지 못했다.

D. Fumbta Mwata

"샤즈라시안 최북단이라……. 북부 트롤 구역에는 뭐하러 갔을까?"

"잘 모르겠습니다."

"우훗, 사스케한테 물어본 거 아니니까 신경 쓰지 말아요."

치요가 사스케를 향해 미소를 보이곤 다시 수정구에 집중했다.

일시 휴전 협정이 있었던 날, 이하에게 접근한 것은 단순히 얼굴만 보고 인사를 하기 위함이 아니었다. 자신의 눈으로 하이하를 직접 보고 싶다는 욕구도 아니었다.

'비예미가 눈치챘을까 했는데, 다행인걸? 구시대의 암살자는 알 수 없었겠지.'

마킹이 통하지 않는다는 보고는 미드나잇 서커스를 통해서 이미 알고 있는 바, 그녀가 직접 이하의 위치를 추적하고 그 모습을 볼 수 있는 추적 아이템을 심어 놓기 위해서였다.

"이제 유효 기간은 이틀인가요?"

"핫!"

"흐으음, 보아하니 하루, 이틀로 끝날 퀘스트가 아닌 것 같은데……. 하이하만으로도 흥미로운데 루거와 키드까지 있는 퀘스트라. 마왕의 조각과 관련이 있을지도―"

"알아보고 오겠습니다."

"아니, 아니. 지금 우리가 움직이고 있다는 걸 알려 줘선 안 돼요. 하이하의 눈치는 보통이 아니거든. 최근 만난 사람 중 가장 의심스러운 자…… 틀림없이 나를 의식할 거야."

치요는 몸을 부르르 떨었다.

쾌락에 찬 그녀의 표정을 보며 사스케의 얼굴이 잠시 달아올랐다. 자신이 모든 것을 통제하고 있다는 기쁨, 인정하는 적수와의 눈치 싸움. 그녀가 가장 좋아하는 것이자 미들 어스를 하는 이유 중 하나이기도 했다.

"그렇다면―"

"흐으응, 샤즈라시안 연방이니까 샤즈라시안 놈들이 움직이는 건 크게 의식하지 않을지도 모르지. 지난번 실패의 손해배상을 대신해 하이하를 추적하라고 알려 줘요. 괜찮은 정보를 물어 오면 〈계약서〉는 파기하겠다고 하면 되려나?"

"허나 그들은…… 정보를 수집하기보단 곧장 행동에 나설지도 모릅니다, 오카상."

"하이하만 있으면 모를까 루거와 키드가 있는데 나설 정도로 멍청하진 않을 거예요. 뭐, 그 정도로 무식한 불곰이라면 카페트 용도밖에는 쓸 수 없으니 껍질이 벗겨지든 말든 우리가 알 바 아니지. 그때는 러시안에게 거액을 후원받는다 생각하면 되는 거예요. 그렇지?"

한 번 그녀와 엮인 이상 빠져나갈 방도는 없다.

치요의 말에 사스케는 크게 감탄한 표정을 지었다. 자신들의 입장에선 어떤 방식이 되더라도 손해 볼 일이 없다.

"핫! 바로 움직이겠습니다."

사스케는 치요에게 인사하곤 자리에서 사라졌다. 치요는 그가 사라진 자리를 향해 미소 짓고는 수정구를 품속으로 갈무리했다.

"자, 더 따라잡히기 전에 나도 레벨 관리 좀 해야겠네."

자리에서 일어나 총총걸음으로 방 밖으로 나섰다.

방 안이라고 생각했던 장소는 사실 비밀 공간 중 하나였을 뿐. 이곳은 미니스에 있는 거대한 주점이었다. 치요 개인 소유의.

"어이, 치요! 여기 와서 이리 좀 앉아 봐, 내 물어볼 게 있어서 그러네."

"어으응, 사단장님도 참. 그건 전쟁 때 말씀 드렸잖아요. 기회를 못 살린 건 사단장님이면서."

"그, 그러니까. 한 번만 더 기회를 줘. 자네가 정보를 줘야 나도 뭔가 자리를 만들어 보지 않겠나? 응? 다른 거, 다른 거 뭐 없어? 나 좀 살려 주게나."

정보의 활용, 모든 NPC와의 친밀도 관리.

말은 쉽지만 보통 일은 아니다. NPC들의 관계도 서로 우호적인 사이가 있고 적대적인 사이가 있다. 그중 일방에 치우치지 않고 모든 NPC와 고르게 친밀도를 올린다는 건 단순한 말빨과 작업으로 될 게 아니었다.

"알았어요. 대신 총사령관님께는 제가 말씀드렸다고 하면 안 돼요? 저를 별로 안 좋아하시는 것 같으니까."

"무, 물론이지! 응, 물론이고말고! 내가 조사해서 알아낸 것으로 하겠네. 그리고 에윈 경께 인정만 받으면 내가 풍두르 자작과 바로 다리를 놔줄게!"

사단장 NPC가 안달복달하자 치요는 소매로 자신의 입을 가렸다. 걸렸어.

이번엔 어떤 이야기로 미니스 왕국을 뒤흔들어 볼까. 치요는 자신이 수집한 정보들을 빠르게 정리하며 이야깃거리를 만들어 냈다. '무희'가 경험치를 쌓는 방법 또한 미들 어스다웠다.

그녀는 사단장 NPC 주변에 앉은 다른 사람들을 전부 물린 후에야 천천히, 낮은 목소리로 입을 열었다.

"전쟁 당시 위치모어 강변 침공로에서 퓌비엘과 내통한 수비군이 있었다나 봐요. 우리가 이번 전쟁에서 빠르게 침공당한 이유도 그놈 때문이라던데……."

"그, 그게 정말인가?"

계급 사회에 물적 증거는 필요 없다.

몇 가지 정황과 정보만 있다면 거짓도 사실이 된다. 그 사실을 NPC들이 활용하고, 결과가 나오면 그녀의 경험치가 오른다.

이미 치요의 머릿속엔 계산이 끝나 있었다.

평민 계급인 수비 대장 NPC가 처형당하고, 이 사단장이 공로를 인정받기까지 길어야 열흘. 열흘 만에 경험치 30%는 단박에 올릴 수 있으리라.

"많다."

"그들의 부락입니다. 많은 게 당연합니다."

"아니, 아니, 그 정도가 아니잖아요. 코볼트 마을이나 오크 부락도 몇 번 가 봤지만 이건 차원이 다른데?"

이하와 키드가 몸을 숨기고 눈만 빼꼼 내민 채, 북부 트롤 마을을 살폈다. 루거는 그가 자신했던 만큼의 능력이 있었다.

상태 이상이 걸리기 시작한 진입로에서부터 본격적인 부락이 시작되는 곳까지 곳곳에 깔려 있던 감시병들의 눈을 모조리 피하는 데 성공한 것이다.

'감시병들 보자마자 눈이 뒤집혀서 달려 나갈 줄 알았더

니, 제법 꼼꼼하단 말이야.'

이하는 키드의 옆에서 말없이 트롤을 살피는 루거를 흘끗 살폈다.

수색꾼을 잡을 때만 해도, 아니, 아카데미에서만 해도 당장이라도 다 쓸어버릴 것처럼 말했던 그다. 그러나 정작 북부 트롤 구역에 진입한 후, 부락을 보고 나서부턴 비교적 얌전한 상태였다.

"루거, 이곳으로 다른 감시병은 안 오나? 그럼 여기서 일주일만 숨어 있으면 퀘스트 완료라는 소린데."

"지금은 패턴 3이다."

"흐음, 패턴마다 감시병의 자리가 바뀐다는 소리지?"

"알면 묻지 마."

루거는 이하를 향해 눈길 하나 주지 않았다. 이하는 작게 구시렁거렸다.

"키드도 예전에 이상한 화법을 쓰더니만, 이건 더하네."

"뭐?"

"아니? 아무 말도 안 했는데?"

이하가 너스레를 떨자 키드가 끌끌거리며 웃었다.

세 사람은 다시 북부 트롤 구역, 그곳에서도 중심부에 위치한 북부 트롤 부락을 살폈다. 덩치가 큰 것은 당연하거니와, 모두의 무장상태도 보통이 아니었다.

'코볼트나 오크 따위도 직종이 갈렸어. 놈들은 다른 몬스

터에 비하면 힘이 약해 분업체계를 통해 부족한 점을 보충했던 거야. 하지만 이것들은…….'

트롤 주제에 석궁이 있다.

조악하지만 분명히 석궁이다. 심지어 석궁을 든 감시병 옆에는 거의 문짝만 한 방패를 든 방패수까지 같이 서 있다. 석궁의 약점에 대해서 파악했고 그 단점을 보완했다는 뜻.

'그뿐이 아니야. 무기도 다르다. 센티널 산맥의 트롤들이 몽둥이 따위나 들고 있는 것에 비하면 여기는 거의 군대잖아.'

코볼트나 오크처럼 '일꾼'이라고 볼만한 몬스터는 없었다.

작물이 자라지 않는 땅에서 할 수 있는 일은 오직 사냥이었기에 더욱 그들은 흉포하고 강력했다. 그들의 덩치에 맞는 둔기류와 방패, 창칼 등을 소지한 북부 트롤들은 몬스터 군단이라고 부르기에 알맞았다.

[북부 트롤 부족을 살피고 있습니다.]
[현재까지 수상한 점은 보이지 않습니다.]
[정보 수집 0.6%]

'한 시간에 0.6%. 하루 24시간, 일주일 7일 하면 거의 딱 떨어지는군.'

루거와 키드도 이하와 같은 계산을 마친 후였다. 알림창으

로도 특이사항이 없다고 하니, 딱히 이상한 점을 집어낼 순
없었다.

"아까 수색꾼이 튀어나온 건 그냥 돌발 상황이었나 본데."

"그럴 수도 있겠습니다."

키드도 이하의 말에 동의했다. 게다가 당분간 별일이 없을
거라면 굳이 세 사람이나 있을 필요가 없다는 게 이하의 생
각이었다.

"자, 이대로 그냥 일주일 있으면 될 것 같은데. 번갈아 가
면서 봐도 올라가는지 테스트 한 번 해 보고, 만약 된다면 순
번 정해서 로그아웃 합시다. 두 사람이 지키고, 한 사람은 쉬
어야지."

체력을 함부로 써선 안 된다.

퀘스트의 시스템을 먼저 파악하고 차례대로 공략하는 게
이하의 스타일이었다. 국왕을 보호하는 퀘스트 때도 그랬고,
국가전 때도 그랬다.

그러나 루거는 이하의 제안에 아무런 반응을 보이지 않
았다.

"귀머거리씨? 내 말 씹지 말지?"

"그보다 중요한 건 크롤랑의 위치다."

"응? 아니, 크롤랑을 잡는 건 우선 나중에 생각하고-"

"잡는 게 문제가 아니야. 북부 트롤의 족장 위치를 먼저
알아놔야만 추후 비상사태에도 대비할 수 있다. 안 그런가."

이하가 저런 제안을 했던 것은 루거를 최대한 한자리에 묶어 두기 위함이었다. 돌아다니면 100% 확률로 사고를 칠 거라는 걱정이 들었으니까. 그러나 루거의 말도 일리는 있었다.

"그렇긴 하지. 근데 어디 있는 줄 알고? 감시병이 저렇게 많은데 이곳을 돌아다닐 순 없잖아."

"몇 번이나 말하지 않았던가? 나는 이곳의 지리를 안다고."

"당신 혼자 돌아다니겠다? 허, 그러다 혼자 꼴까닥 하면? 나랑 키드도 연대 책임인 거야. 그런 상황에서 내가 당신을 함부로 보낼 것 같아?"

"나는 크롤랑을 찾아야 한다고 말했다."

"그러니까 그게-"

"아니, 이번엔 루거의 말이 옳습니다. 추가 보상 때문이 아니라도 제2차 인마대전의 네임드 몬스터인 그의 거취를 파악하는 건 중요한 일입니다. 단순히 트롤들을 지켜보는 것으로 이 퀘스트가 완료될 것 같진 않습니다."

루거와 이하의 분위기가 다시 험악해지기 전, 키드가 먼저 치고 들어왔다. 이하도 인지는 하고 있었다. 그러나 이런 곳을 수색하기엔 너무 리스크가 크다.

리스크를 줄일 수 있는 방법은?

저격수의 머릿속에 작전도가 펼쳐졌다.

"흐으으음……. 젠장, 어쩔 수 없지. 가급적 조용히 있고 싶었는데. 루거! 여기 지리 잘 안댔지? 제일 고지대가 어디 쯤이야?"

"뭐?"

"이 근처에서 제일 높은 지형이 어디 있냐고. 그곳에서 이곳 부락을 우리 셋 모두 확실하게 숙지한 후, 두 사람이 움직여. 내가 위에서 트롤들의 위치를 파악해 주겠어. 크롤랑만 찾으면 바로 내가 있는 곳에서 다시 뭉치기로 합시다. 체인 텔레포트 스킬 쿨은 2시간이니까 얼추 공부하다 보면 쿨도 다 돌 거고."

피치 못할 때를 위해서라도 반드시 대비책은 마련해야 했다.

여분의 스킬, 지리적 이점, 필요 정보들이 이하의 머릿속에서 조합하며 순식간에 작전이 짜였다.

키드가 잠시 눈을 휘둥그레 떴으나 곧 장난스런 표정으로 이하에게 말했다.

"컨트롤 타워를 하겠다는 겁니까."

"나보다 거리 잘 재고 멀리 볼 수 있는 사람 있으면 둘 중에 아무나 하든가. 당연한 거잖아요? 그치, 루거?"

"……좋다. 그 재수 없는 눈알을 믿어 보도록 하지."

"안 믿으면 어쩌려고? 우리 셋 다 '멸망의 단초'가 되는 일만큼은 막아야 하니까 확실히 합시다, 확실히."

"따라와."

루거는 이하의 말을 무시하며 다시금 발을 옮겼다.

북부 트롤들의 부락이 모조리 내려다보이는 곳은 이곳에
서 한참 동안 더 가야 했다. 아무리 짧게 잡아도 최소 1.5km
는 더 간 곳에 동네 뒷산이라고 부를 만한 지형이 있었다.

"볼 수 있나."

"당연하지. 하지만 외곽부 정도가 한계겠어. 어차피 부락
내부까지 침투해 들어갈 건 아니니까 괜찮겠지만, 그래도 조
심해."

이하는 스코프 캡을 열고 북부 트롤 부락을 빠르게 한 바
퀴 살폈다. 나무가 많지 않아 다행이었다.

울타리나 움막 몇 개 정도 있는 것으로는 북부 트롤들의
모습을 전부 가릴 순 없었기에, 이하가 모조리 관찰할 수 있
었다.

"흐, 여기서 퀘스트 퍼센테이지가 오르면 좋을 텐데."

"미들 어스가? 하, 어림없는 소리군."

"나도 알아. 그냥 해 본 말이야. 물어보는 말에 대답은 잘
안 하면서 혼잣말에는 토를 잘도 다네."

지도를 펼치고 머리를 맞대는 와중에도 루거와 이하는 티
격태격 댔다.

부락의 둘레와 주변 지형의 고저, 몸을 숨길 만한 은, 엄
폐물의 여부를 모조리 체크하고 확인하는 데에는 오랜 시간
이 걸리지 않았다.

이하뿐 아니라 루거와 키드 모두 삼총사 업적을 따기까지 많은 일들을 해 왔다는 증거였다.

"무슨 일 있으면 바로 텔 타고. 절대 죽어선 안 돼. 우리 셋 중 하나만 죽어도 퀘스트는 실패니까."

떠날 채비를 하는 두 사람을 보며 이하가 신신당부했다. 키드가 리볼버를 장전하며 입을 열었다.

"루거, 북부 트롤은 강합니까."

"키드 네 녀석의 총알이라면 조금 따가운 정도겠지."

"그 정도면 충분합니다. 우리보단 하이하 당신이나 조심하십시오. 멀리 보는 사람일수록 바로 옆을 보지 못하는 경우가 흔하니까."

"헷. 내가 바본 줄 알아요? 라이징-선이랑 내가 어떻게 싸웠는지 모르나?"

이하가 어깨를 으쓱하자 키드가 흐뭇한 표정을 지었다.

라이징-선과의 싸움, 그 동영상을 키드가 보며 두 사람이 처음 만나게 되었었다. 당시 이하가 갖고 있던 또 다른 무기가 무엇이었던가.

"역시……. 갑시다, 루거."

"명령하지 마."

사박- 사박- 두 사람이 다시 북부 트롤 부락을 향해 가는 시간 동안 이하는 주변에 클레이모어 몇 기를 설치했다.

전장에서 저격수는 스스로의 안전을 도모할 줄 알아야 한다. 이하가 믿고 있던 것은 바로 이것이었다.

클레이모어 설치가 끝날 때쯤, 키드와 루거는 다시 북부 트롤 부락까지 접근했다.

그들의 예상보다 크롤랑을 찾는 것은 힘든 일이었다.

Geschoss 6

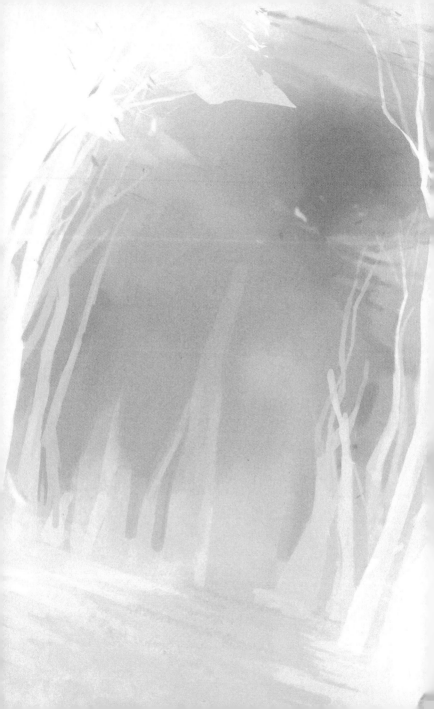

　―1시 방향, 150m 전방, 울타리 근처에서 트롤 두 마리 이동 중.

　―숨겠습니다.

　―오케이.

　키드의 귓속말을 듣고 이하는 다시 총부리를 옮겼다. 부락을 왼쪽으로 도는 키드와 오른쪽으로 도는 루거 모두를 살펴줘야 했다.

　―11시 방향, 한― 300m쯤에 감시탑 같은 게 있는데? 가시거리가 제법 될 테니 미리미리 조심.

　―알고 있다.

─아, 그러셔? 감시탑 밑에서 뭔 고기 처먹는 트롤 한 마리 있으니까 그것도 조심하고. 어디로 움직일지 아직 모르겠음.

─……알았다.

휘우우우————!

칼바람이 이하를 다시 한 번 스치고 지나갔다. 역시 상태 이상 메시지가 떴지만 이번에도 두 개 모두 저항에 성공했다.

'역시 안 오른다. 이곳에 있은 지는 벌써 한 시간 반째. 내가 여기서 지켜보는 것만으론 정보 수집률이 오르지 않아.'

제한 거리가 있을 것이다.

스코프를 활용한 이하의 눈이 퀘스트 제한 거리를 넘어서 있다는 의미였다. 키드와 루거가 부락 인근에 도착한 지도 아직 30분이 채 안 되었으니 아무런 메시지가 뜨지 않는 게 당연했다.

─현재 위치에서 크롤랑 확인 불가, 외견상 특이 트롤 없음. 두 사람은 어때요? 뭐 보이나?

이하는 두 사람 근처에 별일이 없다는 것을 확인, 스코프를 다시 한 바퀴 돌리며 마을 곳곳을 훑었다. 움막처럼 생긴 초소, 거대한 그들의 몸을 지탱하기에 충분한 감시탑, 심지어 나무로 된 집까지 있는 부락 어디에도 이하가 원하는 정보는 없었다.

　ー일반 트롤들뿐입니다. 그들의 말이 언뜻 들리긴 하지만 크롤랑에 대한 단서는 아닙니다.
　ー보이면 말한다고 했다.

　이하는 불현듯 베일리푸스가 어떻게 루거를 상대할 수 있는지 깨닫게 되었다.
　'골드 드래곤은 역시 현명하구나. 저런 말 한 마디, 한 마디에 전부 반응해 봐야 나만 피곤해지는 거야. 그래서 루거가 뭐라고 지껄이든 그냥 무시하고 필요한 내용들만 가지고 대화한 거였군.'
　시비를 걸든, 골드 드래곤 베일리푸스를 파충류라고 부르든 전부 무시했던 이유가 있었던 것이다.
　몇 시간이나 같이 붙어 있자 이제야 이하도 조금 루거에게 적응할 수 있게 되었다.
　'문제는 크롤랑인데. 역시 히쥣-카처럼 특정 조건이 있어야 해. 그냥 난입해서 전부 쳐 죽어야 하나? 그러다 보면 튀어나올까?'
　코볼트 퀘스트 때처럼 붙잡아 고문(?)하며 정보를 캐내야 할까?

이하는 확신할 수 없었다.

인간보다 덩치도 작은 그 녀석들에 비하면 트롤 한 마리, 한 마리의 힘은 감당할 수 없는 수준이다. 붙잡고 물어본다고 대화가 통하지도 않을뿐더러, 곱게 생포하기도 쉽지 않을 것이다.

'무엇보다 퀘스트 내용이 그게 아니야. 나서서 해결하는 게 아니라 엿보기다, 엿보기. 즉, 관찰하는 것이란 건데……'

이하의 생각은 생각대로 진행되었고, 관찰은 관찰대로 진행되었다.

키드와 루거에게 적절한 지시를 하며 트롤들을 회피, 부락을 더 둘러보길 또 30분이 지났다. 세 사람의 눈앞에 홀로그램 창이 떴다.

[북부 트롤 부족을 살피고 있습니다.]
[현재까지 수상한 점은 보이지 않습니다.]
[정보 수집 1.2%]

'일단 나 혼자 이곳에 있어도 뜨긴 뜬다. 세 사람 중 한 사람만? 어쩌면 두 사람 이상만 지켜보고 있으면 된다는 의미겠군. 그나저나 저 인간들 잘 숨긴 잘 숨네.'

이하의 뜻대로 '정보 수집율 100% 달성'으로 퀘스트를 클리어 하는데 방금 정보는 도움이 될 것이다. 물론 세 사람 모두 같은 생각을 하고 있을 때의 이야기였다.

　-식사 분배…… 식사 분배 시간이라는 얘기가 들렸습니
다. 루거?
　-나도 들었다. 벌써 6시였나.

갑자기 키드의 목소리가 빨라졌다.

　-식사 분배? 그게 뭔데요?

이하가 물었지만 두 사람 모두 답하지 않았다. 잠시 후 루
거가 뒤를 돌며 이하에게 말했다.

　-철저히 확인해. 1시간 안에 트롤들이 전부 모일 거다.
　-배급을 한다는 소리군. 오케이, 두 사람 위치 확인 완료.

장비류는 갖췄다만 문명사회가 아니다.
배급을 위해 모두가 일일이 한자리에 모여야만 하는 트롤
사회, 키드와 루거는 자세를 바짝 낮추었다.
'저렇게 많았나? 아까도 숫자는 적지 않았는데 더 있었어?
아니, 애초에 나간 숫자가 더 많은 것 같아!'
어디서 나타난 것일까, 언덕 너머, 길 건너, 나무 뒤에, 계

곡 안에 숨어 있던 트롤들이 전부 튀어나오기 시작했다. 북극곰을 닮은 짐승부터 털이 숭숭하게 난 사슴과 유사한 짐승들이 그들의 손에 들려 있었다.

처음에 있었던 수, 이하가 군대와 비슷하다며 놀랐던 그 수조차 그저 부락을 지키는 보초들이었을 뿐, 마을 구성원의 상당수를 차지하는 사냥꾼들은 전부 밖에 있었던 것이다.

–꼼짝 말아요. 움직이면 안 돼. 키드 7시 방향 40m 거리에 일곱 마리, 11시 방향 70m 거리에 열세 마리.

–루거도 마찬가지! 1시 방향 100m에 열다섯– 아니, 열여섯 마리, 그 너머에서 또 접근하는 게 여덟 마리!

이하의 심장이 두근거렸다.

울타리 둘레를 따라 부락 내부를 살피던 그들은 입구에서 그리 멀리 떨어져 있지 않았다. 정 위험할 경우 체인 텔레포트를 쓰면 된다지만 우선은 들키지 않는 게 급선무다. 아직 원하는 정보의 근처에도 가지 못한 상황이니까.

그렇게 다시 숨 막히는 시간이 지났다. 시간이 지날수록 트롤이 줄어들기는커녕 점점 더 늘어만 가고 있었다. 6시 50분경이 되었을 땐 북부 트롤 부락 중심부에 모인 트롤이 천 단위가 넘고 있었다.

'세상에……. 난입해서 어쩌고 할 게 아니었구나. 큰일 날

뻔했네.'

루거가 아무리 강해도 저 정도 숫자라면 포탄이 부족하지 않을까. 이하는 고개를 저으면서도 트롤에 대한 관찰에서 집중을 놓지 않았다.

10분이 더 지나 다시 한 시간이 되었다.

[북부 트롤 부족을 살피고 있습니다.]
[현재까지 수상한 점은 보이지 않습니다.]
[정보 수집 1.8%]

─이제 다 모였나 본데? 잡아 온 고기들 막 모으고 있어요. 이쪽에선 특별한 트롤 안 보임. 그쪽은?
─……모르겠습니다. 장비류만 다를 뿐, 딱히…….
─크롤랑은 없다. 지금이 아닌가.

루거는 식사 배분 시간까지 고려해서 크롤랑에 대한 수색을 제안했던 것일까. 확실히 북부 트롤을 겪어 본 자는 달랐다.

'그니까 그 말을 미리 해 줬으면 얼마나 좋냐고. 모든 트롤이 곧 모이니까 미리 자리를 잡고 관찰을 해 보자, 배급할 시간쯤엔 족장 격인 크롤랑이 나오지 않겠냐, 하면서 제안했으면 나도 동의했을 거 아냐! 왜 지 혼자만 알고 있냐고.'

10분, 20분, 스코프 너머로 트롤들이 옹기종기 모여 교류하는 것을 보면서 이하는 고개를 절레절레 저었다. 어쨌든 루거의 말도, 이하의 말도 틀린 게 없었다.

　-루거! 식사 배분 끝나면? 쟤네 다시 나가나? 아니면 밤이라서 안 나가?
　-오늘은 안 나갈 거다.
　-크롤랑은 아무래도 오늘 발견하기 힘들 것 같으니까 감시병 패턴 파악 좀 다시 해 줘. 안전한 자리 잡고 다시 내일까지 관찰-

　콰아아아아아아앙————!!!
　이하의 뒤편에서 거대한 폭발음이 들린 것은 그 때였다.
　"윽, 뭐야?"
　이하가 화들짝 놀라 뒤를 살폈다.
　좌후방 250m 부근에서 불꽃이 잠시 일더니 연기가 급속도로 치솟기 시작했다. 흑색 화약이 대규모로 폭발하며 만든 잔해, 클레이모어 하나가 작동했다.

　-무슨 일입니까. 소음이 들렸습니다.
　-연기가 보인다. 뭔 짓거리를 하는 거야. 우리가 왔다고 알리고 싶은 건가?

－클레이모어가 터졌－

이하가 말을 채 잇기도 전, 콰아아아아아아앙———!!! 또
한 번의 폭발음이 들렸다.

이번엔 우후방 방면. 오작동은 아니다.

짐승 따위가 걸린 것일 리도 없다. 이 근방에 아무것도 없
다는 건 아까 확인했으니까.

이하는 확신했다.

'클레이모어의 간격만 해도 300m가 넘어⋯⋯ 양쪽 방향에
서 누가 온다!'

－하이하? 하이하?

－미친 새끼! 봉화라도 피우는 거야? 트롤들이 전부 그쪽
을 보고 있어!

이하는 이미 블랙 베스를 폭발이 일어난 방향으로 돌린 채
숨을 죽이고 있었다. 마음 같아선 키드와 루거를 당장 불러
야겠지만 그럴 수도 없었다.

두 번의 폭발로 인한 연기는 북부 트롤 부락에서도 아주
잘 보이게 되었기 때문이다.

[북부 트롤이 관심을 갖고 있습니다.]

[경보 : 50%]

알림창이 뜬 것은 차라리 애교였다. 검은 연기를 헤집으며 나타난 무리들을 이하가 못 알아볼 리가 없었다.

"캬하하핫, 잘 있었나?"

"이고르……?"

아그롬니 이고르의 얼굴엔 검댕이 묻어 있었다. 그의 뒤로 오와 열을 맞춘 군사들이 따르고 있었다.

"짜르까지……. 어떻게?"

여기를 어떻게 알고 올 수 있는가?

샤즈라시안 소속 유저라고 모든 것을 알 수 있을 리는 없다. 무엇보다 이하는 샤즈라시안 연방의 어떤 마을도 거치지 않고 이곳에 왔다. 즉, 목격자가 없었다는 뜻.

그런데 어떻게 알았지? 마킹이 걸렸을 리도 없는데!

"이제야 내 업적을 되찾을 수 있겠군. 생포해."

다 쎄르!

이고르와 짜르는 친절하게 답해 주는 성격은 아니었다. 이하 또한 가릴 처지가 아니었다.

이하는 일단 방아쇠부터 당겼다.

투콰아아아아앙————!

"음?"

"멍청한……."

서로 떨어져 있었지만 키드와 루거의 귀에는 확실히 감지되었다. 이전의 폭음과 다르다. 지금은 분명한 총성이었다.

"루릿—시끄러운, 카아— 소리."

"인간? 자이언트?"

"아룩! 타! 고기! 고기!"

북부 트롤들이 엄니를 삐죽이며 소통했다. 그래도 아직은 절반쯤이다. 나머지 절반의 트롤은 식량 배급에 더욱 신경 쓰고 있었다.

—하이하, 대답하십시오, 하이하!

—빌어 처먹을 놈! 잘난 척은 혼자 다 하더니 무슨 짓거리를 하는 거야!

키드의 부름에도, 루거의 호통에도 이하의 답은 돌아오지 않았다. 두 개의 연기가 사이좋게 하늘로 솟구치는 야산 위에서 다시 한 번 조용한 총성이 아스라이 들려왔을 뿐이다.

[북부 트롤이 주의하고 있습니다.]

[경보 : 60%]

1.5km나 떨어져 있으므로 소리가 들리는 것은 아주 작았다. 만약 도시나 전쟁터였다면 저 정도 소리는 아예 묻혀 버렸을 것이다.

그러나 코를 훌쩍이는 건지, 가래가 끓는 건지 괴상한 소리를 내는 트롤의 소음을 제외하면 이곳엔 인공적인 소리가 1데시벨도 없는 공간이다.

더군다나 탁 트인 곳이니, 바람소리에 총성이 실려 오기엔 충분한 여건이었다.

투콰아앙, 하는 소리의 끝, 타앙, 타앙-! 하는 소리의 끝. 연속적으로 총성이 들려왔다.

[북부 트롤이 경계하고 있습니다.]
[경보 : 70%]

고기를 주고받고, 북극곰을 해체하던 트롤들의 시선은 점점 더 한곳으로 몰렸다. 하나, 둘 무기를 움켜쥐는 녀석들도 생겼다.

"아릇, 아릇, 인간, 인간이다."

"인간고기, 크훗, 인간고기."

사슴을 통째로 씹어 먹던 북부 트롤이 웃자 그의 입가에

피가 주르륵 흘러내렸다. 키드와 루거의 낯빛은 점점 어두워
져 갔다.

　-루거, 체인 텔레포트는?
　-모두 활성화다. 이미 쓸 수 있는 상황이야. 대체 저 병신
은 뭘 하는 거지.

　그럼에도 두 사람은 섣불리 움직일 수 없었다. 지금은 모
두가 활성화 상태. 즉, 이하가 도망가고자 마음만 먹었다면
키드든 루거든 누군가의 옆으로 이동할 수 있다는 의미.
　그런데 움직이지 않고 있다는 것은?
　사태를 스스로 처리할 자신이 있다는 뜻 아닌가?
　두 사람 모두 그렇게 생각하고 나니 함부로 이하의 곁으로
갈 수가 없었다. 대답이라도 있으면 좋으련만 이하에겐 아무
런 답변이 없었기에 답답한 상황은 더 이어졌다.
　그럼에도 비상상황에는 대비해야 하는 법,
　키드와 루거 모두 자신들의 무기를 만지작거렸다. 해는 어
느새 다 저물었다. 노을도 없이 보랏빛 어둠마저 물러서려는
그 시간, 하늘을 붉게 물들이는 빛이 폭발적으로 뿜어져 나
왔다.
　그것은 화염이 아니었다.
　명백한 스킬 이펙트였다. 이하가 소울 메이트를 불러냈다

는 걸 키드와 루거 모두 알 수 있었다.

[북부 트롤이 비상 상황에 돌입했습니다.]
[경보 : 90%]

─하이하, 위험하면 이쪽으로 오십시오! 더 이상은─
─야 이 병신아!!!!

그 순간, 휘우우우, 불어오는 칼바람 소리에 또 한 번의
총성이 실려 왔다.

[경보 : 100%]

"족장, 족장님께!"
"우리들의 왕!"
"아루──! 아루하──! 아루루──!"
아루하──! 아루루──!
루하──! 루루──!
천이 넘는 북부 트롤 모두가 괴상한 소리를 질러 대기 시
작했다.
총성이 들리지 않게 된 것도 그 즈음이었다. 이하 쪽을 바
라보던 키드와 루거의 시선이 트롤들의 시선을 쫓았다.

부락 너머의 야트막한 언덕, 그곳에서 엄청난 속도로 무언가가 달려오고 있었다.

키드와 루거가 부락 내부에서 크롤랑을 찾을 수 없는 이유였다. 북부 트롤의 왕은 이 부락 안에 거주하고 있지 않았기 때문이다.

'트롤의 속도가 아니야.'

[북부 트롤의 왕, 크롤랑이 나타났습니다.]
[북부 트롤 부락에 있는 모든 트롤이 15% 강해집니다.]

북부 트롤만 해도 일반 트롤들보다 거대하다.

하물며 크롤랑은 네임드 몬스터다운 격이 있었다. 센티널 산맥의 필드 보스, 싸이클롭스 퀴케로가 10m가량이었는데, 크롤랑 역시 그 수준이었다.

그의 머리는 10m보다 높은 위치에 있었다. 도대체 무슨 생물인지 파악하기 힘든 말(馬)을 타고 있었기 때문이다.

"츄루루루룹—……. 백작님께서 오신 것도 아닌데 왜 깨웠나."

크롤랑의 소름 끼치는 목소리는 키드와 루거에게도 들렸다.

그리고 그 순간, 키드의 옆에서 빛이 번쩍였다.

슈아아아—…….

"웃? 하이하?"

"키드! 루거 불러요, 빨리! 크롤랑 잡아야 해, 어서! 어서 어서!!"

"무, 무슨-"

"시간이 없어- 시간이! 나타났다고!"

체인 텔레포트의 시전은 강렬한 빛을 발한다. 북부 트롤들과 크롤랑이 지금처럼 볼 수 있도록 말이다.

키드는 대체 이 상황이 어떻게 된 건지 알 수가 없었다.

[북부 트롤이 주의하고 있습니다.]

[경보 : 60%]

탄환이 짜르의 길드원의 가슴을 파고들었다. 사슬 갑옷을 입고 있었음에도 가슴과 등을 잇는 커다란 구멍이 생겼다. 즉사 판정이다.

"입부터 틀어막아."

이고르는 지시를 내리며 이하와 거리를 벌렸다.

이하는 탄환을 발사하기 무섭게 노리쇠 후퇴전진, 다가오는 또 다른 짜르의 길드원을 향해 총구를 들이밀었다. 녀석이 종이를 찢는 게 조금 빨랐다.

[유저 '자트크니스'가 당신을 공격했습니다. 적대관계가 형성됩니다.]

[적대관계의 유저를 공격시 카오틱 지수가 상승하지 않습니다.]

[상태 이상 '통신 방해'에 걸렸습니다.]

[범위 내에 있는 동안 15분간 귓속말을 포함한 모든 그룹 채팅이 금지됩니다.]

투콰아아앙————!

욕을 할 시간도 아까웠다. 자트크니스의 목 위가 전부 사라진 걸 확인 후, 이하는 다시 재장전을 마쳤다.

불과 200m도 되지 않는 거리에서 짜르는 이하를 포위하려 하고 있었다. 그 수는 대략 삼십. 이하는 빠르게 선택해야 했다.

하나는 그냥 뛰어 내리는 것.

북부 트롤 부락이 내려다보인다는 의미는 반대편이 낭떠러지라는 뜻이다. 살아남을 가능성은? 최소 다리는 부러질 것이다. 무엇보다 저 짜르가 쫓아온다고 가정한다면 딱히 상황이 나아질 게 없다.

또 하나는 체인 텔레포트를 쓰는 것.

키드나 루거의 위치로 갈 수 있다. 그러나 그렇게 되면?

'빛이 발생해. 이미 경보 60% 수준의 알림이 떴는데 내가 빛을 내 버리면……'

북부 트롤들을 자극하는 것을 최대한 자제하려 했던 이하다.

정작 자신이 스킬을 쓰는 것으로 놈들이 발광할 수도 있다. 퀘스트의 실패는 '멸망의 단초'가 된다. 함부로 움직일 수 없다.

'키드나 루거가 와 주면 좋을 텐데—'

무슨 일이 생겼다는 건 저들도 알 것이다. 만약 둘 중 한 사람만이라도 와 준다면 짜르 삼십과 이고르 하나. 충분히 해 볼 만하다.

'어차피 짜르의 평균 레벨이라고 해 봐야 미드나잇 서커스와 크게 다를 거 없어. 둘 중 한 사람이 와서 이고르만 맡아 주면 나머진 내가 정리할 수 있다.'

레벨 150~160의 인원들은 전쟁에서 수없이 겪어 봤던 이하였기에 자신감도 있었다. 허나 어느 누구도 이하의 곁으로 와 주진 않았다.

결국 이하가 선택할 수 있는 건 세 번째였다.

"마나 증발탄!"

싸워야 한다.

둘 중 누구라도 오기를 기다리며 싸울 수밖에 없다. 만약 키드나 루거의 생각을 이하가 알고 있었다면 차라리 진즉 체인 텔레포트를 썼으리라.

투콰아아앙————!

뒤로 빠진 이고르는 알 바 아니다. 우선적으로 정리해야 할 대상들은 짜르의 인원들. 한 발이 그들이 만든 반원의 중심부에 푸욱, 꽂혔다.

"조준 실패다! 잡아! 지금 생포해!"

"1조 진입!" "2조 진입!"

"웨폰 브레이크! ……허? 스, 스킬이- 스킬 봉인! 스킬 봉인!"

"뭐? 크루얼 배쉬! ……써진다! 착각하지- 컥!"

부우우웅, 마나가 그의 검에 둘러졌다.

이하는 빛이 있는 쪽으로 총구를 돌려 발포했다. 반원의 중심부 인근에 있는 유저들은 스킬이 봉인당했다. 그렇지만 외곽에 있는 유저는 여전히 스킬을 쓸 수 있다.

그렇다면 누굴 먼저 노려야 할지는 명백하다.

블랙 베스를 장전, 발포. 다시 한 번 장전, 발포. 탄창을 제거하고 새 탄창을 꺼내 삽입, 장전, 발포.

"텁!" "끅!"

"스킬이 어째서-"

아무런 알림창도 없는 게 그들을 일시적 혼란 상태로 빠뜨렸다.

생포 스킬을 사용해야 하는데 어떤 스킬은 나가고 어떤 스킬은 나가지 않는 건가? 전우는 나가는데 나는 나가지 않는 건가?

짜르의 머릿속을 뒤흔드는 잡념들이 튀어나오는 틈, 이하는 그 시기를 놓치지 않았다.

"공격력이 너무 강하다, 방패- 방패- 커헉!"

짜르가 이하를 마지막으로 상대했을 때는 '머스킷' 블랙 베스였을 때다.

현재 이하가 어떤 무기를 쓰는지, 그게 얼마나 파괴력이 있는지 이고르는 알고 있었지만 짜르의 인원들까지 전부 알지는 못하고 있었다.

"일반 공격으로 포위만 한다! 스킬에 의지하려 하지 마!"

군인들은 빠르게 사태를 받아들이고 다시 움직였지만, 이하의 움직임도 만만치 않았다. 거리가 좁혀져 블랙 베스의 사용이 용이치 않게 되었을 때, 등장하는 것은 피스톨들이었다. 허밍 버드와 니들 건이 짜르 유저들의 관절을 파헤쳤다.

타아앙-! 타앙-! 투콰아아아앙——!

[북부 트롤이 경계하고 있습니다.]
[경보 : 70%]

'치요에게 들은 대로군. 내가 진입할 순간도 극히 짧아. 일격에 몸통을 도려낸다.'

아군이 희생하는 장면을 보면서도 이고르는 끝없이 좌우로 움직이고 있었다. 절대로 자신을 타겟으로 삼지는 못하게 하려는 움직임. 랭킹 3위의 자이언트도 이하의 공격력을 인정하고 견제한다는 뜻이었다.

자이언트 버서커의 눈은 이하에게 집중되어 있었다.

짜르의 유저에게 이하가 다시 한 번 탄환을 발포할 때, 자이언트의 목소리가 터져 나왔다.

"탄창 교체 시간이다, 전부 달려들어!!! 퓨리Fury!"

다섯 발째.

이하가 탄창 가는 모습을 겨우 한 번 봐 놓고선 그걸 파악해 냈단 말인가. 정신을 차린 짜르와 이고르가 달려들기 시작했을 때는 이하도 어쩔 수 없었다.

"제기랄, 소울 링크!!!"

"웃, 이건 또 무슨-"

화아아아아—…….

폭발적으로 뿜어져 나오는 붉은빛.

[북부 트롤이 비상 상황에 돌입했습니다.]

[경보 : 90%]

꾸어어어어어어—!

"필드 보스?"

"다 죽여, 꼬마야!!"

잠깐 멈칫 하는 그 시간이면 충분했다. 눈을 감고도 탄창

교체를 할 수 있는 이하에게는 말이다.

탄알집을 삽입하고, 노리쇠를 당긴다.

묵직한 총알이 걸리는 감각이 손끝에 전해져 온다. 확인할 필요도 없다. 이하는 이고르를 향해 방아쇠를 당겼다. 이고르는 이하의 총구를 정면으로 보고 있었다.

투콰아아아앙————!

길게 이어진 총성의 끝, 거친 파열음이 들렸다. 캬아앙, 하는 소리와 동시에 이고르의 눈앞에 불똥이 튀었다.

톱날처럼 생긴 검을 들어 올리며 이하의 총탄을 막은 것이다.

믿을 수 없는 반응속도였지만 그 대가를 치러야 했다. 검에 간 엄청난 균열은 그것의 사용이 불가능함을 뜻하고 있었다.

"과연…… 공격력 하나만큼은 엄청나군. 이 검을- 캬하핫, 이제 대가를 치러야 할 거야!!"

[경보 : 100%]

"하아, 하아. 제기랄, 이럴 줄 알았으면 그냥 체인 텔레포트를-"

결국 경보가 100%에 다다랐다. 처음부터 키드나 루거의 곁으로 갔으면 상황이 달라졌을까? 어쨌든 걸렸을 것이다.

이하는 이를 악물었다. 레벨 180이 넘는 꼬마는 짜르의 인원 몇을 훌륭하게 상대하고 있었지만, 결국 한계에 부딪칠 것이다.

이하의 공격력을 몸소 확인한 이고르도 함부로 달려들지 못하고, 경보 100%에다 이고르의 움직임을 경계해야 하는 이하도 함부로 총구를 돌릴 수 없는 교착 상황.

짝, 짝, 짝.

박수 소리가 들려온 것은 그 때였다.

꼬마와 짜르가 여전히 박 터지게 싸우고 있는 장소, 북부 트롤 부락에서 1.5km 떨어진 그곳에 제3자가 난입했다.

[북부 트롤의 왕, 크롤랑이 나타났습니다.]
[북부 트롤 부락에 있는 모든 트롤이 15% 강해집니다.]

그 와중에도 이하의 눈에 알림창이 떴다. 아주 잠깐이나마 새로 등장한 인물이 크롤랑인가? 하는 생각을 했지만 그럴 리가 없었다.

"거수자 등장."

짜르의 이목이 집중되었다.

그사이 크르르릉……. 꼬마가 거칠게 콧김을 내뿜으며 뒷걸음질 쳤다. 꼬마의 눈과 코도 새로 등장한 제3자를 향하고 있었다.

"음……."

심지어 이고르도 백점프로 물러섰다.

클레이모어가 터졌던 장소를 가르며 나타난 것이므로 누구와도 거리가 꽤 있었건만, 그의 가벼운 발걸음은 모두를 위협하기에 충분했다.

국가전에 적극적으로 참여하지 않은 사람들은 퓌비엘과 미니스가 왜 갑작스럽게 강화 조약을 체결했는지 아직 제대로 알지 못했다. 당연히 이고르와 짜르 역시 마찬가지다.

그러나 상황을 잘 알고 있던 이하는, 그를 보는 순간 하나의 이름을 떠올릴 수 있었다.

"저건…… 설마……?"

검은 기운이 등 뒤에서 줄기줄기 뿜어져 나오는 사람이었다. 적어도 생긴 것만 보자면 인간과 다를 바 없었지만 이하는 그가 누군지 알 수 있었다.

깔끔한 검정 정장, 은 손잡이가 달린 지팡이, 그리고 코밑에 정갈하게 난 수염. 푸른 색깔의 수염이 인상적이다.

"크롤랑의 선약 손님이라고 생각했는데 그건 아닌 것 같고."

그는 지팡이를 빙글빙글 돌리며 느릿하게 걸었다. 전혀 위협적이지 않은 동작이었지만 이고르는 뒷걸음질 쳤다.

"쳐, 쳐, 쳐라. 저건 위험해."

"뭐라고 하셨습니까, 이고르?"

"치라고! 저걸 쳐야 한다고! 블러드 트랜스 폼 투 웨어울프!"

이고르는 횡설수설거리다 스킬을 사용했다. 늑대인간의 피가 몸에 돌자 그의 허벅지에서 털이 돋아나기 시작했다.

짜르는 그게 공격 신호라고 생각했다.

"거수자를 제거한다. 실시."

실시!

최초 서른 명의 인원 중 이하에게 당한 게 열둘.

남은 열여덟이 거동 수상자에게 달려들었다. 따라서 짜르는 보지 못했다. 늑대인간으로 변한 이고르가 몸을 돌려 재빨리 달아나기 시작했다는 것을.

"이런, 이런. 근육미가 제법 있지만 내 타입은 아닌데."

그가 지팡이를 들어 올리는 동작만 했음에도 이하는 알 수 있었다. 저것을 공격해서는 안 된다. 지금 당장 해야 할 일은 하나뿐이었다.

이하는 즉각 체인 텔레포트를 사용했다.

"대체 어떻게 된―"

"푸른 수염!! 레, 백작 레가 나왔어요! 귓말은―"

이하는 정신없이 키드와 루거에게 말을 전했다.

-루거, 당장 텔레포트 타! 레가 나타났다, 레가 이곳으로
도달하기 전에 크롤랑을 잡고 빠져야 해!

통신방해가 풀렸는지 테스트 할 시간도 없었다. 이하는 즉
각 루거에게 귓말을 날렸다. 루거는 답변도 없이 체인 텔레
포트를 시전 해 키드와 이하의 곁으로 다가왔다.
"자, 잠깐. 푸른 수염이라니? 저 위에 푸른 수염이 있다는
말입니까."
"그렇다니까! 그런 얘기 할 시간도 없어요, 빨리! 크롤랑
을 빨리 해치우고 빠지지 못하면 우린 다- 퀘스트 실패야!!
내 말 무슨 뜻인지 알지, 루거?"
블랙 베스를 장전하는 이하의 손이 떨렸다.
아주 잠깐이지만 알 수 있었다. 캐슬 데일에서 루거를 처
음 봤을 때, 그의 포구가 자신을 향하고 있을 때 느꼈던 것과
같았다.
방아쇠를 당기는 순간 자신이 어떻게 될 것인지 알 것 같
은 느낌!
'죽음.'
골드 드래곤을 봤을 때도 그런 느낌은 아니었다.
물론 그때는 거리가 멀어서 그랬을지도 모른다. 그러나 코

앞에서 본, 마왕의 조각 중 하나, 푸른 수염은 그 위압감의 차원이 달랐다.

"간다."

루거는 이하에게 묻지 않았다. 저 위에서 무슨 일이 벌어지고 있는지는 알 바 아니었다. 중요한 건 푸른 수염이 그 자리에 있다는 것.

그리고 위의 사태를 순식간에 정리하고 이곳으로 올 거라는 예감이 루거에게 강력하게 들었다.

그것은 푸른 수염을 만나 보고 겪어 본 자만이 알 수 있는 감정이었다.

"대체 무슨 일인지 모르겠습니다."

루거와 이하가 숨겼던 몸을 드러내며 달려 나가자 키드도 별 수 없었다.

"접근부터! 키드와 내가 주변 트롤들을 빠르게 정리하면 루거는 크롤랑에 집중, 초고속으로 크롤랑만 정리하고 빠집니다!"

먼 거리의 공간이동에 꼬마는 포함될 수 없었다.

소울 링크 스킬이 해제되어 꼬마는 돌아간 상황에서 세 사람만이 북부 트롤 천여 마리와 그들의 왕을 향해 돌격하고 있었다.

결국 관찰이네, 엿보기네, 티격태격하며 기 싸움을 벌이던 세 사람을 가상 원초적이고 단순한 방법으로 퀘스트 클리어에 앞장서게 된 셈이다.

"전투를 입으로 하나? 〈판처 슈렉〉!"

콰아아아아앙―――――!

루거의 포신이 먼저 불을 뿜었다. 북부 트롤 한 마리가 산 산조각 나며 고깃덩이가 되었다.

"츄루루루룹―……. 인간고기는 백작님께서 가장 좋아하 는 것이지. 전부 찢어라."

"아루―! 아루―! 아루루――!"

아루하――! 아루루――!

마치 인디언 같은 소리를 질러 대며 북부 트롤들도 달리기 시작했다.

"〈블렛 스톰〉."

루거의 시포를 필두로 이어진 것은 키드의 난사였다. 다수 의 적을 한 번에 상대하는 데 가장 유용하게 쓰이는 스킬. 푸 르딩딩한 트롤들이 삼총사를 둘러싸려는 움직임에 맞서는 붉은 코트 키드의 움직임은 더욱 돋보였다.

"가장 빠른 길이– 이쪽!"

철컥, 투콰아아아앙―――――!

이하도 뒤처질 새라 방아쇠를 당겼다. 키드의 난사를 막기 위해 방패를 들어 올린 북부 트롤 한 마리, 녀석의 비어 있는 하단 공간을 향해 발포한 것.

"까루루루루루루룩–!"

탄환이 북부 트롤의 종아리를 짓이기자 괴수의 비명이 울려 퍼졌다. 루거는 녀석을 향해 포구를 들이밀었다.

"제대로 마무리해라, [명중]."

그리곤 콰아아아앙……! 루거의 공격 앞에선 방패를 들고 있든 말든 아무런 상관이 없었다. 어차피 그 뒤에 남는 것은 죽음뿐이니까.

키드의 리볼버 탄알들은 거대한 트롤들의 손등, 어깨, 목, 팔꿈치 등을 주로 파고들었고, 무력화된 사이 이하의 블랙 베스가 울부짖었다.

방패를 든 보초병들은 루거가 한 마리, 이하와 키드가 힘을 합쳐 한 마리, 사이좋게 나눠 담당하며 북부 트롤들의 포위망을 뚫고 전진했다.

하늘에서 내려다보았다면, 크롤랑과 삼총사의 사이에 두터운 푸른 층이 가로막고 있는 모습이었을 것이다. 물론 그것들은 모조리 북부 트롤들이다.

15%나 강력해진.

'제길, 내 스킬은 대부분 저격 보조용이라 다수를 상대하기가……. 게다가 이 위치에선 크롤랑을 조준하기도 어렵다. 빨리 처리해야 하는데!'

이하는 멀리 있는 크롤랑을 흘끗 살폈다.

부락민들이 당하고 있음에도 왕의 표정엔 여유가 있었다. 이런 난장판의 한가운데에서 저 녀석을 노리는 건 불가능했다. 자신의 덩치가 약점이 될 수 있다는 걸 잘 알고 있는 트롤의 왕은 적절히 몸을 숙여 가며 움직이고 있었다.

"츄루루루룹, 죽여라, 찢어라! 아루우우————!"

크롤랑이 목을 빼곤 묘한 소리를 질렀다. 마치 늑대의 하울링 같은 그 울음에 북부 트롤들의 표정이 더욱 난폭해졌다.

[북부 트롤의 왕, 크롤랑이 통솔을 시작했습니다.]
[북부 트롤 부락에 있는 모든 트롤의 이동 속도가 30% 상승합니다.]

"이런."

블렛 스톰의 지속 시간이 끝난 키드가 리볼버를 뽑아 북부 트롤 한 놈의 미간을 노렸다. 패닝으로 세 발을 연속해서 쏘았지만 미간에 도달한 탄환은 없었다.

엄청난 반응 속도로 머리를 움직여 살아남은 것!

놈의 볼이 찢어지고 엄니가 부러지고 귀가 뜯겨 나갔지만 북부 트롤은 죽지 않았다.

"캬랏- 카-!"

"움직여라, 달려들어라, 모조리 찢어라!"

크롤랑의 외침에 북부 트롤들이 거세게 몰아붙이기 시작했다. 공격력과 방어력, 체력까지 강화된 녀석들이 이동 속도도 빨라졌다!

이젠 정말 한 마리, 한 마리의 강력함이 체감될 정도다.

"큿, 빨라!"

이하의 블랙 베스 명중률에도 영향이 가기 시작했다. 물론 앞의 녀석이 총구를 피해 움직여도 뒤의 놈이 맞으니 상관없었지만 포위망은 점차 좁혀지고 있었다.

"〈판처 슈렉〉!"

루거의 포신에서 빛이 번쩍였다.

날아간 탄환은 단순한 [관통]이 아니었다. 북부 트롤 한 마리의 가슴팍을 완전히 찢고 들어가 그다음 녀석의 눈앞에서 폭발을 일으켰다.

"캬라라랏-!"

"츄루, 아루루루루-!"

"뭣들 하는 건가, 삼총사라는 이름이 아깝다!"

"젠장, [관통]이 앞서 줘야 내가 뭘 할 거 아냐! 스킬 팍팍 쓰라고!"

북부 트롤들이 주춤거리며 물러선 틈, 이하가 가방에서 폭탄을 꺼내 들었다. 중첩시켜 미니스의 성문도 파괴할 정도의 강력한 폭약에서 불꽃이 빛났다.

"헬앤빌 특제다, 무식한 트롤 새끼들아아아아!"

콰아아아아아앙————————!

폭발 반경 안은 물론이고 그 외부에 있던 북부 트롤도 폭풍에 날아갈 정도의 위력!

"키드! 뭐 범위 공격 같은 거 없—"

"후우우우, 알고 있습니다."

녀석들이 다시 진열을 가다듬기 전에 나서야 한다. 국가전으로 단체전투에 익숙해진 키드 또한 알 수 있는 타이밍이었다.

그러나 키드의 표정은 모호했다. 기쁜 듯, 아쉬운 듯 이하와 루거를 빠르게 번갈아 보았다.

"안 보여 주고 싶었는데……. 두 사람 다 엎드리십시오."

"뭐라고요? 빨리 스킬이나—"

"이 와중에 엎드리라는 건 무슨 신선한 개소리지?"

"〈와일드 번치〉."

다그치는 이하와 욱하는 루거를 밀치며 키드가 조용히 스킬 명을 읊조렸다.

"어어어?"

"미친."

방금 전까지 목소리를 높이던 두 사람이 순식간에 몸을 숙였다.

키드의 경고를 따르지 않았을 때 자신들에게 어떤 일이 생길지, 등골이 섬뜩할 정도의 기운이 느껴졌기 때문이다.

바닥에 납작 엎드린 이하는 포복 자세에서 몸을 뒤집고 키드 쪽을 바라보았다. 그리곤 눈을 부볐다.

'뭘 잘못 봤나?'

키드의 곁으로 좌에 둘, 우에 둘. 흐릿한 인영 네 개가 보일 듯 말 듯 아른거리는 것 같았다. 대체 저 스킬은 뭐지? 라는 생각이 막 들 무렵, 키드와 흐릿한 인영 네 개가 서로 등을 맞대며 동그랗게 섰다.

그들−이하는 저걸 사람이라고 봐야 할지 고민했다−은 총알을 팝콘처럼 튀겼다.

네 개의 흐릿한 인영은 키드의 동작을 따라하는 것 같았다.

각 여섯 발짜리 리볼버 네 정을 네 명이서 사방으로 토해 냈다는 의미다. 순식간에 쏘아진 탄이 근 100발. 탕! 또는 쾅! 하는 소리가 아니었다.

따다── 아──── 다다── 다닥−!

이하의 폭발과 루거의 공격으로 혼비백산의 상태인 것도 있었지만, 제정신이었어도 과연 저런 걸 피할 수 있었을까.

그것은 수평으로 내리는 비였다. 총알의 비.

크롤랑으로 인해 온갖 버프가 둘러진 북부 트롤들이었지만 키드의 이번 스킬 앞에서는 그 무엇도 살아 나갈 수 없었다.

"우아아악, 무슨 공격이 저래?!"

"언제 또 이런 스킬을……."

이하와 루거는 지근거리에서 마주 보며 말했지만 서로의 목소리는 들을 수도 없었다. 귀가 멍멍하다 못해 아예 소리가 들리지도 않을 지경이었다.

96발이 토해진 직후 아주 잠시 동안 찾아온 적막, 이하와 루거가 뭐라고 말을 꺼내기도 전, 키드와 '그들'은 벌써 리볼버의 재장전을 마치곤 다시 자세를 취하고 있었다.

총알의 비는 두 번 내리는 것이었다.

96발 * 2회의 공격을 가하는 스킬, 인챈트 데미지를 적용받는 탄환 192발이 쏘아진 것은 고작 10초 남짓이었다.

"후우우우우……."

키드가 스킬을 시전하고 10초 후, 시퍼런 트롤들이 도미노처럼 주변에 누워 있었다.

흐릿하게 보이던 '그들'은 모조리 사라진 후였다.

"뭐합니까. 빨리 일어나십시오."

"바, 반칙! 그거 반칙 아냐? 무슨 스킬이 그런-"

"당신의 눈이 더 반칙입니다."

"키드! 이번에 돌아가고 나면-"

"당신과는 싸우지 않습니다, 루거. 빨리 집중해서 끝내야 합니다."

이하와 루거의 말을 싹둑 잘라 버리곤 키드는 다시 앞장섰다. 은근하게 뿌듯한 표정을 지으며 턱을 잠시 긁는 것도 잊지 않았다.

"맞아, 이럴 때가 아냐, 집중해야 해! 크롤랑부터 처리하자고, 크롤-"

"-랑을 어떻게 처리할지 한 번 보기로 할까. 그날의 기억이 바로 어제처럼 떠오르는군."

이하와 루거, 그리고 키드의 동작도 멈췄다.

북부 트롤들의 움직임도 멈췄다. 즐비하게 쓰러진 북부 트롤 한 구의 시체 위에 찻잔을 들어 올리는 사람을 보면 그럴 수밖에 없을 것이다.

"푸른 수염……."

정신없이 크롤랑을 향해 진격했다지만 시간은 오래되지 않았다. 채 5분도 되지 않았을 것이다.

아니, 어쩌면 3분 미만?

이하는 아까 자신이 있던 지형이 어떻게 되었나 보고 싶었다. 짜르의 인원들은 어떻게 되었을까. 푸른 수염의 정장에는 주름 하나 없었다.

"이런, 그때 청년도 있었군. 차 한잔하겠나?"

그가 내민 찻잔 안에는 새빨간 액체가 들어 있었다. 루거는 아무런 대답도 하지 못했다.

적막이 감돌았다.

이하는 그의 눈치를 보며 조심히 노리쇠를 잡았다. 앉아 있던 그의 육체가 순식간에 사라졌다. 소리가 들려온 것은 이하의 뒤편이었다.

"엘리자베스가 보면 반가워하겠어. 이게 아직도 남아 있었다니."

"이익—"

휘이익—!

이하는 바로 니들 건—피스톨을 뽑아 소리가 나는 방향을 향해 발포, 타아앙—! 하는 소리와 함께 포도탄이 쏟아져 나갔지만, 이미 그 공간엔 아무것도 없었다.

푸른 수염은 다시 트롤의 시체 위에 앉은 채였다.

"발끈하는 것도 그녀와 똑같군. 허헛, 크롤랑! 티타임이나 가지려 했는데 안타깝게 되었어."

"츄루루루룹—. 백작님을 뵙습니다."

크롤랑이 이상한 말馬에서 내려 한쪽 무릎을 꿇었다.

주변에 살아 있던 모든 북부 트롤도 무릎을 꿇었다. 푸른 수염은 아무렇지도 않게 손을 번쩍 들어 올렸다. 중년처럼 생긴 그 얼굴의 표정은 밝았다.

"20년 만에 만났는데 그런 인사는 무슨. 낯간지럽구만. 언제 이렇게 새끼를 많이 쳤나? 20년 전에 이 정도 군세가 있었으면 조금 더 버틸 수 있었을 텐데 말이야."

"츄루루룹, 언제든 백작님의 힘이 되도록 준비하고 있었습니다. 이 부락 외에도 여섯 개가 더 있습니다."

"호오, 북부 트롤 칠천이라. 확실히 힘이 되겠군. 허나, 그런 것 치고는 네 힘이 너무 약한 거 아닌가? 20년 전의 세 사람도 아니고……. 이런 약해 빠진 청년들에게 고전을 하다니 말이야. 이 정도로 힘이 되긴 어려울 것 같은데, 어떻게 생각하나?"

푸른 수염의 목소리는 가벼웠지만 질타의 뜻을 담고 있었다. 크롤랑이 사납게 이빨을 드러냈다.

"츄루룹, 바로 정리하겠습니다."

"어디 두고 보도록 하지. 차가 식기 전에 끝내 줬으면 좋겠구만."

"분부대로."

크롤랑이 일어나자 푸른 수염은 후루룩, 찻잔에 입을 대었다.

마치 카푸치노의 거품이 묻어나듯, 그의 파란 수염은 새빨간 액체에 적셔졌다. 표정이 일그러진 삼총사 세 사람이 조용히 소곤댔다.

'부락이 여섯 개가 더 있다는데? 알고 있었어, 루거?'

'……이 부락 너머로 가 본 적은 없다. 아니, 갈 수가 없었다.'

'잘난 척은 졸나게 하더니만! 어쩔 거야, 이제?'

크롤랑을 처음부터 볼 수 없었던 이유이기도 했지만, 엄밀히 말하면 루거의 탓도 아니긴 하다. 사실 얼마 전까지는 애초에 유저가 갈 수조차 없었던 길이었다.

즉, 이번 사건 이후 월드가 오픈된 것이나 마찬가지다.

물론 그 사실을 이하와 루거가 알 수는 없었다. 키드가 한숨을 내쉬며 상황을 정리하려 했다. 그러나 투닥거리든, 표정이 구겨졌든, 삼총사의 의견은 처음부터 하나였고 그 사실을 모두가 잘 이해하고 있었다.

'두 사람 다 뭐하는 짓입니까. 집중하십시오. 크롤랑만 빠르게 잡고-'

'-즉각 스크롤을 찢어서-'

'-빠르게 퇴각이다.'

먼저 손이 움직인 것은 이하였다. 블랙 베스를 움직여 크롤랑을 향해 즉각 발포!

투콰아아앙!

그러나 닿지 않는다.

각도를 잃은 직사포만큼 취약한 물건도 없는 법, 날아가던 도중 북부 트롤 몇 마리의 가슴팍과 머리에 박히며 탄환은 운동 에너지를 잃었다.

"젠장! 키드, 시야부터 확보해 줘요, 앞에 있는 트롤들 좀 치워 봐! 한 방 각만 나오면 되는데!"

"말이 쉬운 법입니다."

키드 혼자서 단박에 이백여 마리, 그리고 지금까지 해치운 게 백여 마리를 넘었지만 아직도 700여 마리가 남았다.

그의 리볼버들이 번갈아 가며 불을 뿜어 대었다.

트롤의 머리, 쇄골, 가슴에 연달아 박히며 또 한 마리가 사망, 그래 봤자 앞으로 699마리. 이하의 블랙 베스가 크롤랑의 머리를 노리기에는 너무나 많은 숫자가 사이를 가로막고 있다.

그 총성과 난동의 틈에서 루거가 조용히 입술을 깨물었다.

"크롤랑의 발을 묶어."

Geschoss 7

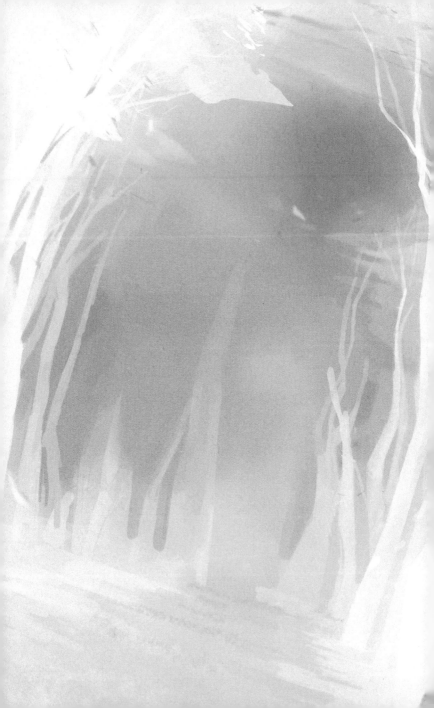

"뭐라고?"

"⟨코발트블루 파이톤⟩의 포구 방향에서 움직이지 않도록. 5초 후다. '화포 강화 : 평사포'."

루거가 혼잣말처럼 내뱉은 것을 이하와 키드는 이해할 수 있었다. 또 무언가 스킬이 있구나.

5초, 그러나 끝없이 움직이는 북부 트롤들, 그 트롤들의 뒤에서 커다란 원을 그리며 배회하듯 돌고 있는 크롤랑을 멈춰 세우는 것은 쉬운 일이 아니다. 또 크롤랑이 바보도 아니다. 북부 트롤 칠천 마리를 자녀로 거느린 왕은 세 사람의 힘을 결코 얕보지 않았다.

4초, 말 그대로 사냥감을 노리는 사냥꾼처럼, 삼총사의 힘이 떨어지고 버틸 힘이 없어질 때까지 천천히 기회를 노리고 있었다.

"키드! 왼쪽, 화망!"

3초, 이하가 외친 세 단어를 듣자마자 키드의 손이 움직였다.

타다아아아——!

리볼버 소리가 끊이지 않았다.

크롤랑을 맞춘다기보다는 시계 반대 방향으로 원을 그리는 크롤랑의 앞을 막겠다는 것.

2초, 잠시 멈칫하는 그 틈, 이하는 블랙 베스를 들어 올렸다.

탄창을 갈고 두 발을 썼다. 남은 것은 세 발.

철컥, 투콰아아아앙——! 철컥, 투콰아아아앙——!

"츄루루루룹······. 확실히······ 위력은 무시할 게 아니로군."

탄환들이 가른 곳은 크롤랑 진행 방향의 뒤편.

즉, 키드와 이하는 그가 움직일 만한 앞, 뒤에 마구잡이로 탄을 뿌리고 있는 셈이었다. 자녀들의 몸이 찢기고 머리가 터지는 모습을 보면서도 크롤랑은 태연했다.

1초, 북부 트롤의 왕이 멈춰 있는 그사이, 키드와 이하의 틈을 비죽이 뚫고 나오는 포신이 푸른빛을 번쩍였다. 루거가 캐스팅을 끝냈다.

"〈야크트판처Jagdpanzer 카노네Kanone〉."

"날 깨운 게 저거였군."

푸른 수염이 고개를 끄덕거리며 감탄했다.

자신의 부하가 죽을지도 모른다는 위기감 같은 것은 마왕의 조각 중 하나에겐 속하지 않는 감정이었다.

0초————————!

강화된 코발트블루 파이톤에서 쏘아진 탄이 트롤들을 뚫으며 쏘아졌다.

삼총사를 포위하고 있기에 숫자가 분산되었다지만 그래도 크롤랑과 루거 사이의 층에만 100마리가 넘게 있다.

초 단위도 되지 않는 시간.

키드와 이하가 놀랄 새도 없이 트롤들 백 여 마리의 배를 찢으며 날아간 포환이 마침내 크롤랑에게 닿았다. 아니, 정확히는 크롤랑이 들고 있던 것에 닿았다.

카아아아앙————!

크롤랑의 주변에서 반짝이는 날붙이 파편들이 튀어 올랐다.

자신의 스킬은 정확하게 이해하고 있었지만 북부 트롤의 왕의 힘은 이해하지 못한 게 루거의 패착이었다.

"빌어먹을!"

"이젠 퇴각밖에…… 없겠습니다."

루거를 비롯한 삼총사의 얼굴이 일그러졌다.

제아무리 대전차포의 위력이라 할지라도 에너지가 무한대는 아니다!

북부 트롤 백 마리를 관통한 루거의 스킬은, 크롤랑이 방어를 위해 황급히 들어 올린 무기에 부딪치며 막혀 버렸다.

이 엄청난 위력을 가진 스킬을 연달아 쓸 수 없으리란 건 자명한 사실, 최후의 한 수가 막혀 버렸다는 좌절감이 공간에 스며들었다.

한 사람을 제외하고 말이다.

"정신들 차려! 아직 안 끝났어! 차분한 마음!"

그것은 스킬의 시전이자 키드와 루거의 정신을 일깨우는 호통이었다.

이하는 무릎을 꿇으며 노리쇠를 당겼다. 말도 안 되는 짓이다, 이건 진짜 서커스에서나 할 행동이다.

'그러나 지금은 해야 해, 서커스가 됐든, 뭐가 됐든!'

철컥-!

마지막 탄환 한 발이 로딩 되었다. 이하는 확실하게 보고 있었다.

루거의 강화된 포신이 쏘아 댄 탄, 야크트판처 카노네가 크롤랑까지의 '길'을 만든 것을.

그 엄청난 포탄이 크롤랑에게 어떻게 닿을 수 있었던가.

앞선 트롤들의 육신에 구멍을 뚫으며 나아갔다. 그것도 엄청난 속도와 무지막지한 힘으로!

즉, 자신들이 죽었다는 것도 인지하지 못한 북부 트롤들의 육신은 아직 '서 있는' 상황이다.

물론 이제 곧 쓰러질 것이다. 다만 아직, 야수 같은 그들의 심장이 펌프질을 하는 이상 그들의 몸은 0.3초 정도는 더 서 있어야 했다.

이하가 노린 것은 그 틈이었다.

시간적으로는 고작 0.3초.

공간적으로는 트롤들의 육신에 난 구멍의 사이길.

루거와 키드는 아직 아무것도 깨닫지 못했다. 하물며 크롤랑조차 아직 사태를 파악하지 못했다. 대체 뭘 어떻게 하겠다는 것인가.

"하아아아……."

그러나 시간과 시간의 사이, 공간과 공간의 사이를 보고 있는 유일한 사람, 이하는 조준선을 정렬하곤 호흡을 가다듬었다.

숨을 내쉬고 멈추는 그 짧은 틈, 방아쇠를 당긴다.

블랙 베스에서 쏘아진 탄환 한 발은 실이었다. 트롤들의 구멍 난 육신을 바늘귀 삼아 꿰어 버리는 얇은 가닥의 실.

검은 실 한 가닥이 크롤랑의 목에 닿았다.

"후우우…… 하아아……."

이하는 숨을 몰아쉬었다.

"이건 대체······."

"내 스킬이 만든 틈으로 총알을 박아 넣었다는 건가? 무슨 말도 안 되는-"

그러나 믿지 않으면 어떡할 것인가.

키드와 루거는 황당한 눈빛으로 크롤랑을 보고 있었다. 목에 생긴 새로운 구멍으로 푸슉, 푸슉 핏물을 뿜어 대는 북부 트롤의 왕을.

"배ㄱㅈ-······."

목에 구멍이 뚫렸으니 말을 할 수가 없다.

눈을 부릅뜬 북부 트롤의 왕이 서서히 뒤로 넘어가기 시작했다. 10m에 달하는 신체가 넘어가는 사이, 루거에게 당했던 북부 트롤들의 시체도 쓰러졌다.

마치 타이밍이라도 맞춘 듯, 모든 시체들이 땅에 닿으며 소음을 일으켰다.

쿠구우웅······.

얼어붙은 땅에서 얇은 살얼음들이 튀어 올라 바람에 흩날렸다.

짝! 짝! 짝!

오페라라도 관람한 표정으로 푸른 수염이 박수를 쳤다. 그의 표정은 꽤나 들떠 보였다.

"대단해! 어떻게 한 거지? 마탄이라도 쏜 건가? 아까 허약하다고 한 것은 취소해야겠군! 20년 전의 청년들 못지않잖아?! 아니, 지금이라도 내가 그대들을-"

"스크로오오오오올!!!!!"

입을 바삐 놀리는 그의 말을 순순히 듣고 기다릴 정도로 삼총사는 멍청하지 않았다. 이하의 놀라운 성과에 잠시 병찐 키드와 루거 또한 행동만큼은 번개 같았다.

세 사람의 눈앞에 뜬 알림창이 있는 이상, 이곳에서 굳이 시간낭비를 할 필요는 없다.

찌이이익-!

[북부 트롤의 왕, 크롤랑이 쓰러졌습니다.]

[1시간 동안 북부 트롤 부락에 있는 모든 트롤이 50% 약해집니다.]

"잠깐! 아직 할 말이-"

슈우우욱!

귀환 스크롤을 사용해 순식간에 세 사람의 모습이 사라졌다. 푸른 수염은 아쉽다는 표정으로 허공을 바라보며 입맛을 다셨다.

"쩝, 아쉽군. 잘만 키우면 지금 그 녀석들보다 나을 텐데. 아니, 어쩌면 세 사람 모두-"

"아릇- 카-……."

"츄루루루루……."

푸른 수염은 더 이상 말을 할 수 없었다. 왕이자 아버지였던 크롤랑을 잃은 북부 트롤들이 그의 곁에 모여들고 있었기 때문이다.

　"……이런, 이런. 왕을 잃었다고 순식간에 이런 머저리들이 되는 건가."

　푸른 수염은 인상을 찌푸렸으나 곧 인자한 표정으로 다시 바꾸었다. 그리곤 크롤랑의 사체 앞으로 천천히 발을 옮겼다.

　"그때도 무력보단 통솔력이었지……. 좋아, 어쨌든 네놈이 있어야 네 자식들이라도 써먹을 수 있을 테니―"

　잠시 말을 멈춘 푸른 수염은 은지팡이를 바닥에 똑, 똑 두 번 두드렸다. 동토는 마치 늪처럼 변했다. 거대한 크롤랑의 사체가 땅 속으로 빨려 들어가듯 사라졌다.

　"―'피로트 코크리'를 빨리 깨워야겠군. 아니, 아니, '기브리드'를 깨우는 게 나으려나. 시체로 되살리는 것보단 살아 있는 편이 아무래도 좋을 테니까…… 뭐…… 누가 됐든지 어디서 잠들었는지 알 수가 있어야 말이지. 당분간은 돌아다니느라 바쁘겠어. 안 그런가?"

　퀴이이이익――――!

　크롤랑이 타고 왔던 정체 모를 말이 이상한 울음소리를 내며 푸른 수염의 앞에 엎드렸다. 10m의 거체가 타고 다니던 말은 푸른 수염의 몸보다 훨씬 컸지만, 그는 가볍게 도약하여 짐승의 등 위에 앉았다.

"너희들은 지금처럼 부락 생활을 유지하고 있거라. 왕은 반드시 돌려보내 줄 테니까. 가자."

아루루루…….

북부 트롤들이 조용히 무릎을 꿇는 틈, 푸른 수염을 태운 거대한 트롤마가 달리기 시작했다.

두근대는 심장을 억누를 여유도 없었다.

귀환 스크롤을 사용해 도착한 곳은 '가장 가까운 마을'. 그곳에서 세 사람은 대화도 없이 즉각 수정구를 사용해 수도 아엘스톡까지 쉴 틈 없이 날아왔다.

샤즈라시안 연방의 북단에 있는 작은 마을, 그깟 치안대원 정도야 푸른 수염이 마음만 먹으면 모조리 도륙할 수 있다는 위험을 세 사람 모두 느꼈기 때문이다.

"후욱, 후욱, 후욱."

"하아, 하아."

"휘유우우……."

그리고 마침내 따뜻한 수도에 도착하고 나서야 세 사람은 숨을 고를 수 있었다.

잠시 동안 세 사람은 말이 없었다.

서로의 눈을 마주보며 묘한 표정들을 지을 뿐. 어쩐지 웃음이 날 것 같기도 하고, 어쩐지 궁금하기도 하고, 어쩐지 당황스럽기도 한 기분들이 그들의 말문을 막았기 때문이다.

조용히 숨만 토해 내는 두 사람을 보며 키드가 먼저 입을 열었다.

"어쨌든…… 해냈습니다."

모자를 푸욱 눌러쓰며 말했지만 그의 입에 미소가 걸린 것은 이하도 볼 수 있었다.

"그러게. 해낸 건지 만 건지는 잘 모르겠지만 말이야, 킥킥."

푸른 수염의 압도적인 능력을 당장 감당할 수 없다는 건 당연했다. 도망치는 것조차 막으면 어쩌나 걱정했으나 다행히 그런 일은 없었다.

그러나 당장 이하가 웃는 것은 키드의 말 그대로였다. 살아남았다는 기쁨이 컸기 때문이다.

'다만 약점도 너무 많이 노출됐어. 이거 좀 지나친 거 아닌가? 무엇보다…… 스킬이 너무하잖아. 푸른 수염을 상대하긴커녕, 키드나 루거도 상대하긴…….'

아무리 [명중]의 후계자라지만, 단일 타겟 적중과 그 압도적인 사거리를 제외하면 보조 스킬만 가지고는 전투를 지속하기 너무 어려웠다. 심지어 그 사거리를 살리는 것 또한 이하 개인의 능력에 기댄 것이지, 스킬의 힘이라고 보긴 어렵다.

지금까지는 그러려니 했던 이하였지만, 이번에 동종 직업군의 키드와 루거가 사용한 스킬들을 보고 나니 더욱 아쉬움이 들 수밖에 없었다.

"……어떻게 맞췄지."

"응?"

"어떻게 맞췄냐고 물었다."

그러나 그 생각은 이하만 한 게 아니었다.

루거 또한 이하의 믿을 수 없는 사격 솜씨를 보며 간담이 서늘해진 상태였다.

이하의 활약을 몇 번이고 본 키드조차 입을 다물 수 없을 지경이었다. 하물며 이하와 본격적으로 활동한 적이 없는 루거가 안 놀라는 게 이상했다.

"뭘 어떻게 맞춰, 쏴서 맞추지."

"스킬 명은?"

"뭔 스킬? 스킬 없어, 나."

이하의 말이 거짓이 아니라는 걸 아는 키드만이 작게 침음을 내었다. '그게 정말 본인의 솜씨로 맞춘 거란 말입니까……. 시체들의 구멍 난 틈으로……?'라고 탄식하며. 그러나 루거가 그 말을 믿을 리는 없었다.

그의 눈썹이 치켜 올라갔다.

"장난하지 말고 대답해라, [명중]. 아니…… 하이하."

루거가 목소리를 내리깔며 위협하듯 말했지만 이하의 표정은 오히려 펴졌다.

"오? 이제 이름 불러 주는 거야? 그래, 당신도 좀 살가워질 필요가 있다니까. 그래도 우리가 삼총산데 자꾸 그렇게 거리감 느껴지게 굴면-"

"닥치고 대답만 해. 무슨 스킬을 써서 어떻게 맞춘 거야. 어떻게 백 마리가 넘는 트롤들의 몸에 난 구멍, 그 사이를 조준하고 격발해서 크롤랑을 명중시킬 수 있었던 거지? '절대 적중' 스킬 같은 거라도 있는 건가? 당장 스킬의 이름과 입수 경로를 말해."

물론 그 친근감은 순식간에 깨졌다.

루거는 으르렁대듯 치아를 보이며 위협했다. 스킬에 대한 집착, 바꿔 말하면 '강함'에 대한 루거의 집착은 이하의 예상을 초월한 것이었다.

그리고 그런 루거의 태도를 보며 이하는 루거에 대해서 확실히 감을 잡을 수 있었다.

'애라고 해야 하나. 아니, 단순히 어리게 생각할 건 아니지만. 차라리 이건…… 순수함이구나. 풋, 이런 포마드 아저씨를 보며 순수하다는 생각이 들다니.'

말 그대로 가장 강한 사람이 되고 싶어 하는 루거의 태도. 심지어 가장 강한 것을 가리는 그의 방법은 '1:1 대결'. 이보다 더 순수한 게 어디 있을까.

자신이 1인자가 되고 싶다는 그 열정이야말로 이하가 보기엔 단순함의 극치였다.

　'알렉산더나 이지원이 루거를 피하긴 하면서도 굳이 심각하게 대하지 않는 건 이 단순함 때문인가?'

　만약 두 사람이 마음먹고 루거를 죽이려 한다면? 확실히 공격력 면에서는 엄청나지만 그들이 루거를 제압하지 못할 리가 없다. 루거도 만만치 않겠지만 그들의 승률이 약간이나마 더 높을 것이라는 건 자명한 사실이다.

　몇 번이고 레벨 다운을 시켜 가면서 루거를 계속해서 죽이면 귀찮게 달라붙지도 않을 텐데 왜 굳이 자신에게 도전하는 사람을 살려 두는가?

　이하는 그 이유를 어렴풋이나마 알 것 같았다. 거슬리긴 하지만 미워하자니 그런 마음이 안 드는 인물이랄까.

　"입수 경로는 개뿔! 내가 안 그래도 브로우리스 소장님께 그것 좀 따져야겠다는 생각이 팍 들더라. 나만 스킬 체계가 이상해. 불합리하다고, 이거!"

　"뭐, 뭐?"

　그래서 루거에게도 비교적 마음 편히 대할 수 있게 되었다. 장난스럽고 과장된 태도로 이하는 루거를 향해, 그리고 키드를 향해 불평을 토로했다.

　"키드도 그렇게 생각하지 않아요? 아까, 그, 뭐라? 무슨 펀치? 난 그 스킬 보다가 혀 깨물 뻔했다니까. 그리고 루거 당신은 또 뭐냐, 기공포 같은 거. 그거 뭐야? 완전 사기잖아!
나만 개털이야!"

〈와일드 번치〉와 〈야크트판처 카노네〉.

이하는 생각이 나는 대로 스킬 명을 지껄였다. 이하의 말
투와 행동을 보며 키드도 무언가를 느낀 것일까. 텍사스 무
법자는 입을 샐쭉대며 이하의 블랙 베스를 가리켰다.

"당신의 명중률, 그 공격력이야말로 사기입니다."

"그건 그냥 내가 잘나서 그런 거고. 스킬이 있어야죠, 스
킬이. 안 그래?"

"뭐, 제일 늦게 삼총사가 됐으니 스킬의 부족이야 당연한
거 아닙니까. 당신은 아직 멀었습니다, 하이하."

"으음……. 그렇게 말하니 그런 것 같기도 하네. 가만 보
면 키드가 하는 말 중에 틀린 게 하나도 없다니까."

"그걸 이제 알았습니까."

이런 두 사람에게 적응하지 못하는 건 루거뿐이었다.

"두, 두 사람 다 무슨 소리들인가. 제대로 대답해, 하이하!"

이하와 키드를 번갈아 보며 성을 내는 포마드 금발. 이하
와 키드는 서로 다른 방향을 보며 옅은 미소를 짓고 있었다.

"시끄럽고 얼른 퀘스트 완료나 하러 갑시다. 렛츠 고!"

이하는 루거의 등을 떠밀었다. 뭐라고 소리를 지르려다
가도 이하에게 질질 밀리며 루거는 발걸음을 옮길 수밖에 없
었다.

"무슨 일입- 커헉!"

입구를 막기 위해 팔을 들어 올렸던 유저의 어깨가 찢어졌다. 피가 분수처럼 솟아 나왔지만 즉사 판정이 나진 않았다. 공격자가 포션 뚜껑을 따고 그의 팔에 들이부었기 때문이다.

"그년에게 안내해. 들을 게 있다."

이곳은 미니스의 도시 중 한 곳이다.

비록 고급 주점이라는 용도 상 도시의 교외에 있었지만 단순한 치안대가 아니라 수비군 기사단이 배회하는 곳이다.

그럼에도 공격자의 태도는 거침없었다.

"이, 이고르 당신이라도- 치요 님께 이런 무례는 용서할 수 없습니다."

공격자 이고르의 표정이 잠깐 일그러졌다.

이런 핏덩어리 같은 허접 유저조차 자신을 무시하다니. 이래서 그가 이 집단을 좋아하지 않는 것이다.

레벨도 낮은 것들이, 실력도 없는 것들이 수장 하나만 믿고, 심지어 그 수장이라는 것도 약해 빠진 여자를 모시고 있는 병신 머저리들이!

"블러드 썩-"

쉬이이잇, 콱-!

이고르가 피를 빨아 먹으려는 찰나, 수리검이 빠른 속도로 날아왔다. 정확하게 이고르의 안면부를 노리고 있었지만 자이언트는 날아오는 수리검을 이빨로 물어 잡았다.

"……이게 무슨 짓입니까, 이고르."

수리검을 날린 사람은 사스케였다.

죽이려고 던진 건 아니었지만 자신의 수리검이 너무 쉽게 막히자 그건 또 썩 기분이 좋지 않았다.

"퉤! 박쥐 새끼한테 들을 말은 없어. 이 아지트를 모조리 날려 버리기 싫으면 당장 그년 불러와."

이고르는 입에 문 수리검과 들고 있던 유저를 던져 버리곤 사스케에게 성큼성큼 다가갔다.

기사단이 있어도 상관없다, 너희들이 몇 명이어도 상관없다, PK 페널티 따위는 나에겐 아무런 문제가 아니다, 라고 말하는 것 같은 그의 태도.

'역시 잃을 게 없는 사람이 가장…….'

치요를 함부로 대하는 이고르의 태도에 사스케의 얼굴이 꿈틀댔지만 특별히 반응하진 않았다.

랭킹 3위의 버서커가 날뛰기 시작한다면 정말로 이곳이 난장판이 될 수도 있기 때문이다. 다른 랭커들은 체면을 생각해서라도 그러지 않겠지만 이고르는 정말로 그러고도 남는다.

그 생각이 사스케의 행동을 가로막았다.

"오카상을 부르겠으니 안에서 기다리시지요."

"3분 준다."

서로가 서로를 필요로 하곤 있지만 결코 서로를 좋아할 수는 없는 타입의 두 사람이 마주 섰다. 사스케는 이고르를 잠시 올려다보곤 입을 열었다.

"그리고 좀 전에 말했듯……. 그녀를 함부로 대한다면 결코 우리 조직의 응접은 못 받을 겁니다."

"캬하하핫, 응접 같은 소리하고 있네! 겁쟁이 야뽀쉬까 япошка(일본놈)들 같으니."

이고르는 내부에 설치된 가구를 발로 차며 거침없이 룸으로 들어섰다.

버서커의 뒷모습을 보며 사스케가 잠시 이를 악물었다. 죽기를 각오한다면 동귀어진 정도는 가능할지도 모른다. 짜르가 호위하고 있지 않은 지금이라면. 어쩌면 최선의 기습을 통해 단번에 보낼 수 있을지도 모른다.

'그 후에 조직원들이 떼로 달려든다면- 아니, 하지만 오카상께서 좋아하실 리가 없다. 적어도 지금은 아니야.'

그녀가 이고르의 행동력과 의외성을 싫어하진 않고 있다는 것도 사스케에겐 이해할 수 없는 일이었다. 결국 사스케는 단념하곤 치요에게 보고를 하러 이동했다.

쿠로닌자가 슉-! 사라지고 잠시 후, 화려한 의상을 입은 치요가 나타났다.

아주 찰나 동안 찌푸린 인상이었으나 그녀의 표정은 금

세 펴졌다. 직업적인 미소를 머금은 채, 그녀는 이고르와 만났다.

"무슨 일이실까. 내가 부탁했던 건 이런 게 아니잖아요? 얘기는 귓속말로 해도 충분—"

쉬이이이잇—!

이고르의 덩치가 순식간에 이동했다. 마치 공간이동처럼 그녀의 옆에 선 이고르의 손톱이 빨갛게 변하며 서서히 길어졌다.

"날 죽일 셈이었나?"

"어머나. 굳이 이런 짓을 안 해도 될 것 같은데. 남의 집에 왔으면 예의를 갖춰야지. 아무리 무식하다지만 러시아엔 예절도 없나?"

"닥치고 대답이나 해. 날 죽일 셈이었냐고 물었다."

거친 언행에 비해 이고르의 눈은 차분했다.

삼총사에 대한 정보만 대략 들었던 이고르와 짜르로선 이런 생각을 하는 것도 당연했다. 그러나 치요 또한 모든 정보를 완벽히 아는 건 아니었기에, 이고르의 반응을 어느 정도는 이해했다.

하지만 눈앞의 무식한 자이언트가 이 정도의 반응을 보일 정도는 아니지 않은가?

'흐응, 역시 그쪽에서 뭔가가 있었던 모양인데. 뭐가 어떻게 된 건지. 하필 접대할 때 사건이 터져 가지곤…….'

치요는 자신의 목을 향해 길어지는 이고르의 손톱을 보면서도 당황하진 않았다. 차분히 생각을 정리한 후 한 마디만 내뱉으면 되는 것이다.

"〈계약서〉의 이행을 청구할까? 나도 무슨 일인지 모르니까, 허튼짓하지 말고 보고 들은 사실만 전달해요. 만약 우리와 전면으로 붙고 싶다면 피하진 않겠지만 '짜르'에 계신 분들이 썩 좋아하진 않을 것 같아서 미리 경.고.하는 거니까."

짜르는 이고르가 수족처럼 부릴 수 있는 미들 어스 내의 길드다.

엄밀히 말하면 이고르가 짜르의 소속이 아닌데도 말이다. 그럴 수 있는 이유는 하나, 현실의 자본과 정보가 몰리고 있는 가상 세계 '미들 어스'에서 자국의 인물이 실력을 갖출 필요가 있다고 생각한 국가가 은밀하게 밀어주고 있기 때문이다.

짜르의 인원 대부분은 이고르의 말에 복종해야 하지만 그 짜르를 바깥에서 지휘, 통솔하는 인물은 그렇지 않다.

치요는 그 점을 건드리고 있었다.

"······망할 년······. 좋아. 그쪽의 짓이 아니라는 걸 믿어주겠어."

"우훗, 그래요. 서로 믿어야 좋은 거니까. 그래, 대체 무슨 일이 있었죠?"

확실히 치요는 보통의 유저가 아니었다.

랭킹으로 따져도 큰 차이 나지 않는 그녀가 성질을 내자

이고르도 한 수 무를 수밖에 없었다. 손톱을 다시 줄이곤 이고르는 소파에 털썩 주저앉았다.

"처음 보는 인간이 나타났다."

"인간?"

"그래. 랭커는 아니야. 이름도 알 수 없고."

"어떻게 생겼는데요?"

"19세기 영국 정장 같은 옷이었다. 역겨운 파란색 콧수염까지 기른 놈, 어디서 그런 실력자가 등장했는지 알아보고 얘기해 줘."

파란색 콧수염이라는 표현에서 치요의 눈이 잠시 동그랗게 되었지만 그녀는 그 이상의 반응은 내보이지 않았다.

"강하던가요?"

"……크흐흐흣, 그래서 온 거다. 그놈의 정보를 알아내. 놈의 피를 빨아 먹으면 이지원도, 알렉산더도 모조리 죽일수 있게 될 거야. 아웃사이더일 가능성이 높으니 그쪽부터 파 봐."

1:1로 이길 가능성이 없다는 건 이고르도 잘 알고 있다. 그러나 이 세상에 공략 불가능한 건 없다. 누구나 약점을 가지고 있고, 그 약점을 공략하면 충분히 처리 가능하다.

치요는 이고르의 말을 들으며 '푸른 수염'의 가치를 순식간에 간파했다.

자신보다 랭킹이 위에 있는 사람도 인정하지 않으려 하는 이고르가 이렇게 말할 정도라면 대체 얼마나 강한 걸까.

'역시 마왕의 조각이……. 게다가 이런 평가를 받을 정도라니, 당분간은 하이하보다 이쪽에 집중해야겠는걸? 어차피 이쪽도 하이하와 연결이 될 가능성이 있잖아.'

영향력의 크기에 따른 치요 나름대로의 분류체계에 순식간에 1위의 가치를 차지하게 되었다는 셈. 그녀는 우선순위를 두고 일을 할 줄 알았다. 재빨리 생각을 정리하고 그녀는 이고르를 보며 고개를 끄덕였다.

"좋아요. 그 유저에 대해서 알게 되면 전부 말해 주도록 하죠. 아, 하이하나 루거, 키드에 대한 건? 특별한 소식 있나요?"

치요는 치요다.

푸른 수염에 대한 정보가 들어와도 그게 이고르의 귀로 들어갈 일은 없을 것이다. 푸른 수염은 유저가 아니니까.

이런 말장난은 그녀의 특기 중 하나일 뿐이다.

그녀는 조심스레 미소 지으며 이고르가 풀어내는 삼총사의 이야기를 경청했다.

"흐음…… 여기도 아닌가. 하긴, 이런 곳에 있었으면 루거나 키드가 벌써 찾았겠지."

끼이이익, 이하는 오래된 돌문을 다시 밀어 닫으며 던전을 빠져나왔다. 권장 레벨 100 수준의 던전에서 카즈토르의 연구소가 나올 리가 없었다.

브로우리스에게 크롤랑 관련 보고를 하고 이틀이 지났다.

푸른 수염이 나타났다는 말을 듣고선 브로우리스는 잠시 말이 없었다. 그리곤 더 이상 추가 퀘스트는 발생하지 않았다.

마왕의 조각에 대한 보고를 하러 에즈웬에 잠시 다녀오겠다는 말뿐. 따라서 삼총사는 현재 자유시간이나 다름없었다.

'시간 나는 김에 카즈토르나 깨려 했는데, 루거나 키드도 니 그러려는 것 같고……. 쩝, '인간'이라는 추가 단서가 있어도 찾기 어려운 건 마찬가지구나.'

사람들이 제법 자주 다니는 던전에 숨은 장소가 없을까 싶어 이하는 발을 옮기는 중이었던 것이다.

"에휴, 보상이라곤 뭐 별것도 없었고……. 하여튼 말이 좋아 삼총사, 뭐, 영웅의 후예, 이런 거지. 고생만 직쌀 나게 한다니까."

크롤랑 퀘스트를 완료하며 대륙 공통 명성도 받고, 칭호-엿보는 자도 받았지만 그런 건 이하에게 별로 중요한 게 아니었다. 실제로 효과도 썩 별로인 것들이었다.

'차라리 루거에 대해서 조금 알게 됐다는 점, 그리고 키드와 더 친해졌다는 점이 다행인 거지. 루거와는 앞으로 더 친

해지도록—…… 할 수 있을까? 끙.'

오히려 삼총사와 삼총사라는 퀘스트 명칭대로 서로에 대해 조금 더 알 수 있는 시간을 보냈다는 점이 이하에겐 좋은 점이었다.

비록 퀘스트의 애초 의도대로 7일 동안 대화를 나눈 것은 아니었지만, 목숨을 건 사투를 벌이며 함께한 하루는 7일 이상의 가치가 있었다.

'칭호는 어차피 개털이었고. 처음부터 큰 기대도 없었다만…….'

〈**칭호** : 엿보는 자(B)〉

나의 눈은 내부도 뚫어 본다.

효과 : 대상의 캐릭터 정보를 파악할 수 있다.

　　　(금지 스크롤 사용 시 파악 불가)

'이럴 거면 칭호 말고 업적으로 주든가. 칭호는 중첩되는 것도 아니면서 말이야.'

레벨이나 스탯, 업적의 수 등을 파악할 수 있다는 말이었지만 뒤에 붙은 단서가 치명적이었다. 일정 수준에 달한 유저들은 어차피 자신의 정보를 가리고 다니기 때문이다. 따라서 이하는 칭호를 바꾸지 않은 채, 여전히 '두려움을 모르는'을 유지했다.

그래도 다행이다.

단순히 보상에 기재된 것 외의 추가 보상이 존재했으니까.

'흐흐, 스탯 포인트 10개는 물론 내 거라고 생각했지만─ 심지어─!'

〈업적 : 북부 트롤들의 원수(B+)〉

축하합니다! 북부 트롤의 왕, 크롤랑을 처치하였습니다. 대형 몬스터를 처치하는 당신의 실력은 감탄스러울 지경입니다! 북부 트롤들의 왕이자 아버지인 크롤랑을 죽인 자들에 대해 트롤들은 일제히 분노하고 있습니다. 이렇게 된 이상 남은 것은 사생결단뿐이겠지요?

보상 : 근력 +10, 민첩 +5,

대형 몬스터에게 피격시 추가 피해량 +10%

대형 몬스터를 공격시 추가 공격량 +5%

〈북부 트롤들의 원수〉 업적의 세 번째 등록자입니다.

업적의 세 번째 등록자까지 명예의 전당에 기록되며, 기존효과의 200%가 추가로 적용됩니다.

효과 : 근력 +20, 민첩 +10,

대형 몬스터에게 피격시 추가 피해량 +20%

대형 몬스터를 공격시 추가 공격량 +10%

키드와 루거도 업적을 땄다고 했다. 명예의 전당까지도. 즉, 삼총사 세 사람이 사이좋게 명예의 전당에 올라간 셈이었다.

이하나 루거는 민첩이 올라서 좋아했지만 키드는 다른 이유로 좋아했었다. 대형 몬스터 공격시 추가 공격력 합계 15%!

'다만 얻어맞을시 추가 피해량이 30%라서 근접 딜러들한테는 최악의 업적이라고 볼 수도 있는 거지만……'

삼총사가 누구인가.

실제로 이번 전투에서도 북부 트롤들에게 한 대도 맞지 않았다. 페널티는 실력으로 짓누르고 베네핏만 쏙쏙 빼먹는 얄미운 실력자들이 바로 삼총사다.

대형 몬스터에 한해선 한 방 킬이 나오지 않는 키드가 더욱 좋아할 수밖에 없었다. 이하, 루거와 격차를 조금이나마 좁힐 수 있을 테니까.

'부끄럽다는 듯 턱을 긁으면서 은근히 자랑했지. 이제 당신들보다 〈크림슨 게코즈〉가 더욱 활약할 겁니다, 하면서.'

이하는 키드의 모습을 떠올리며 빙긋 웃었다. 그리고 두 사람에게도 말하지 않은 또 하나의 업적을 살폈다.

〈업적 : 한 방이면 돼-북부 트롤의 왕(A)〉

축하합니다! 일격에 북부 트롤의 왕, 크롤랑을 무너뜨렸습니다!

혼탁한 미들 어스의 등불이 되어 줄 당신. 앞으로도 인류를 위해 더욱 노력해 주실 것을 부탁드립니다. 그때가 오기 전에, 당신이 조금이라도 더 강해지기를 기원하며…….

보상 : 근력 +8, 민첩 +8

〈한 방이면 돼-북부 트롤의 왕〉 업적의 첫 번째 등록자입니다.

업적의 세 번째 등록자까지 명예의 전당에 기록되며, 기존효과의 200%가 추가로 적용됩니다.

효과 : 근력 +16, 민첩 +16

"크으으으……! 루거 놈이 데미지를 1도 못 입혔었다니!"

그렇다. 루거의 공격을 크롤랑은 '무기로 튕겨 냈었다.' 따라서 자체 데미지 판정은 제로. 그사이 이하의 한 발이 크롤랑의 목을 뚫으며 사살한 게 된 것이다.

'이런 건 평생 비밀로 간직해야지.'

받자마자 민첩에 투자해 버린 스탯 포인트 10개만으로도 루거와 키드의 눈에서 불똥이 튀었다. 그런데 한 방 업적까지 땄다고 말했다간 무슨 봉변을 당했을지 모른다.

이하는 던전을 나올 무렵 그의 머리를 어지럽게 하는 귓속말이 들려왔다.

－안 올 거야? 이제 정산금 따위는 필요도 없다 이거지?

화난 듯, 따지는 듯 톡 쏘아붙이는 목소리. 그러나 어딘지 정겨운 그녀의 목소리였다.

　　이하는 람화연의 위치를 확인한 후, 대답 대신 수정구를 작동시켰다.

　　잠시 후, 던전 입구 근처에서 사라진 그가 나타난 곳은 캐슬 데일 내부였다. 정확히는 캐슬 데일 내성에서도 극소수의 허락 받은 사람만이 들어갈 수 있는 곳.

　　"정산금 따위라니, 설마 내가 안 받을 리가 있겠—"

　　"꺄아아아악!"

　　"아이스 스피—"

　　"—어, 어어어! 자, 잠깐! 나야, 나!"

　　침대에 엎드려서 서류를 살피던 람화연이 후다닥 일어나며 소리를 질렀고, 소파에 앉아 얼음 조각을 만지작거리던 람화정이 즉각 캐스팅을 시도했다.

　　그곳은 이하가 들고 있는 수정구의 제1번 저장 장소였다.

[화정이의 페이보릿 플레이스♡]

1. 언니네 집 - 따뜻하고 폭신해서 기분 좋아.

그리고 이하가 여성 관계에 얼마나 무지한지도 알 수 있는 부분이었다. 여성의 집에 이렇게 무자비하게 난입하다니. 기정이가 알았더라면 이하를 향해 맹비난을 쏟아부었으리라.

"-오빠."

"하…… 하이하? 어떻게 여길?"

이하라는 것을 알고는 가까스로 캐스팅을 멈추긴 했으나, 람 자매의 정신이 없는 건 여전했다.

"어우, 깜짝이야! 안 올 거냐며?! 그래서 바로 왔지!"

이하 또한 놀란 가슴을 쓸어내리며 답했다.

람화연이 어떻게 왔냐고 물어본 것은 그 뜻이 아니었지만 그녀도 당장 무어라 말할 여력이 없었다.

"어버…… 아니, 그게…… 바로 온다고 올 수 있는 곳이……. 락Lock은 어떻게-"

"집 좋네. 역시 화홍 길드 마스터쯤 되면 미들 어스의 집도 장난이 아니구만. 기정이네 세이프 하우스는 완전 허름해서 다 쓰러져 가던데. 아, 이건 개인 소유지? 여기 있으면 따로 버프 같은 거 있나?"

람화연이 더듬더듬 겨우 입을 열었지만 모기 소리 같은 그녀의 말은 이하의 귀에 닿지 않았다. 이하는 생전 처음 겪어 보는 미들 어스 하우징 시스템에 감탄하고 있었다.

"옷도 갈아입을 수 있는 거야? 맨날 전투적인 복장만 보다가 그런 옷 입으니까…… 확실히…….'

꿀꺽, 이하의 말이 서서히 목구멍 안으로 삼켜졌다. 방금 전까지 호기심 가득한 눈으로 집을 살펴보던 그의 표정도 서서히 굳었다.

새삼 당연한 사실을 알게 된 건 그녀들의 복장 때문이었다. 람화연, 람화정 둘 다 평소 착용하던 아이템이 아니었으니까.

하늘하늘한 원피스형 파자마에 심지어 맨발이라니!

그 와중에도 '깔맞춤'을 한 듯, 붉은색으로 페디큐어를 한 람화연과 파란색으로 페디큐어를 한 람화정의 발가락이 꼼지락거리고 있었다.

'으어아아아, 그, 그러고 보니 여기는 세이프 하우스가 아니라 집이구나?! 캐슬 데일의 집무실이 아니라— 말하자면 가정집이야! 그것도 여자 두 명의!'

이하는 람화연, 람화정을 보다가 고개를 휙, 돌렸다. 말하고 나니 부끄러운 상황, 그제야 사태의 심각성을 조금 깨달았다.

현실에서 제대로 쉴 수 없는 그녀들에겐 몇 안 되는 휴식처나 다름없는 곳, 현실에서 함부로 입을 수 없는 편한 옷을 입고 뒹굴거릴 수 있는 비밀기지. 그 금단의 공간에 이하가 난입한 셈이었다.

"아…… 옷."

여전히 이하를 멀뚱멀뚱 보고 있는 람화연에 비해, 람화정이 먼저 부끄러움을 깨달았다. 얼굴이 발갛게 달아오른 파란 머리의 소녀는 종종걸음으로 드레스 룸으로 발을 옮겼다. 고개를 푹 숙여 푸르고 긴 생머리가 그녀의 얼굴을 몽땅 가렸다.

"크흠, 그…… 저기, 뭐냐. 람화연 씨? 그, 내가…… 나갈까─ 요?"

그 미안함과 부끄러움, 비신사적인 자신의 행동에 이하의 태도도 수그러들 수밖에 없었다. 람화연을 향해서 존칭까지 써 가며 이하는 억지로 눈을 피했다.

"어, 아니, 저기…… 어떻게 온─ 잠깐─ 나도 옷─ 좀……."

람화연도 평소처럼 굴 수 없었다.

어떻게 여길 왔어? 미친 거 아냐! 라고 말이라도 할 법한 그녀의 성질은 온데간데없었다.

동생인 람화정보다 훨씬 더 부끄러워하며 고개를 푹 숙이는 모습에 이하의 얼굴은 더더욱 빨개졌다.

한참을 어색한 포즈로 등을 돌리고 있던 두 사람이 겨우 진정된 것은 그로부터 10분은 더 지난 후였다.

Geschoss 8

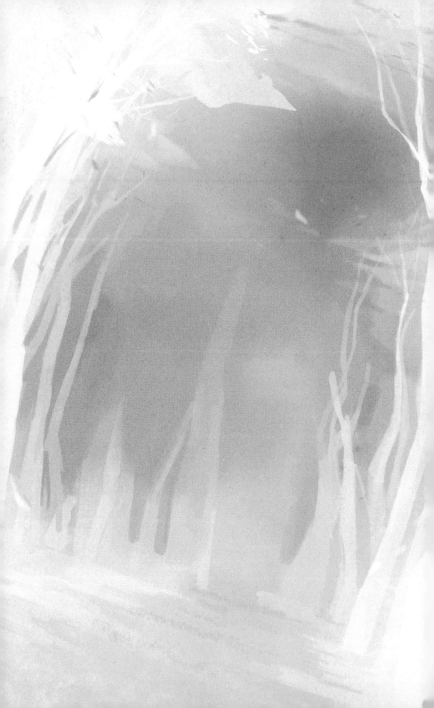

"미친 거 아냐? 데일 기사단에 신고하면 당신 당장이라도 구금이야! 무단주거침입! 응?! 캐슬 데일의 지분이 있는 것과 내 집에 들어올 권한은 완전히 별개라고!"

"그러니까…… 미, 미안하다고 했잖아, 요……. 아까부터. 열 번쯤."

"그래도! 나, 참 황당해서. 어떻게 들어온 거야? 락픽 Lockpick 스킬이라도 배웠어? 그래도 마법으로 되어 있어서 딸 수도 없을 텐데!"

"저기, 그게, 그러니까-"

죄인 취급을 받아도 할 말이 없다.

이하가 슬쩍 고개를 들자, 람화연 뒤에 서 있던 람화정이 필사적으로 고개를 젓고 있었다. 비밀로 지켜 달라, 이유는 말하지 말아 달라는 필사적인 그녀의 눈빛!

람화정의 수정구를 받아서, 여기가 저장되어 있길래 왔다. 라고 말했다간 람화연뿐 아니라 람화정의 미움까지 사게 될 지도 모른다.

그렇다고 말을 안 하자니, 대체 변명할 거리가 없고…….

이하는 진짜 죽을 맛이었다.

'이럴 줄 알았으면 그냥 닥치고 캐슬 데일 내성에서 기다 릴걸! 자청이랑 수다나 떨어도 시간 금방 갔을 텐데!'

괜히 놀래켜 줄 겸, 시간 아낄 겸 람화연의 위치로 텔 탔다 가 이게 무슨 꼴인지! 다행히 불같던 람화연의 성격은 불처 럼 쉽게 소화되었다.

"오고 싶으면 미리 말을 했으면 초대해 줬을 거 아냐."

"뭐?"

"으흠, 아냐! 하여튼! 다, 다음부턴 미리 말이라도 하고 오 라고."

"어라?"

수정구에 저장되어 있는 거 아니냐, 당장 내놓든지 수정구 리셋해라! 하면서 펄펄 날 뛸 줄 알았는데 이게 어찌 된 일이 지? 이하가 고개를 갸웃하자 람화연은 자리에서 일어나며 등을 돌렸다.

"정산금이- 어디 있더라."

괜히 서랍을 뒤적뒤적 하는 람화연의 뒷모습을 보다 람화정과 눈이 마주치는 이하. 꼬마 숙녀는 고맙다는 인사를 하고 싶은 듯, 아주 미세하게 고개를 까딱였다. 이하가 그런 그녀를 향해 빙긋 미소를 보이자 람화정도 고개를 홱, 돌리고 말았다.

'고맙다고 인사한 거 아니었나? 왜 갑자기 기분 나쁜 것처럼 고개를 돌리지?'

이럴 때야말로 기정과 비예미 등 별초의 인물들이 나섰어야 할 때지만 아무도 없다는 게 이하에겐 안타까운 일이었다. 람화연은 정산금 수표를 작성해 이하에게 건네면서 입을 샐쭉댔다.

"내가 챙겨 주는 것도 한계가 있으니까 자주 와서 챙겨. 당신 밥그릇은 당신이 챙겨야지."

"아, 아. 응. 그래야지. 고마워."

"흥, 혼자 보상 독식하게 됐다고 이제 캐슬 데일엔 관심도 떨어졌나 했네."

"그럴 리가 있겠어? 근데 보상 독식이라니?"

"못 들었어?"

오히려 람화연이 놀라며 되물었다.

이하는 처음 듣는 얘기였다. 보상 공고를 확인하긴 했었지만 미들 어스 시간으로 벌써 며칠 전이다. 그 후론 줄곧 샤즈라시안 연방 최북단, 인적 드문 곳에서 퀘스트만 하고 있었으니 들을 수가 없었던 것.

"하, 세상에. 기껏 왕궁에 연줄 만들어 놨으면 써먹을 줄 알아야지, 사람이! 하여튼 어떻게 기여도 1위 했나 의문이라니까. 그─ 신나란가 하는 그 여자가 안 알려 줬어?"

람화연이 은근슬쩍 신나라를 언급했다.

물론 나라에게서도 연락이 없었던 것은 아니다. 그러나 축하한다는 말 외에는 특별히 대화를 못 나눴었다.

'바쁘다고 말을 하긴 했지만 나라 씨가 꽤 차갑게 대했단 말이지.'

그녀 나름대로 수도에서의 전후처리와 강화 조약 협상을 위한 실무자들 호위 등 세이크리드 기사단이 동원되는 일이 많아졌다는 소식 정도가 마지막이었으니……

"보상 소식까지는 못 들었네."

"다른 얘기는 들었다는 소리군, 흥. 어쨌든! 이번에 당신한테 갈 게 꽤 있을 것 같더라고. 들리는 소문에 의하면……"

"소문에 의하면?"

"말 그대로 소문이긴 하지만, 어쩌면 캐슬 데일의 지분이 중요하게 느껴지지 않을 정도가 될 수도 있겠어."

"그게 무슨 소리야?"

"괜히 말했다가 예상과 다르면 날 원망할 테니, 말 안 할래. 어쨌든 퓌비엘과 미니스의 강화 조약 협상이 잘 되길 기도하라고."

묘한 표정을 지으며 람화연이 옅은 미소를 머금었다.

이하에게 결코 나쁠 일은 아닌 것 같지만 확실히 말을 해 주지 않아 궁금증만 더할 뿐이다.

"싱겁기는. 하여튼 정산금 챙겨 주는 건 항상 고맙게 생각하고 있어. 다른 일은 없지? 이제 가 봐야겠다."

이하가 자리에서 일어나자 람화연 뒤에 몸을 감추던 람화정이 빼꼼 고개를 내밀었다.

"또 놀러 와, 오빠."

"어, 응. 그래요. 다음에도 이렇게 오면 죽을 것 같긴 하다만……. 초청해 준다면 또 놀러 올게."

"흥, 오고 싶으면 말해. 언제든 초청해 줄 테니까."

오라는 건지, 말라는 건지.

"그래, 그래. 나 갑니다!"

"아, 하이하!"

람화연의 태도에 이하는 풋, 하고 웃으며 수정구를 들었다. 그런 그를 람화연이 불렀다.

"응?"

람화연이 이하를 불렀건만 곁에 있던 람화정도 어딘지 모르게 눈을 빛내고 있었다. 람 자매는 그렇게 잠시 동안 머뭇거렸다.

"왜? 불렀으면 말을 해."

"그…… 조만간 한국 갈 일이 생길 것 같은데. 비즈니스. 비즈니스 때문에."

"그래? 응, 요즘 한국 날씨 괜찮아."

"날씨 얘기 하는 게 아니잖아!"

"어, 어? 그러면?"

뭐 어쩌자는 거지? 언성을 높이면서도 람화연은 이하를 흘끗, 흘끗 볼 뿐 눈을 마주치는 걸 피하고 있었다.

"간 김에 자, 잠깐 시간 날 것 같으니까. 그냥- 한국 맛집이라도 소개해 달라는 거지. 경호원들 없이 나갈 수 있는 시간이 얼마 안 되겠지만- 어쨌든 당신 한국인이잖아!"

"한국…… 인이긴 한데."

그게 무슨 상관관계가 있지? 이하는 자신이 한국인인 것과 람화연에게 한국 맛집을 소개시켜 줘야 하는 의무 사이의 일을 잠시 고민했다.

"뭐, 그래. 알았어. 인터넷 찾아보고 리스트 뽑아 줄-"

"인터넷? 만나서 소개시켜 줘야지! 매너 없긴! 화정이가 그 기대 때문에 요즘 밤에 잠을-"

"어, 언니."

"-읍, 읍!"

람화정이 람화연의 입을 재빨리 틀어막았다.

자매가 꽁트를 찍을 동안 문득 이하의 머릿속에도 식사 약속이라는 단어가 스쳐 지나갔다.

그제야 이하도 깨달았다. 아무리 쑥맥이라도 알 수 있는 사실. 식사 약속이 하나 있었다.

그것도 여성과!

신나라의 차가운 귓말과 무심한 태도의 이유를 이하도 드디어 깨닫게 된 것이다.

'아차, 전쟁 끝나고 밥 먹기로 했었구나! 2:2로!'

그걸 새까맣게 잊고 언급조차 안 했으니 그녀가 삐질 수밖에! 이하는 갑작스레 머리가 지끈거리는 것을 느꼈다.

"어쩔 거야? 괜찮은 거지?"

"어, 아, 뭐—"

"좋았— 가 아니고, 크흠, 하여튼 일정 확정되면 말해 줄 테니까 맛있는 곳으로 선별해 줘."

잠깐 신나라에 대한 생각 때문에 어영부영 답한 게 실수였다.

람화연은 그것을 승낙의 표시로 알아듣고는 벌써 고개를 끄덕거리고 있었다. 거기에 람화정은 배시시 웃는 얼굴과 초롱초롱한 눈망울로 이하를 바라보고 있었으니…….

'미쳐 버리겠구만. 마왕의 조각이랑 싸우는 것보다 더 힘든 것 같아.'

그런 그녀들에게 안 된다고 말하기도 뭐하고, 진퇴양난에 빠진 이하는 결국 조용히 캐슬 데일을 빠져나오는 수밖에 없었다.

"하아아……. 그냥 블랙 베스 퀘스트나 깨면서 살았으면 좋겠네."

눈이 휘둥그레질 정도의 정산금을 얻어 놓고도 내쉬는 한숨. 벌써 억 단위의 돈을 모은 이하였지만 수술비에 비하면 아직 멀었다.

'전쟁 보상이 뭐 아무리 좋은 걸 준다 해도 20억이나 될 수는 없을 거고. 그걸 받는다 해도 수술이 하루, 이틀 만에 뿅 되는 것도 아니고.'

여러모로 머리가 복잡해지자 더 이상 미들 어스에 있을 기운도 나지 않았다. 이하는 논공행상까지 남은 날짜를 체크한 후 로그아웃했다.

이제 3일 하고 반나절 후, 수도에선 본격적인 논공행상이 시작될 것이다.

'그때 기정이 만나서 얘기 좀 해 봐야겠다. 그래도 연애 몇 번 해 봤다고 자랑질을 했으니 나보단 낫겠지?'

그 말이 사실이라면 말이다.

이하는 베개를 붙잡고 끙끙거리다 문득 생각이 들었다. 단순히 사람을 만나는 것에 왜 고민하는가. 신나라든 람 자매든 그냥 보면 된다!

'그러고 보니 내가 왜 이런 걸로 고민을 하지? 다리 때문에 부끄러워서? 부끄러울 게 뭐 있다고!'

분명 사고 초기엔 그런 마음도 있었다. 갑작스레 하반신 불구가 되어 버린 것에 대한 안타까움, 그 너머에 있는 일종의 수치심까지. 그러나 미들 어스를 하면서 이하의 자신감도 상당 부분 회복된 상태였다.

자신이 여전히 해낼 수 있다는 믿음, 나을 수 있다는 기대, 현실적으로 쌓아 가는 치료비까지 무엇 하나 부족한 게 없다.

그러면 왜 이런 고민을 하는가. 만약 만나자고 한 사람이 비예미나 태일, 자청이었다면 그랬을까?

'그럴 리가. 태일 님이나 비예미가 만나자고 했으면, 아니, 징경경이 만나자고 했어도 골백번도 더 만났을 거야. 그러면……'

왜? 그것도 신나라와 람 자매 모두에 대해서 이런 고민이 든다는 뜻이 대체 무엇인가.

'……뭐야, 이 기분은?'

이하는 문득 꾸물거리는 자신의 감정을 느꼈다. 사춘기 소년처럼 파릇한 무언가, 사고 후는 당연하고 사고 전에도 몇 번 느껴 보지 못한 신선한 기분이었다.

"언제? 언제라고? 나 파마 다 풀려 가는데 미용실 한 번-"

"……내 말 듣긴 들은 거지?"

"당연하지, 엉아야! 그니까, 신나라 님이랑 보배 님이랑 언세 밥 먹는다고?"

"그 얘기 이후로 람 자매에 관한 이야기를 한 20분은 한 것 같은데–"

"응, 들었어, 한국 온다며. 그니까, 신나라 님이랑 보배 님이랑 언제 밥 먹는다고?"

"……됐다."

"말해 줘야지! 그래야 나도 준비하지, 형!"

기정이 이하의 뒤를 쫄래쫄래 쫓아왔다. 처음엔 같이 고민해 주는 척 하더니 어느새 기정의 정신은 한 군데에만 집중되어 있었다.

'얘한테 말한 내가 바보다, 내가 바보야!'

자신조차 제대로 알기 힘든 감정에 대해선 언급하지 않았다지만, 람 자매가 조만간 한국에 올지도 모른다는 점, 그 상황에서 자신을 만나고 싶다고 한 점에 대해 열변을 토했으나 기정의 귀에는 제대로 닿지도 않은 모양이다.

이하가 기정을 꼬리에 붙이고 터덜터덜 향하는 장소는 왕궁이었다.

전쟁 이후의 마이너스 기여도 유저들에 대한 경험치 페널티 때문에 가뜩이나 유저가 많았던 수도 아엘스톡이었지만 오늘은 그 정도가 더욱 심했다.

"개부럽다. 누구는 왕궁 초청 받아서 상도 받고, 누구는 아직도 경험치 페널티 13일 더 남았고."

"13일은 거저지. 나랑 바꿀래? 나 61일인데."

"헐, 미친, 간첩이세요?"

주변 유저들의 부러움을 한 몸에 받기에 충분한 날, 퓌비엘의 국가전 논공행상 일이었기 때문이다.

개전식처럼 왕궁을 전 유저에게 개방한 것은 물론, 오늘만큼은 왕궁 내부의 촬영도 공식적으로 허가되었다는 미들 어스의 특별 방침에 따라 방송국의 기자, 캐스터들도 왕궁 주변에 즐비했다.

"-따라서 생방송으로- 아, 지금, 기여도 9등! 퓌비엘 기여도 9등 유저, 마스터케이가 왕궁으로 입장하고 있습니다! 잠시 인터뷰를 요청해 보도록 하겠습니다, 마스터케이 님! 마스터케이-"

"안녕하세요, OGM 입니다! 별초의 길드 마스터시죠?! 마스터케이 님!"

"우리가 먼저예요!"

"마이크부터 들이밀면 땡이지 무슨!"

소식을 전하던 캐스터들이 마이크를 들고 기정을 향해 달리기 시작했다.

한국의 방송국은 물론 해외의 방송국까지 눈을 번쩍이며 달려오는 모습은 기정에게도 꽤 섬뜩한 장면이었다.

"우와아악! 잠시, 잠시 만요!"

"킥킥, 고생해라, 기정아."

이하는 그런 기정에게서 재빨리 떨어져 걸었다. 이번 전쟁에서 많은 사람들이 자신의 모습과 이름을 알렸지만 이하만 큼은 아니었다.

이름은 알려졌을지 몰라도 홀로 작전을 수행하는 스나이 퍼의 모습을 기억하는 사람은 드물었기 때문이다. 그나마 이 하의 외형을 몇 번 본 사람도 있었지만 다 헤져 가는 불곰 코 트를 입고 있던 그때와 해신의 코트를 입은 지금은 모습도 달랐기에 바로 알아보는 사람은 없었다.

따라서 퓌비엘의 총사령관 그랜빌을 제치고 기여도 1등에 자리한 이하는 유유히 왕궁 안으로 입장할 수 있었다.

"엉아! 여러분! 저기, 저쪽에 하이하가— 켁!"

기정이 어떻게든 이하를 붙잡고 띄워 주려 했지만 그의 입 으로 마이크가 쑤셔 넣듯 들어오는 바람에 그럴 수도 없었 다. 신원을 확인하고 왕궁 정원에 있는 단상 근처를 돌아다 니던 이하에게 누군가 다가온 것은 그때였다.

"기분 좋아 보이시네요? 하긴, 좋으실 만하지."

"나라 씨."

평소처럼 반가운 인사가 아닌 그녀의 약간 퉁명스러운 태 도가 이하를 미안하게 만들었다. 실망은 기대와 비례하는 법 이라는 걸 이하도 잘 알고 있으니까.

"식사는 언제 하실까요?"

이하는 빙긋 웃으며 나라에게 말을 건넸다. 홍칫뿡, 하는 표정으로 있던 그녀의 눈이 토끼처럼 되었다.

"어…… 기억…… 하시네요?"

"설마 제가 까먹었을까 봐요?! 나라 씨랑 식사하는 건데. 잠깐 처리할 일들이 많았을 뿐이에요. 진짜 안 잊고 있었다고요."

그런 그녀를 보며 이하는 기정이 일러 준 대로 열심히 대사를 읊었다.

최대한 티 내지 말고 거짓말 해! 무조건 기억하고 있는 상태였다고 말해! 웃으면서, 스마일~

"……뭐, 요즘은 제가 바빠서 시간이 될지 모르겠지만……. 일단 보배한테 말해 볼게요. 걔가 시간이 되려나 모르겠네."

그럼 분명히 한 번쯤 튕기려 들 테니까, 그때 무조건 오케이, 콜! 하면 되는 거야! 실제론 서운하지도 않으면서 괜히 그러는 게 분명하거든. 배려 잊지 말고!

"네, 물론이죠. 괜찮다고 하면 그때 날짜 잡아 봐요. 나라 씨 안 바쁜 시간으로."

기정의 조언을 떠올리며 열심히 미소까지 짓는 이하였지만 말을 하면서도 회의적인 생각이 들었다.

'아니, 근데 이게 먹힌다고? 누가 봐도 내가 까먹은 걸 알고 있을 텐데. 괜히 거짓말했다고 나라 씨 기분만 더 안 좋아지는 건 아닌가 모르겠-'

"좋아요. 어휴, 난 또 이하 씨가 까먹고 있는 줄 알고 서운할 뻔했네요. 헤헷."

그러나 나라의 반응을 보며 기정을 인정하지 않을 수 없었다. 적어도 여성과의 대화나 관계에서는 기정이 이하보다 몇 수는 위였다.

"얼른 들어가요! 가서 예식 순서랑 설명 듣고, 조금 있으면 시작할 거예요. 일, 이, 삼등공신은 국왕 전하 앞에서 무슨 수여식도 있다고 들었거든요. 자, 자, 우리 이하 씨도 멋지게 보이려면 가서 예복도 입고 멋지게 꾸며야죠. 다른 사람들은 벌써 다 와 있다고요!"

평소처럼 밝고 건강한 표정으로 돌아온 나라는 이하를 손수 안내하며 왕궁 안으로 데리고 들어갔다.

"이거 참…… 어떻게 된 건지."

여성의 마음은 알다가도 모르겠다는 걸 요 며칠 계속 깨닫는 이하였다. '우리 이하 씨'라고 부르며 세이크리드 기사단의 일도 내팽개치고 이하의 옷을 골라 주는 신나라가 어떤 마음인지도 알 수 없었다.

국왕 전하 납시오!

쿠우우웅————!

바닥을 찢는 것 같은 거대한 울림에, 왕궁 정원에 있던 유저들이 순식간에 조용해졌다.

왕궁 정원은 물론이고, 내성문 밖, 통제된 왕궁의 성벽 위까지 유저들이 모여 논공행상을 살피고 있었다. 전쟁이 발발할 때와 달리 '실질적인 보상'에 대한 관심은 더욱 클 수밖에 없었다.

퓌비엘의 국왕이 정원의 단상에 올라앉았다.

근위대장과 마도단장 로트작, 그리고 평소엔 모습을 잘 보이지 않는 세이크리드 기사단의 단장까지 모두 나와 위풍당당한 태도를 보였다.

그야말로 퓌비엘의 기둥들이 모조리 몰려 있다고 해도 과언이 아닌 곳.

그 단상 바로 옆에 설치된 귀빈석엔 이번 전쟁의 공신들이 앉아 있었다. 한 명, 한 명이 이번 전쟁을 빛낸 영웅이나 다름없는 역할을 했다는 걸 NPC들은 물론 유저들도 잘 안다.

그러나 어째서 맨 앞, 맨 첫 번째 자리에 앉은 유저가 다리를 떨고 있는지는 알 수 없었다.

"이, 이런 곳에 앉아 있어도 되는 건지―"

"일등공신 하이하 님이라면 당연합니다. 이런 정도로 당황하시면 안 되지요."

"전 세계 생방송에 그렇게 허둥지둥한 꼴 보이고 싶으면 그러든가."

"……옷 멋있어."

바로 그 점 때문에 부담이 된다는 것이었지만, 황룡의 대표 유저와 람롱 그룹 총수의 맏딸이 그 마음을 알 리가 없었다. 람화정이 소곤거린 말을 듣지 못할 정도로 이하는 긴장하고 있었다.

당장 근처에 있는 눈만 수만 개, 방송 시청자를 포함한다면 천만 개 이상의 눈이 자신에게 집중하고 있다는 게 무슨 의미인가.

그 숫자만 떠올려도 어지러울 것 같은 상상을 애써 접고, 이하는 단상을 흘끗 올려다보았다.

'그러고 보니 로트작은 전쟁 내내 뭘 했지? 국왕이 로트작의 말을 믿은 건 뭔가 충성심 같은 걸 전쟁 때 테스트 해 보기 위함이었을 줄 알았는데.'

이번 전쟁 내내 모습을 보이지 않았다. 마도단장이니 마도단을 이끌고 전선 어딘가에 나타나지 않을까 했으나 보이지 않았다. 신나라는 그가 수도에서 나간 적이 없다고 했다.

'무슨 수가 있는 건가. 왕을 설득했나?'

왕궁에서의 일까지 모두 알 수는 없었다. 그러나 가슴을 펴고 있는 노인의 모습에서 이하는 분명한 위화감을 느꼈다.

"─하여, 이번 전쟁의 승리로 본국의 위상을 드높인 자들에 대해 충분한 대우를 해 줄 것을 전하께서 약속하셨다. 십등공신에서 사등공신까지 단상 앞으로!"

강화 조약 체결까지의 일시적 휴전이었지만 NPC는 이것을 '승전'이라 치부하고 있었다.

그런 장황한 연설 끝에 마침내 논공행상이 시작되었다.

십등공신 신나라, 팔등공신 사단장 NPC, 칠등공신 키드, 육등공신 러쉬의 길드 마스터 론, 오등공신 람화연, 사등공신 람화정.

와아아아아————! 신나라! 신나라 여사女ㅗ 만세!

RUSH！RUSH！RUSH！

꺄아악, 키드 씨! 키드 씨이이—! 여기 좀 봐 주세요!!

람화연 미모 실화냐——!

람화정 귀여움 실화냐고오오오——!

이미 유명세를 타고 있던 유저들을 향한 거센 환호가 터져 나왔다.

러쉬의 길드 마스터 론을 응원하기 위해 러쉬는 아예 단체 복까지 차려입고 깃발을 흔들 정도였다. 원체 그 미모로 팬들을 많이 보유했던 람 자매도 그 환호에 화답하며 고고히 걸어 나갔다.

"헐…… 키드도 팬이 있네."

심지어 여성 팬들이 키드의 이름을 연호하는 모습도 보였다.

이하가 웃음을 머금고 그를 향해 박수를 치자, 키드는 부끄러운지 모자를 푹 눌러썼다.

이런 날에도 예복을 입지 않고 자신의 코트와 모자를 고집하는 태도, 무심한 것 같지만 시크한 그 태도에 여성 팬들이 끌리는 걸까. 그녀들은 키드의 이름을 더욱 강하게 외쳤다.

"그래, 저런 모습이 정상이지. 당황하는 게 당연– 음?"

이런 자리에 익숙지 않은 다른 사람이 있어서 이하는 다행이라고 생각했다. 기정을 보기 전까지는.

"푸하핫, 별초 길마 좀 봐!"

"왼손이랑 왼발이 같이 나가고 있다고!"

"로봇이냐! 와하하핫!"

구등공신 마스터케이의 움직임에 주변의 분위기가 확 밝아졌다. 근처에 서 있던 태일이 큰 숨을 내쉬고 비예미는 아예 자신의 눈을 가렸다.

"끄으응, 케이……."

"키킷, 전 세계 생방 시청자 수의 합이 최소 오백만 명은 될 텐데……. 당분간 길드 망토는 벗고 다녀야겠네요."

장엄한 논공행상의 자리조차 밝은 파티로 만들어 버리는 압도적인 재능! 적어도 자신의 이미지를 확신하게 각인시킨 기정이었다.

국왕은 옥좌에서 일어나 그들에게 손수 보상을 선물했다.

왕궁에서 특별제작한 각 직업별 아이템, 그리고 추가 스탯 포인트, 금화까지.

기정과 실시간으로 귓속말을 주고받으며 이하도 보상의 내역을 파악했다. 기여도를 스탯으로 바꿀 수 있는 것과 별개로 추가 스탯을 주는 게 사실상 최대 선물이나 다름없었다.

'이런, 이런. 바꿔 말하면 '명예'가 보상이라는 건가. 뭐, 저 정도 사람들에게 스탯 10개면 대단한 거긴 하지만……. 역시 좀 적지 않나? 하긴, 기여도를 스탯으로 바꾸면 거기서 더 늘어나겠지.'

그래도 고생한 것에 비하면 좀 적지 않나 싶긴 하다.

그렇게 사등에서 십등공신까지의 논공행상을 마치고 그들이 들어간 자리, NPC가 다시 한 번 소리쳤다.

"삼등공신 페이우, 이등공신 존 에드워드 그랜빌, 그리고 일등공신 하이하는 단상 앞으로!"

꿀꺽, 마침내 차례가 돌아온 이하는 긴장을 가다듬으며 자리에서 일어섰다. 트롤들의 구멍 난 육체 사이로 크롤랑을 저격할 때만큼 긴장되는 순간이었다.

페이우! 페이우!

오오오, 저 사람이 하이한가 봐!

평범하게 생겼는데?

"누가 스크롤 좀 써 봐! 저 사람 렙 몇임?"

"크하핫, 왕궁에서 그런 짓거리를 했다간 당신들의 머리통이 남아나지 않을 거요."

페이우에 대한 환호는 이하에 대한 궁금증으로 순식간에 덮였다.

누군가 스크롤을 찢으려 할 때, 그의 손을 붙잡는 강건한 팔이 튀어나왔다. 호쾌한 웃음소리, 털이 숭숭 난 굵은 팔뚝.

이하는 그들을 알아보았다.

"버크 사령관님?"

국왕이 있는 단상으로 향하며 잠깐 마주친 눈, 버크가 이하를 향해 윙크를 찡긋 하고는 뒤로 돌았다.

"이놈들아! 그랜빌 아저씨와 하이하에게 예를 갖춰라!"

"선장님만 조용히 하시면 될 것 같은데요?"

"시끄러! 너도 자리 잡고 서! 크흐흠, 우리 퓌비엘의 해군을 대표하여, 돛새치호 전원—— 차렷!"

차착-!

버크 해전사령관과 항해장 NPC가 목소리를 높였다. 유저들의 웅성임 사이에서도 그들의 목소리는 좋은 울림을 갖고 있었다.

"디케 해변 전역의 영웅, 하이하 님을 향하여—— 경례!"

착-!

통일된 그들의 동작, 저 중에는 NPC뿐 아니라 유저도 있을 것이다. 그러나 돛새치호에 탔던 유저들도 이하를 향한 존경심은 갖고 있었다.

말도 안 되는 전략을 실행시킨 장본인, 그 엄청난 실력에 대한 존중이 그들의 동작에 진하게 묻어 나왔다.

이하는 갑자기 울컥할 것 같은 마음을 억지로 억누르며 고개를 가볍게 숙였다. 국왕은 자신의 앞에서 국민을 향해 경례를 올리는 모습에 기분 나빠 하는 소인배가 아니었다.

오히려 흐뭇한 표정을 짓고 있었다.

"삼등공신 페이우는 무릎을 꿇라."

"예, 전하."

페이우가 무릎을 꿇자 국왕이 한 발자국 앞으로 걸어 나갔다. 이전과 달리 보좌 NPC가 작은 나무 판 하나를 들고 있었다.

십등공신에서 사등공신은 받을 수 없는 것, 국왕이 들어 올린 것은 훈장이었다.

"대 미니스 침공로를 개척하며 분투한 점, 미니스 전역 내에서 그대와 그대의 길드가 활약한 공을 높게 산다."

"황공하옵니다."

"삼등공신 페이우에게 퍼플 하트 훈장을 수여한다. 이는 공신의 능력을 충분히 보조할 수 있을 것이며, 해당 훈장의 소유자에게 왕궁 창고 내에 필요한 것 한 가지 고를 수 있는 권한을 부여한다."

워오오오오————!

십등공신에서 사등공신까지는 아이템 하나를 주는 것이었다.

해당 직업에 맞는 아이템을 미들 어스가 적절히 판단하여 무작위로 선물한 것. 그러나 이건 다르다. 본인이 선택할 수 있다. 그 차이를 깨달은 유저들은 경탄할 수밖에 없었다.

"이등공신 존 에드워드 그랜빌. 이번 전쟁의 총사령관으로 짐이 하고자 한 역을 잘 수행해 주었다."

"아닙니다. 전하의 명을 끝까지 수행하지 못한 점을 질책하여 주소서."

국왕은 그랜빌의 말에 옅은 미소를 지었다.

확실히 애초 그가 말한 것은 미니스와 크라벤을 지도에서 지우라는 것. 완고한 그랜빌은 그때의 말을 꺼내며 자책하고 있었다.

"이번은 특수한 상황이니 그런 점에 개의치 말라. 그대는 예나 지금이나 나의 검, 나의 방패, 퓌비엘의 자랑이니라."

"황공하옵니다."

국왕은 보좌 NPC에게서 또 다른 훈장을 집어 들었다. 페이우의 보라색 훈장과 달리 은색의 별 모양. 꽤나 익숙한 디자인이었다.

"이등공신 존 에드워드 그랜빌에게 실버 스타를 수여한다. 또한 해당 훈장의 소유자에게 왕궁 창고 내에 필요한 것 두 가지를 고를 수 있는 권한을 부여한다."

워오오오오————! 두 개래!

근데 NPC가 두 개나 가져서 뭐하지?

아니, 이번이 두 개면 다음은 어떻게 되는데?

그랜빌은 국왕이 하사하는 훈장을 두 손을 받쳐 들어 받았다.

이제 유저들의 놀라움은 호기심과 기대로 바뀌었다. 삼등과 이등공신이 이런 식이라면 일등공신은?

"일등공신 하이하는 무릎을 꿇라."

"예, 전하."

이하는 자연스럽게 국왕 앞에서 자세를 취했다.

삼등, 이등공신이 받을 때만 해도 그토록 긴장되었건만. 정작 자신의 차례가 되니 긴장은 오히려 사라지고 마음이 편해졌다.

"전역을 불문한 그대의 놀라운 활약은 수도에서도 익히 들을 수 있었네. 총사령관, 해전사령관, 육전사령관 모두가 입을 모아 칭찬하더군."

"과찬이십니다. 그저 작전에 따라 임무를 수행했을 뿐입니다."

"군인에겐 그 점이 가장 어려운 것이라지. 겸손할 필요 없네. 오늘은 퓌비엘에서 가장 빛나는 국민이 바로 그대니까. 일어서게."

이하가 일어서자 국왕은 보좌 NPC에게서 남은 훈장을 집어 들었다. 황금빛으로 된 이중별이 그의 손에서 번쩍였다.

"생명의 위협에도 개의치 않고, 부여된 임무 이상의 수행으로 금번 전쟁에서 최고의 활약과 용맹을 증명한 자, 하이하에게―"

국왕은 훈장을 들어 올려 보이고 그것을 손수 이하의 예복에 달아 주었다.

"─퓌비엘 국왕이 예를 갖춰 명예 훈장Medal of Honor을 수여하노라."

꿀꺽, 국왕이 말을 마쳤음에도 유저들은 아직 환호성을 지르지 않았다. 메달 오브 아너든, 뭐든 주변 구경꾼들에겐 그게 중요한 게 아니었다.

그래서 부상은 뭔데?

"또한 부상으로 왕궁 창고 내에 필요한 것 세 가지 고를 수 있는 권한을 부여함과 동시에─"

워오오오오── 엇, 또, 뭐가 또 있나 보다!

감탄하는 유저들이 황급히 목소리를 낮췄다. 주변이 충분히 고요해질 때까지 국왕은 기다렸다.

전 세계 동시 생방송으로 송출되는 방송에선 이하와 국왕이 한 화면에 잡히고 있었다. 이하의 가슴에서 반짝이는 명예 훈장에서 빛이 반사될 때, 왕은 다시 입을 열었다.

이하는 람화연이 어째서 캐슬 데일의 정산금이 필요 없어질지도 모른다고 말했는지, 그제야 알 수 있었다.

"─미니스와의 강화 조약 체결 후 획득하게 되는 도시 또는 성 한 곳을 관리할 수 있는 직위에 공식적으로 임명하리라."

국왕의 목소리가 왕궁 전역으로 퍼져 나갔다.

숨소리 말고는 아무런 반응도 나오지 않았다. 왕이 한 말의 뜻이 무엇인지 사람들이 이해하기까지 걸린 시간은 대략

6초 남짓.

"설마?"

"진짜? 저게 내가 이해한 그거 맞아?"

"성을 준다고?!"

"우와! 말도 안 돼! 성, 성주? 길드도 아니고 개인에게?"

우와아아아아아앗————!!!

하이하! 하이하! 하이하!

폭발적으로 터져 나온 함성과 이하를 향한 연호는 한참 동안이나 이어졌다. 당사자조차 제정신을 차릴 수 없게 만드는 보상이었다.

"어? 무슨– 뭘 준다고?"

도시 또는 성?

이하는 자신이 생각한 그게 맞는 것인지 한참이나 생각했다. 캐슬 데일의 실질적인 지배자는 화홍 길드, 그 길드 마스터인 람화연이다.

말하자면 그런 권한을 주겠다는 얘긴가? 설마?

"엉아야아아아아!!!"

이하는 기정의 반응을 보며 확신할 수 있었다.

축제처럼 시끌벅적해진 왕궁 중앙 정원에서 가장 먼저 소리를 지르며 달려 나오는 사람. 눈이 촉촉하게 된 채, 아까의 뻣뻣한 동작 따위는 하나도 보이지 않는, 자연스러운 기쁨을 온몸으로 표출하는 사람.

"기정아!!"

사촌 형제가 서로를 얼싸안았다.

엄밀히 따지면 왕궁 예법에 어긋나는 것이었지만 국왕은 이미 그런 것도 예상하고 있었던 것일까.

피유우——— 펑! 펑!

축포 마법의 요란한 효과와 함께 우렁찬 축하 팡파르가 울리기 시작했다.

"세상에! 설마 했는데 그 정보가 정말로⋯⋯."

"멋져, 오빠."

"하이하 대인에게 이 정도 대우는 당연지사겠지요."

람화연, 람화정, 페이우도 놀람을 감추지 못했다.

"뭐예요, 어떻게 된 거예요?! 성이라니? 어머, 어머머."

"홋, 얼마 전까지 같이 사냥했던 저도 모르는 일입니다."

평소보다 훨씬 달뜬 신나라가 묻자 키드가 은근히 이하와의 친밀함을 강조하며 답했다.

랭커들이 놀라움과 축하로 이하를 맞이하자 국왕이 즐거운 분위기에 다시 한 번 기름을 부었다.

"오늘은 본국의 영웅들을 축하하는 기쁜 날이다. 모두 마음껏 먹고, 마음껏 마시라!"

맛의 구현은 물론이고 실질적인 버프 효과까지 있어 유용한 축제 음식들이 폭포처럼 쏟아져 나오기 시작했다.

국가전의 실질적인 승리를 축하하겠다는 말이었지만 모여

있는 유저들 모두, 방송을 보는 시청자 모두가 알 수 있었다. 국왕의 말처럼 퓌비엘의 영웅들을 위한 대접이나 다름없는 자리, 그중에서도 일등공신이자 명예 훈장 수여자 하이하에게 전 세계 사람들의 이목이 집중되었다.

〈업적 : 메달 오브 아너-퓌비엘(A+)〉

축하합니다! 당신은 퓌비엘 최고의 전쟁영웅으로 추대되었습니다. 퓌비엘 내에서 당신의 이름은 국왕의 아래에 위치하게 되었으며, 퓌비엘 전역을 너머 대륙 구석구석까지 널리 알려지고 있습니다. 국가와 대륙이 위기에 처했을 때, 사람들은 당신의 이름을 부르며 기도할 겁니다. 다만, 퓌비엘의 최고 영웅을 타국에선 경계할 수밖에 없겠죠?

보상 : 스탯 포인트 18개, 퓌비엘 전 NPC와의 친밀도 +30%,
　　　　대륙 공통 명성 +1,000
　　　　타국 왕족 및 타국 공헌도 3,000 이상 NPC와 친밀도
　　　　-10%
　　　　(에즈웬 제외)

〈메달 오브 아너-퓌비엘〉 업적의 첫 번째 등록자입니다.
업적의 세 번째 등록자까지 명예의 전당에 기록되며, 기존효과의 200%가 추가로 적용됩니다.

효과 : 스탯 포인트 36개, 퓌비엘 전 NPC와의 친밀도 +60%,

대륙 공통 명성 +2,000

타국 왕족 및 타국 공헌도 3,000 이상 NPC와 친밀도
-20%

(에즈웬 제외)

"와, 대박. 하이하 그 사람 도시도 받는데."

"뭔 도시."

실시간으로 중계를 듣는 와중에도 그의 칼질은 멈추지 않
았다. 곁에 있던 유저 또한 무심하고 기계적으로 방패를 들
고, 검을 휘두른다. 센티널 산맥의 오크가 켁, 켁 거리며 얻
어맞으며 쓰러졌다.

"보상으로 성이나 도시 중에 새로 추가되는 거 준다고 했
대, 왕이."

"헐……. 미니스한테 뺏은 거?"

"응. 아직 확정은 아니지만 강화 조약 체결하면서 국경 새
로 그을 거 아냐. 그때 추가되는 도시나 성 중 하나에 성주로
앉힌다는 듯."

퓌비엘 왕궁에서 벌어지는 일들은 수도에 모이지 않은 사
람들도 순식간에 알 수 있게 되었다. 유저 대부분이 보상은
짜고 페널티만 엄청난 쓰레기 이벤트라고 욕을 하려던 참이

었으나, 이하의 보상을 보곤 아무런 말도 할 수 없게 되었다.

미들 어스는 확실히 파격적인 보상을 주고 있었다.

그게 너무 부익부 빈익빈이었기에 탈일 뿐.

"미친, 쩌네. 우린 언제 그런 거 받아보냐."

"이제 2인 팟으로 오크 겨우 잡는데 무슨……."

"그래도! 알렉산더도 아니고 하이하면 완전 무명 유저였잖
아. 우리도 기회만 주어지면 바로 스타 될 수 있음."

"운이 따라야지. 하긴, 그런 좁밥도 운빨 한 번 제대로 타
면 기여도 1위 먹는데 우리라고 안 될 건 없겠어."

한숨이 나올 만한 격차였지만 한편으론 유저들의 희망이
기도 했다. 애초부터 말도 안 되는 격차와 위상을 지닌 랭커
들에 비하면 하이하의 이름은 얼마나 만만한가.

유저들에게 꿈을 심어 주는 만만한(?) 아웃사이더의 입장
때문에 이하는 유저들의 복잡한 감정을 유발시키고 있었다.
한편으론 부러운 대상이고 자신감을 주는 희망이지만 또 한
편으론 질투와 시기의 대상이 될 수밖에 없다.

"닥치고 사냥이나 하자. 일단 트롤 팟부터 끼고 나면 렙업
도 금방 될 테니까. 하나 땡긴―"

――어어어―――…….

오크를 불러들이려던 유저 하나의 움직임이 멈췄다.

멀리서부터 공기를 진동시키는 고함소리는 분명 일반 몬
스터가 낼 수 있는 게 아니다. 센티널 산맥의 필드 보스, 싸

이클롭스가 떴다는 의미로 봐도 좋다.

"대박, 싸이클롭스 떴나 보다."

"여기에……?"

그러나 위치가 이상하다.

싸이클롭스는 트롤 존에서도 조금 더 깊이 들어간 곳에서 주로 뜬다. 트롤의 수가 줄어들고 오우거가 많이 나오기 시작하는 위치. 그곳에서 리젠된다는 것은 꽤 널리 알려진 상식이다.

즉, 오우거는커녕 트롤도 제대로 나오지 않는 센티널 산맥의 중턱, 오크들의 텃밭까지 싸이클롭스의 외침이 들릴 수는 없는 것이다.

—워어어어어————……!

또 한 번의 외침이 들렸다.

유저 두 사람의 얼굴이 조금 굳었다. 소리는 아까보다 확실히 크고 또렷했다. 알아들을 수 있는 정도의 고함이라면 거리도 멀지 않을 터.

"이상하지 않냐."

"가 볼까?"

"아냐, 아냐, 아냐. 괜히 갔다 뒤질 것 같아. 째자. 싸이클롭스 졸라 크잖아. 파리처럼 터져 죽을 것 같아서 싫어."

미들 어스가 다른 게임에 비해 모험가의 비율이 낮은 이유였다.

훨씬 덩치가 큰 대형 몬스터의 압도적인 위압감. 현실이 아니라고 생각하면서도 현실 같은 그 감각에 이기지 못하는 유저가 많았기 때문이다.

"병신이냐, 스크롤은 뒀다 뭐하게? 딱 보고 막공 생길 것 같으면 우리도 껴 달라고 하자. 한 대씩만 패도 오크 몇 마리 경험치보다 더 줄 텐데. 하이하처럼 되고 싶다더니 싸이클롭스한테 쪼냐."

"시발놈. 가자."

그리고 무서움보단 친구의 도발이 더욱 신경을 건드는 법.

두 명의 유저 못지않게 주변 유저들도 슬금슬금 발걸음을 옮겼다. 혹여나 떨어질 떡고물을 기대하는 개미들은, 본능적으로 서로 뭉치기 시작했다.

센티널 산맥 중턱에서 오크 부락을 빠져나와 오르는 동안 두 명이 네 명이 되고, 열 명이 되고, 열다섯 명이 되었다.

─우워어어어 ──우워어어!

"묘하게 소리가 두 번 난 것 같은데."

"메아리 친 거겠지. 필드 보스가 두 번 뜨는 거 봤냐."

"저도 들었어요. 뭔가 이상한데……?"

유저들이 웅성거렸다.

필드 보스는 고유의 이름이 있다. 소위 말하는 '네임드' 몬스터. 죽으면 리젠된다지만 그건 죽었을 때의 경우다.

같은 이름을 가진 몬스터 두 마리가 동시에 나오는 경우는 없다.

우워어어, 우카아아아앗-! 우웍, 우웍!

"어, 어어, 뭔가, 뭔가 이상한데?"

그러나 평소와 달랐다. 산길을 헤치며 그들이 트롤존에 도착했을 때 보인 것은 유저들의 스킬 시전 소리가 아니었다.

즐비하게 널린 유저들의 잿빛 시체들.

수는 족히 백을 넘었다. 그 시체가 적어 보일 정도로 많이 깔려 있는 건 트롤이었다.

"트, 트롤이 왜 이렇게 많아? 게다가 색깔도 이상한데?"

"어우 씨, 그냥 갑시다. 괜히 덤볐다가 레벨만-"

"우와앗, 저거 뭐야?"

"싸이클롭스! 싸, 싸이클롭스가----"

오크 부락에서 올라온 유저들이 뒷걸음질 쳤다. 평소보다 훨씬 많은 트롤들도 놀라웠지만, 나무를 쓰러뜨리며 고함을 치는 눈동자의 숫자는 악몽이었다.

"세, 셋?! 싸이클롭스가 세 마리야!"

[센티널 산맥의 지배자, 퀴케로가 나타났습니다.]

[센티널 산맥의 지배자, 클리티오가 나타났습니다.]

[센티널 산맥의 지배자, 미마스가 나타났습니다.]

[센티널 산맥에 있는 모든 대형 몬스터가 30% 강해집니다.]

"지배잔데 왜 세 마리야?!"

"그딴 소리 할 때가 아님!! 빨리 스크롤- 스크-"

"안 돼, 안 돼."

스크롤을 꺼내려는 틈, 그들을 감싸는 연보랏빛 막이 생성되었다. 공간 이동을 막는 막보다 놀란 것은 새롭게 나타난 자의 위치였다. 방금 전까지 아무도 없던 유저들의 뒤를 누군가 점유하고 있었다.

"뭐야, 당신 누구-"

"벌써 소문이 퍼지면 곤란하거든."

슉- 유저가 말을 마치기도 전, 그가 지팡이를 휘둘렀다.

단 한 번의 공격에 유저의 몸이 반 토막으로 갈라졌다. 그 순간 모여 있던 유저들은 알았다.

이 '몬스터'는 자신들의 실력으로 이길 수 없다는 사실.

그리고 센티널 산맥에서부터 무언가가 시작될 거라는 사실을.

"아, 안 돼……."

안타까운 점은 이 사실을 즉각 전파할 수 없다는 점이었다. 귓속말을 하기 전에 죽을 것이고, 로그아웃 후 재접속까지는 시간이 필요하다. 인터넷의 커뮤니티 정도로는 그들의 말이 퍼지기에 힘이 부족하리라.

"돼."

그 모든 것을 알고 있다는 듯 푸른 수염, 레 백작은 저레벨 유저들을 도륙했다.

그의 정장에는 구김 하나 가지 않았고, 그의 수염에는 피한 방울 튀지 않았다.

그 와중에도 싸이클롭스의 외침은 계속되었다.

몇 번 외칠 때마다 어디선가 또 하나의 싸이클롭스가, 또 하나의 싸이클롭스가 모습을 드러냈다.

그 숫자에 맞춰 오우거도 새롭게 나타났고 트롤들은 즉석에서 번식이라도 하듯 숫자를 불려 나갔다.

"자, 이 정도라면 여기는 됐으려나. 한 두어 시간쯤 더 필요하겠군……. 이거, 이래서야 언제 찾으러 갈 수 있을는지."

푸른 수염은 한숨을 내쉬며 고개를 저었다.

그의 뒤에서 대형 몬스터들이 끝없이 분노했다. 본능적으로 갖고 있는 인간을 향한 분노가 이제 쏟아지려 하고 있었다.

Geschoss 9

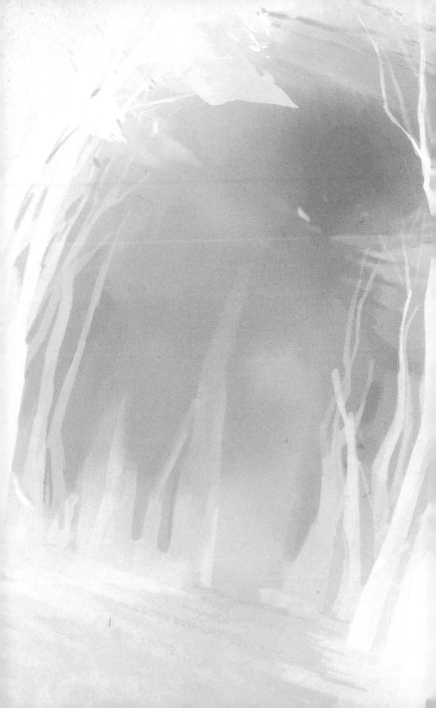

"그럼 푸른 수염은–"

"움직이고 있습니다, 성하. 저 북부의 동토에서 제 제자들이 크롤랑을 찾아온 푸른 수염과 조우했다고 합니다."

"벌써…… 벌써 움직인다는 건가."

교황 가이오 4세가 이마를 짚었다. 브로우리스는 교황에게 잠시 시간을 준 후 다시 입을 열었다.

"다행히 크롤랑은 제 제자들이 처치하였으나……. 제2차 인마대전의 귀족鬼族 군단, 대형 몬스터들의 자손들은 아직도 남아 있습니다. 푸른 수염이 그들을 일으켜 세우려 한다면 대륙은……."

"전란에 휘말리겠지. 국가끼리 아웅다웅 다투는 수준이 아니라, 인류의 존망을 걸고 싸워야 하는…… 제3차 인마대전이 일어나겠지."

"예."

에즈웬의 교황청이 고요해졌다.

교황과 그를 보좌하는 NPC들도 말을 잇지 않았다. 지금 이 자리에 있는 사람 중 유저는 단 한 명, 그 유저도 조용히 상황을 지켜보고 있었다.

"그래도 크롤랑을 처치했다고 하니 조금이나마 희망을 가져도 될는지 모르겠어. 브로우리스 자네의 제자들이라고 했나?"

교황의 말에 브로우리스의 표정이 살짝 펴졌다.

"그렇습니다. 저와 브라운…… 그리고 엘리자베스의 뒤를 잇는 녀석들입니다. 아직은 한참 부족합니다만-"

"키드, 루거, 그리고 하이하 세 사람이라면 실력이 부족한 정도는 아니겠지요. 성격 면에서 셋 다 어딘가 나사가 빠졌다는 표현이라면 인정하겠습니다만."

"음? 당신이 그걸 어떻게……?"

브로우리스가 놀란 표정으로 유저를 바라보았다.

"셋 다 만나 본 적이 있으니까요. 처음 뵙겠습니다, 페르낭 마갈랴스라고 합니다."

교황청에 있는 유일한 유저, 에즈웬 국가 소속 중 가장 유명한 유저가 씨익 치아를 보이며 답했다.

"페르낭 마갈랴스! 개척왕이라고 불리는 그 모험가군요."

"핫! 아세요? 음, 음, 얼마 전에 명성이 한 번 더 오르더니만 이제 확실히 유명세를 탔나 보네."

브로우리스가 알아보자 페르낭이 기뻐했다.

전쟁과 전혀 관련이 없었던 에즈웰 국가 소속의 그는 국가 전 기간 동안에도 미개척 지역을 탐험하고 있었다. 그렇게 개척 및 발굴 한 지역과 유적이 몇 곳, 그의 시스템 상 명성은 계속해서 오르고 있었던 것이다.

"푸른 수염이 벌써 움직이고 있다면 여유가 없네. 또 다른 대형종들을 일깨우기 전에, 그들에게 마력을 부여해 귀족鬼族으로 편성하기 전에 쫓아야 해."

교황이 브로우리스와 페르낭의 대화를 비집고 들어왔다.

"맞습니다, 성하. 하지만 마왕의 조각을 추적하는 일은 결코 쉽지 않습니다. 최고 수준의 추적꾼이라도—"

"최고 수준의 추적꾼은 안 되겠지만, 최고의 추적꾼은 가능하지 않겠나."

교황이 페르낭의 어깨에 손을 올렸다. 페르낭이 성호를 그으며 교황을 향해 고개를 숙였다.

"대륙에서 제일가는 모험가이자 추적꾼이 바로 여기 있으니까. 푸른 수염도 순수한 마왕의 조각의 힘이 아니라, 육신의 힘을 빌려 다니는 이상 반드시 흔적을 남길 수밖에 없지."

"그리고 조금의 흔적만 있다면, 뒤를 쫓는 거야 저한테 크게 어려운 일은 아니죠. 500년 선의 유물을 찾는 것에 비하면 살아서 돌아다니는 생명체를 쫓는 게 나으니까요."

페르낭이 주머니에서 작은 돋보기 하나를 쓰윽, 꺼내어 들며 자신감을 표출했다.

"과연……."

"브로우리스 자네가 국왕을 설득해 주게. 퓌비엘의 영달을 위해 국경이니, 점령도시니 하는 협상을 하는 것도 좋지만, 실제로 강화 조약이 체결되지 않는다면 퓌비엘과 미니스의 불씨는 언제든 다시 붙을 수 있어. 그리고 푸른 수염에게, 저 마왕의 조각에게 집중하려면 어서 인간들의 전쟁을 마무리 지어야 하네."

"알겠습니다. 노력하겠습니다."

현재 퓌비엘과 미니스는 일시적 휴전 상태다.

강화 조약 체결을 앞두고 서로간의 기 싸움을 하는 상태. 교황의 엄포가 있으니 다시 전면전을 일으키진 않겠지만 소규모 국지전이라면 언제든 재발할 수 있다.

"우리는 먼저 움직이고 있겠네. 미니스에도 엄중히 전달할 터이니 퓌비엘의 입장에서도 노력해 주게."

"예, 성하."

콰아아앙-!

브로우리스 고개를 숙이는 순간, 교황청의 문이 거칠게 열어젖혀졌다. 페르낭도 깜짝 놀라 허리춤에 둘둘 말려 있는 채찍을 집어 들었다.

"급보- 급보입니다!"

"무슨 일인가."

"무례를, 하아, 무례를 용서하시길, 성하."

전령으로 보이는 남성이 숨을 몰아쉬며 교황의 앞으로 달려와 무릎을 꿇었다. 교황은 인자한 미소로 남성의 어깨를 짚어 주었다.

"괜찮네, 차분히 말해 보게나."

"마왕의 조각으로 추정되는 몬스터가 센티널 산맥에 나타났다고 합니다!"

전령이 눈을 질끈 감고 자신이 들은 것을 보고했다.

교황은 물론 브로우리스와 페르낭의 표정도 급변했다. 교황보다 먼저 입을 연 것은 브로우리스였다.

"마왕의 조각?! 그게 정말인가? 푸른 수염, 레가 센티널 산맥에 있다고?"

"있는지는 모르겠습니다. 하지만 센티널 산맥에서 대규모 몬스터의 출현이 있었다고 합니다."

"센티널 산맥이야 원래 몬스터가 많은 곳 아니던가. 오크 부락도 있고, 트롤 부락도-"

"그, 그것이 잘- 제가 들은 상황도 거기까지였습니다. 퓌비엘의 베르포트 마을에서 급보로 전달된 소식입니다. 이후 베르포트의 인원들이 몬스터 토벌과 푸른 수염 격퇴를 위해 줄전했다는 소식까지 전달받았습니다."

정말 푸른 수염이라면 몇 사람이 나서는 정도로는 막을 수 없다. 오히려 피해만 더 키울 뿐! 전령의 보고를 들은 브로우리스의 표정이 일그러졌다.

"성하!"

"다녀오게, 브로우리스. 그리고 페르낭 자네도 함께 가게. 분명히 어떤 흔적이 있을 게야."

"알겠습니다. 가시죠, 브로우리스 님."

페르낭과 브로우리스는 즉각 이동했다.

센티널 산맥 퓌비엘 방면 기슭에 있는 마을, 베르포트를 향해.

"후아아…… 이제야 좀 한가해졌네."

"나 참, 형 옆에서 같이 인사만 하는데도 이렇게 힘들 줄이야."

"고맙다. 기정이 너 없었으면 누가 누군지도 모를 뻔했어."

여전히 예복 차림의 이하와 기정이 샴페인 잔을 들고 한숨 돌렸다.

정말로 축제라도 되는양 수없이 많은 유저와 NPC들이 어울려 놀게 된 왕궁 정원, 당연 오늘의 주인공이나 다름없는 이하에게 인사라도 한 마디, 눈도장이라도 한 번 찍고자 하는 사람은 미어터질 정도로 많았다.

그나마 미들 어스 경력이 오래된 기정이 이하의 곁에서 누가 누구인지, 어떤 역할을 하는 사람인지, 유저인지 NPC인지를 구분해 주며 보조했기에 망정이지 이하는 정말 사람에게 쓸려 갈 뻔했던 것이다.

"흐, 고맙기는. 우리 퓌비엘의 영웅이 어리바리하는 모습을 사람들에게 보여 줄 순 없지."

"내, 내가 언제 그랬냐? 그 정도는 아니다."

"낄낄, 그러세요?"

사촌 형제는 키득거리며 장난을 쳤다.

기정의 말처럼 퓌비엘의 전쟁 영웅으로 추대된 이하는 가슴이 뻐근할 정도의 성취감을 느꼈다. 할 수 있다는 자신감, 해냈다는 뿌듯함이 등줄기를 타고 흐르는 기분이었다.

"그나저나 너 보상이 영 시원치 않더라."

"보상?"

"사등에서 십등공신은 따로 업적도 없었다며. 스탯이랑 골드 가지고 퉁 치는 건 너무한 거 아닌가."

그런 이하에게도 한 가지 아쉬운 점이 있었다. 같이 고생한 전우가 충분한 보상을 받지 못했다는 것.

아예 공신에 이름을 올리지도 못한 태일이나 비예미도 있었지만, 역시 그들을 이끌며 동분서주하고 더욱 고생한 기정이 너무 천대받는 것 같다는 생각이 들었다.

"업적은 아마 그 훈장에서 나오는 건가 보던데…… 어쩔수 없지. 그래도 별초 길드의 명성이 엄청나게 올랐어. 원래도 제법 유명했지만 이젠 정말 퓌비엘 최상위 길드로 이름 날릴걸? 그 정도면 나야 만족─"

"안 돼, 안 돼."

그리고 이하는 주변 사람을 챙길 줄 아는 사람이었다.

"안 되면 형이 어쩌려고."

"아이템 하나 얻어다 줄게."

"응?"

"나 이거 훈장, 왕궁에서 무슨 아이템 세 개 받을 수 있댔 잖아."

"그, 그것 중에 하나 나 준다고?"

기정의 눈이 휘둥그레졌다. 그러나 그것도 잠시 곧바로 표정관리를 하며 손사래를 쳤다.

"아냐, 됐어."

"어? 준다는데도 싫어?"

"엉아나 챙기세요. 나는 차라리 형이 더 유명해지고 강해졌으면 좋겠거든."

"기정아……."

놀란 것은 오히려 이하였다. 엉아야!! 엉아 최고!! 이런 소리나 할 줄 알았던 기정이 선물을 거절하다니. 그러나 그건 이하가 기정을 너무 과소평가한 셈이나 마찬가지였다.

평소엔 이하를 졸졸 따르는 강아지 같은 성격이라도 그는 분명히 미들 어스의 준랭커급 고수. 한 길드의 길드 마스터다운 생각의 틀을 갖춘 남자였다.

"형이 짱 세지면 그 옆에 그냥 붙어 다니면서 콩고물만 챙기면 될 것 같으니까."

"응? 이 짜식이…… 머리 좋다?"

"형, 나 경영학과거든?"

형을 존중해 주는 그 마음을 티내는 게 부끄러워 마지막까지 장난치는 기정을 보며 이하도 빙그레 웃었다.

적어도 오늘만큼은 아무런 근심 없이 즐기고 싶었다. 그러나 미들 어스는 사람들에게 많은 휴식을 허용하는 게임이 아니었다.

왕궁 구석에서 사람들을 피해 있던 이하와 기정에게 코트 입은 사나이가 모자를 눌러쓰며 다가오고 있었다.

"연락 받았습니까."

"어, 키드 씨. 이리 와서 한잔해요, 어차피 알콜은 없는 샴페인인데 맛이 제법-"

"알림이 떴습니다."

"응? 알림? 누구한테요?"

유일하게 예복 없이 논공행상에 참여한 사람이기도 했기 때문일까. 그는 벌써 리볼버를 꺼내어 탄을 장전하고 있었다.

"브로우리스 소장님이 모두를 소집했습니다. 루거는 이미 센티널 산맥에 도착했다고 하는군요."

"어? 나는 왜 안 뜨-"

말을 채 마치기도 전에, 이하에게도 시스템 창이 떴다. 퀘스트와는 다른 단순 알림.

이 알림을 받고 해당 NPC에게 가면 일정한 퀘스트를 준다는 건 이하도 알고 있었다. 언젠가 기다리라는 퀘스트를 할 때에도 이런 식으로 브로우리스에게 연락이 온 적이 있다.

"베르포트…… 센티널 산맥 기슭의 요새잖아?"

"에즈웬에 갔던 소장님이 센티널 산맥으로 즉각 이동하며 세 사람을 불렀다……. 무슨 뜻인지 이해하겠습니까."

"푸른 수염 관련이군."

"알았으면 갑시다."

키드는 스크롤을 꺼냈다. 그의 곁에 선 기정이 허겁지겁 이하를 붙잡았다.

"자, 잠깐, 형?! 그냥 가려고?"

"응. 가 봐야지. 제3차 인마대전 흐름이랑 연관된 퀘스트일 건데. 이런데서 정보를 입수해 놔야 나중에 써먹지 않겠냐, 그럼 나 간다, 기정아! 뒷정리 좀 잘 해 줘!"

"시, 신나라 씨는? 아까 람 자매도 형 계속 찾았었는데!"

"그니까. 네가 잘 좀 마무리해 달라고."

"내가 어떻게 마무리를-"

"먼저 갑니다."

이하와 기정이 옥신각신하는 사이 찌이익, 키드가 스크롤을 찢었다. 그의 몸이 순식간에 사라졌다.

"자, 잠깐 키드! 에이, 난 베르포트 저장도 안 되어 있는데 같이 좀 가지. 그럼 진짜 갈게, 기정아!"

이하 또한 귀환 스크롤을 사용해 수도 아엘스톡의 워프 게이트 인근으로 향하고 남은 자리, 기정이 침울한 얼굴로 한숨을 내쉬었다.

"하아아……. 차라리 몬스터 잡는 게 낫지, 그 세 여자를 어떻게 감당하라고오……!"

신나라와 람화연과 람화정.

이하의 위치를 캐묻거나 어떻게 된 일이냐며 자신에게 달려들 세 여자에게 뭐라고 말을 해야 하는가. 기정은 골머리를 싸맸다.

베르포트는 평소와 달리 휑했다.

언제나 오크와 트롤 사냥을 위해 유저들이 복작거리던 마을임을 기억하고 있기에, 이하의 마음도 조금 급해졌다.

"소장님!"

"이하 군."

"늦었다, 머저리 같은 놈."

브로우리스와 루거가 정겨운 표현으로 이하를 맞이했다.

이하는 루거를 향해 잠시 중지를 들어 세울까 하다 꾹 참았다. 브로우리스의 곁에 있는 또 다른 유저가 눈에 들어왔기 때문이다.

"페르낭 님?"

"하이하 님. 오랜만에 뵙네요."

"얼라리, 여길 어떻게―"

"에즈웬 교황청에서 브로우리스 님을 만났거든요. 교황 성하의 퀘스트도 있고 해서 왔죠."

"아……."

이하는 그제야 페르낭의 소속국을 떠올렸다.

에즈웬 소속, 게다가 여러 가지 유적 발견과 미개척지 등으로 교황청의 신뢰를 충분히 쌓아 놓은 페르낭이라면 푸른 수염과 관련된 정보를 제법 많이 알고 있으리라.

"아쉽지만 회포는 나중에 풀도록 하지. 바로 준비해 주겠나."

"예, 알겠습니다."

이하는 블랙 베스에 탄창을 끼워 넣었다. 찰칵―! 하는 경쾌한 마찰음과 동시에 퀘스트 창이 눈앞에 떴다.

[귀족鬼族장 '푸른 수염' 레 백작-1]

설명 : '크롤랑을 상대해 봐서 잘 알 거야. 놈은 대형종들의 힘을 더욱 강대하게 만드는 능력이 있지. 당장 우리가 하는 일은 센티널 산맥의 몬스터들을 격퇴하는 것일세. 그리고 푸른 수염의 흔적을 찾아야 하네.' 센티널 산맥의 대형 몬스터들이 활개치고 있다. 푸른 수염의 마魔가 닿아 흉포해진 그들이 마을에 내려온다면 피해가 막심할 것이다. 녀석들이 내려오기 전, 모조리 사살하자.

내용 : 센티널 산맥의 귀족鬼族 전원 사살

보상 : 귀족鬼族장 '푸른 수염' 레 백작-2

실패조건 : 귀족鬼族 몬스터가 베르포트에 당도, 브로우리스의 죽음

실패시 : 업적-'멸망의 단초'

–수락하시겠습니까?

'뜨아아, 뭐야 이건?'

이하뿐이 아니었다. 키드는 침음을 내었고 루거는 인상을 찌푸렸다. 퀘스트의 내용 자체는 크게 특이사항이 없어 보였다. 내용이나 실패의 조건으로 보아 브로우리스도 센티널 산맥으로 같이 올라갈 게 분명했다.

'근데 왜 또 실패 업적이 멸망의 단초냐고! 이거 끝난 거 아니었어?'

이름만 들어도 불길한 실패 페널티.

빌어먹게도 강력한 실패 페널티에 비해, 보상은 그저 연계 퀘스트로의 진행이다. 여전히 유저들의 숨을 턱턱 막히게 하는 미들 어스의 보상 시스템을 탓하며 이하는 수락 버튼을 눌렀다.

"키드! 루거! 지난번 업적 기억나지?"

"북부 트롤들의 원수 말입니까."

"발목이나 잡지 마라, 머저리들."

그나마 가능성이 있는 것은 크롤랑을 퇴치하며 받았던 업적.

대형 몬스터에 대해 셋 다 추가 공격력이 있다. 추가 피해량도 있긴 하지만 삼총사 세 사람과 브로우리스가 함께한다. 감히 어떤 몬스터가 접근이나 할 수 있을까.

"가시죠, 소장님."

"좋아. 페르낭 님도 가시죠."

"예. 저는 뒤에서 조심히 쫓아가겠습니다."

페르낭도 채찍을 꺼내어 들었다. 처음으로 NPC가 함께하는 퀘스트에 다섯 사람이 파티를 맺었다.

'근데 이렇게 파티하면 내가 제일 저렙이라 경험치도 못 나눠 먹는데 완전 손해 보는 기분이야. 퀘스트는 삼총사 업적 때문에 깰 수 있는 건가? 뭔가 설명이 있어야 알아먹지.'

그런 와중에도 투덜대는 이하였다. 5인 파티는 베르포트를 나서 천천히 센티널 산맥의 기슭으로 향했다.

"······이거 센티널 산맥 맞아요?"

"푸른 수염이 나타나며 지형조차 바꿔 버린 겁니까······."

"와, 꼭 미개척지 같네요."

조심조심 발걸음을 옮기며 이하와 키드, 페르낭이 한 마디씩 했다. 원래도 나뭇잎이 우거진 산은 아니었다지만 지금은 아예 느낌이 달랐다.

행군의 평원의 저주 받은 땅처럼 거뭇하게 변해 버린 토지, 앙상하고 기괴한 나뭇가지만 드러내는 뒤틀린 나무들, 스산한 날씨를 더욱 공포스럽게 만드는 괴수들의 먼 포효 소리까지 들려왔다.

센티널 산맥은 더 이상 중저레벨들의 사냥터가 아니었다. 저주 받았다는 말이 딱 어울릴 정도의 지형이 되어 있었다.

"지형만 바꾸는 게 아니야. 푸른 수염의 기운은 몬스터들도 모조리 바꿔 놨을 걸세."

"그, 귀족鬼族이라는 것으로요? 그게 대체 뭐죠?"

"푸른 수염이 내뱉은 헛소리지. 일반 몬스터들이 평민이라면 자신의 기운이 닿은 몬스터들은 귀족Noble과도 같다고. 스스로를 백작이라고 부르는 녀석이니 무슨 소리를 못하겠는가."

"끙, 아재 개그 같은 개념인가 보네요. 뭔 그런 말장난을—"

"다들 말장난이라고 생각했지. 그러나 푸른 수염의 손길이 닿은 대형종들, 제2차 인마대전에서 그 귀족鬼族에게 도륙당한 인간의 수가 몇인지 안다면 웃지 못할 거야. 이름은 우스워도 그 무력은 진짜니까."

이하가 분위기를 슬쩍 풀어 볼까 했으나 먹히지 않았다. 브로우리스는 오히려 귀족이라는 명칭에 더욱 긴장하고 있었다.

'집중해야겠군. 브로우리스가 있다고 방심했다간 뭔 일 나겠어.'

이하도 그제야 정신을 가다듬을 수 있었다.

크롤랑을 잡기도 했고, 키드에 루거라는 출중한 동기들의 실력도 알고 있는데다 브로우리스가 함께하는 퀘스트라 조금 쉽게 생각한 것도 사실이었다.

그러나 그게 함정이라는 것을 일찌감치 눈치챘다는 게 이하도 미들 어스에 꽤 적응했다는 점이다.

'첫 번째 실패 조건은 귀족鬼族들이 베르포트에 도달할 때다. 즉, 한 마리도 살려 보내선 안 된다는 것. 단순히 보이는 것만 잡는 게 아니라 숨은 녀석들까지 찾아서 씨를 말려야 해.'

그리고 두 번째는 브로우리스의 사망이다.

NPC이자 머스킷 아카데미의 소장인 브로우리스다. 그가 웬만한 유저보다 훨씬 강할 거라는 건 이하도 알고 있다.

그러나 그게 얼마만큼인가?

'예전에 블랙 베스를 가지고 속사를 보여 준 적은 있긴 해. 하지만 몬스터를 잡을 때는 또 다를 거란 말이지. 죽을 위험이 없는 사람에게 죽음의 페널티를 주진 않을 테니까.'

그런 그의 죽음이 실패 조건에 있다는 건 무슨 뜻인가. 어쩌면 이번 퀘스트에서 브로우리스가 죽을 수도 있다는 뜻이진 않을까.

이하는 그 점에 주목했다.

그렇게 기슭을 넘어 산 중턱에 도달할쯤 첫 번째 몬스터를 발견했다.

"콰루— 챠—!"

"트롤? 트롤이 벌써 나왔던가? 어라라, 게다가 색이 묘하지 않아요? 녹색 피부는 어따 팔아먹고 회색 피부야?"

페르낭이 토끼눈을 하며 트롤을 가리켰다. 다른 사람들은 입을 열지 않았다.

"이것도 새로운 몬스터 종으로 쳐 주려나? 그러면 나도 발견 경험치 좀 받을 수—"

투콰아아아아앙—— 타—다아아—앙 퍼어어엉————!

입 대신 열린 것은 그들의 총구였다.

"—우와아아악?!"

페르낭이 귀를 틀어막으며 뒷걸음질 쳤다. 돌부리에 걸려 넘어지려는 그를 브로우리스가 잡아 세웠다.

"괜찮으십니까."

"어, 아, 예. 후아아, 이건 또 무슨-"

"제자들의 실력이 아직 부족해서 그렇지요. 괜히 놀라게 해서 죄송합니다."

"아닙…… 니다."

브로우리스가 인자한 미소를 지었다. 세 사람의 실력을 대강 알고 있는 페르낭이었지만 그때의 삼총사와 지금의 삼총사는 또 달랐다.

"어, 페르낭 님, 아까 발견 경험치 어쩌고 하셨었죠?"

"아, 네."

"이걸 어쩌나……. 시체가 한 조각도 안 남았는데 저걸로도 뭐 발견 처리 이런 게 가능할까요?"

이하가 미안하다는 표정으로 트롤을 가리켰다. 아니, 트롤이 있던 곳을 가리켰다.

이하와 키드, 루거의 포가 지나간 자리에는 그저 몬스터가 있었다, 라는 흔적이 낭자할 뿐이었다.

"허…… 허…….."

회색 피부 조각 하나와 물감처럼 흩뿌려진 몬스터의 피. B급 영화 같은 비현실적인 잔인함은 오히려 징그럽다는 생각조차 들지 않게 만들었다.

"가지."

Yes, Sir!

브로우리스의 말에 삼총사는 제각각 재장전을 하며 다시 산을 올랐다. 페르낭은 문화충격에서 벗어나지 못한 채, 세 사람을 번갈아 보았다.

'이 사람들과 함께라면……!'

그런 그의 마음에도 또 다른 희망의 불꽃이 피어올랐다. 언젠가 이하를 보며 다짐했던 생각이 더욱 확고해지는 순간이었다.

"시체가……."

"아이템을 보아하니 레벨 120 이상들은 된 것 같습니다."

"적의 실력도 모르고 덤벼드는 멍청이들이 죽는 건 당연한 일이지."

이하와 키드, 루거의 앞에 즐비한 인간의 시체. 베르포트에서 사냥을 하던 유저들의 시체가 곳곳에 널브러져 있었다.

"푸른 수염이라고 했던가요. 그런 몬스터의 흔적은 아직 없습니다."

"음, 더 올라가야 하겠지요. 조심하십시오."

"예, 뒤에 꼭 붙어 있어야겠네요."

브로우리스의 말에 페르낭이 돋보기를 갈무리하며 그의 뒤에 섰다. 첫 번째 트롤이 나오던 지점에서 얼마 떨어지지 않은 곳이었다. 조만간 몬스터들이 때로 출몰할 거라는 건 모두가 알고 있는 사실이다.

"앞장선다."

"그러시든가. 키드가 두 번째로 갈 거죠?"

"〈블랙 베스〉보다 뒤처져서야 〈크림슨 게코즈〉가 울지 않겠습니까."

삼총사도 자연스레 포지션을 잡았다.

[관통]의 루거가 선두, 그 바로 뒤에 [속사]의 키드, 그리고 조금 떨어진 지점에서 [명중]의 하이하.

브로우리스와 페르낭이 이하의 뒤편에 선 대형으로 발걸음을 옮기길 얼마가 지났을까, 마침내 트롤 무리들이 튀어나오기 시작했다.

기껏해야 오크 부락이 있어야 했을 지점은 이미 회색의 트롤들이 점령하고 있는 상황이었다. 그 수는 백 단위를 가볍게 상회했다. 이하는 침을 꿀꺽 삼키고 브로우리스에게 물었다.

"소장님, 저것들도 귀족鬼族이죠?"

저 많은 걸 다 잡아야 하나, 라고 돌려서 물은 셈이었다. 부디 아니라고 말해 주길, 귀족으로 정해진 몬스터 몇몇이 따로 있기를 바랐으나 브로우리스는 이하의 기대를 저버리며 고개를 끄덕였다.

"그렇다네. 평소 같으면 들키지 않게 우회해서 가자고 해야 하겠지만-"

"그럴 필요 없소. 내가 전부 처리할 테니."

철컥-!

"어, 루, 루거? 이럴 때는 작전이라도-"

"콰루룻?!"

"아루- 챠-!"

인간들의 시체를 발로 차며 놀고 있던 트롤들이 고개를 쳐들었다.

수천 개의 눈이 쏠렸을 때의 압박감, 트롤 외에 무엇이 있을지 모르니 철저한 작전을 짜려 했으나 루거는 그러지 않았다.

"이게 내 작전이다. '판처 슈렉'!"

콰아아아앙————!

언젠가 이하도 겪어 봤던 철갑유탄이 먼저 쏘아졌다. 트롤들의 배를 찢고 들어가 폭발하는 거대한 포탄. 관통력은 물론 폭발력까지 어마어마한 공격 한 방에 트롤들이 날뛰기 시작했다.

"귀족으로 강화되어 봤자 북부 트롤과 유사한 수준이다. 이런 것에도 쪼는 새가슴은 뒤에서 대가리나 박고 있던지."

루거가 이하를 향해 훗, 코웃음을 치고는 곧장 탄을 장전했다.

최초의 한 방으로 벌써 적의 레벨을 가늠했다. 확실히 전투와 싸움에 있어서 루거는 달인이다.

사람의 기분을 긁는 것도 그에 못지않은 달인이라는 게 이하에겐 짜증나는 점이지만.

"적응했다고 생각했는데 아니었어. 진짜 밉상이라니까. 갑시다, 키드."

"이미 준비되어 있습니다. '블렛 스톰'."

이하가 방아쇠를 당기고 키드가 리볼버로 춤을 추었다.

북부 트롤과 충분히 싸워 본 그들이었기에 숫자에 짓눌려 몸놀림이 움츠러들지는 않았다. 크롤랑 때와 다른 퀘스트 조건도 그들이 부담감 없이 움직일 수 있는 이유였다.

삼총사의 총구가 불을 토해 낼 때마다 쓰러지는 트롤의 숫자는 최소 둘, 최대 열. 페르낭은 턱이 빠져라 입을 벌리는 것 말고 뭘 해야 할지 알 수 없었다.

'말도 안 돼……. 세 사람 모두 실력이 있다는 건 알았지만-'

루거가 스킬을 사용했다. 트롤들은 반응조차 하지 못하고 폭사했다.

'저 정도의 위력이라면 알렉산더와 싸웠다는 것도 믿을 수 있겠어.'

키드가 총을 번갈아 가며 패닝을 시작했다. 한줄기로 이어지는 총성이 끝날 때쯤이면 주변에 있는 트롤들은 곰보가 되었다.

'신나라급? 아니, 공격력은 그 이상이라고 봐야 하나? 그

녀의 레이피어가 저렇게 빨리 움직일 수 있을까.'

이하는 조용히 주변을 살피며 조준점을 정렬하고 방아쇠를 당겼다.

삼백 마리 이상이 모여 있는 장소였지만 단 한 마리도 도망갈 수 없었다. 이하는 다른 방향을 향하는 녀석들만 골라가며 쏘고 있었으니까.

'정확도는 본 드레이크 때와 같아. 도망가는 트롤들의 머리만 터지는 걸 보면— 하지만 조준 속도가 두 배는 빨라진 것 같은데!'

삼총사는 페르낭이 감탄할 여유도 주지 않았다.

물량공세조차 통하지 않는 압도적인 실력 앞에서 트롤들의 수는 급격하게 줄어 갔다.

"우워어어어—!"

"꺼어어어어—억!"

쿠우웅— 쿠우우웅—.

트롤들의 수가 30%까지 줄어들었을 무렵, 대지를 울리는 거대한 발걸음 소리들이 들려왔다.

"오우거! 오우거예요! 저, 저 녀석들도 귀족鬼族화 되어 있는 것 같은데!"

나무를 쓰러뜨리며 산을 타고 내려오는 오우거들의 수도 백 마리에 가까웠다. 아직 남은 트롤도 백여 마리, 거기에 새로 등장하는 오우거가 또다시 백 마리란 말인가.

그것도 보통의 오우거보다 훨씬 센 녀석들이!

'보통 퀘스트가 아니다. 사실상 실패를 염두해 두고 만든 건가. 아니면 내가 푸른 수염의 흔적을 먼저 찾고 이곳에서 빠져나가는 게 퀘스트의 진짜 목적인가?'

페르낭은 긴장했다.

삼총사가 어떤 퀘스트를 받는지도 대충 들었다. 자신은 그것과 다른 퀘스트를 받은 상황이다. 교황에게 직접 명받은 푸른 수염의 흔적 찾기 퀘스트.

시간적 여유가 있을 거라고 생각했지만 몬스터들의 숫자를 보면 결코 그런 게 아니었다.

오히려 타임어택에 가까운 퀘스트가 아닐까.

죽기 전에 푸른 수염의 흔적을 찾고, 이 센티널 산맥에서 벗어나는 게 진짜 목적은 아닐까 하는 생각이 들 정도였다. 페르낭의 입장에서는 말이다.

삼총사의 경우는?

"덩치 큰 병신들이로군."

"재미있습니다."

"저 정도 크기면 놓치진 않겠는데? 숫자도 딱 적당하고…… 다행이야."

또다시 루거, 키드, 이하의 총구가 불을 뿜어 대었다.

키드는 트롤에 집중했고, 루거는 오우거의 정강이뼈를 관통하는 탄들을 쏘며 속도를 늦췄다.

꾸어어어억-!

비명을 지르며 주저앉은 녀석의 이마엔 이하의 탄이 날아가 꽂혔다.

특별히 이야기를 주고받은 것도 아니다.

어떤 식으로 연계하자고 움직임을 맞춘 것도 아니다. 그러나 서로에 대한 무기 사거리와 특징을 잘 이해하고 있는 세 사람은 어느덧 자연스런 연계 공격도 펼칠 수 있게 되었다.

"허……."

페르낭은 열심히 잔머리를 굴리며 퀘스트의 숨은 목적을 파악하려 한 자신이 민망했다.

"……그런 퀘스트는 아닌가 보구나. 그냥 여유롭게 흔적 찾는 퀘스트였나 보네. 응, 여유롭네, 여유로와."

오우거에게 잡히기만 한다면 세 사람 중 누구도 살아남을 수 없을 것이다. 순식간에 사지가 찢겨 나가며 잔혹한 모습으로 로그아웃을 맞이하게 될 것이다.

닿기만 한다면 말이다.

오우거들은 삼총사와 한참이나 떨어진 지점에서, 무력을 제대로 보이지도 못한 채, 시체가 되고 있었다.

"이하 군, 아래쪽으로 도망간 몬스터들은 없는가?"

"네, 소장님. 적어도 이쪽을 통해서 베르포트로 가는 놈은 없습니다."

"다행이군."

다른 두 사람이 오직 사냥에만 집중할 때 이하는 '퀘스트'에 집중하고 있었다. 한 놈이라도 베르포트에 도달하는 순간 퀘스트는 실패, 당연히 철저하게 수색해야 했다.

'맨 눈이었으면 그래도 좀 돌아다녀야 했겠지. 마나 투시가 있어서 다행이야.'

무엇보다 수색과 관찰이라면 이제 제법 이골이 났기 때문에 가능한 일이기도 했다. 미드나잇 서커스 녀석들에게 기습당하지 않으려, 전쟁에서 키스톤을 찾으려 노력하는 동안 이하의 관찰력과 노하우는 충분히 쌓인 상태였다.

"정말 이런 쓰레기 같은 것들이 제2차 인마대전 당시 인간들을 도륙했단 말이오?"

확실히 그랬다.

푸른 수염의 마가 닿으며 전체적으로 강화된 면이 있었지만 이 정도 몬스터들은 강하다고 부르기도 민망했다.

인간들을 도륙하긴커녕 삼총사에게 도륙당한 몬스터의 수가 몇 백 마리를 넘어가고 있는 상황이다.

브로우리스는 루거를 보며 미소 지었다. 어쩐지 뿌듯함이 담긴 웃음이었다.

"홋, 그렇게 무시하지 말게, 루거 군. 귀족鬼族들은 지휘관이 있을 때 더욱 강해지는 법, 자네들도 크롤랑을 만나 봤으니 알지 않나."

"음……."

"소장님 말씀이 맞네요. 루거는 북부 트롤 부락에서도 크롤랑한테─"

"닥쳐."

이하가 재빨리 브로우리스의 편을 들자 루거가 인상을 찌푸렸다.

자신의 최강 스킬로 크롤랑을 죽이지 못했다는 것에 대해 루거는 부끄러워하고 있었다. 그 점을 이하가 놓칠 리 없었다.

"으힛. 그때도 말이야, 나 없었으면 못 잡았다니까. 우리 퀘스트 실패할 뻔했다고. 안 그래요, 키드?"

"두 사람이 날뛸 수 있었던 것도 전부 제 스킬 때문이긴 합니다만."

서로가 서로에게 한 마디도 지지 않으려 하는 사람들.

삼총사의 친한 듯, 친하지 않은 대화를 들으며 페르낭이 고개를 갸웃거렸다. 세 사람의 관계를 도무지 종잡을 수가 없었다.

"쉿. 이제 다 와 간다."

브로우리스가 한 마디 하자 방금 전까지 낄낄거리며 장난 치던 세 사람의 행동도 멈췄다. 그 즉각적인 태세 전환을 보며 페르낭이 한 번 더 감탄했다.

트롤들을 전부 잡고, 오우거 또한 상당수 정리한 채 센티널 산맥의 정상 인근까지 다가왔다.

보통 때라면 트롤과 오우거가 조금씩 나타나기 시작해야 하는 장소지만, 전체적으로 몬스터들의 출몰 지역이 앞당겨진 상황이다. 따라서 이곳에서 무엇이 나타날지는 자명한 사실이었다.

—우워어어어 ——우워어어!

[센티널 산맥의 지배자, 퀴케로가 나타났습니다.]
[센티널 산맥의 지배자, 클리티오가 나타났습니다.]
[센티널 산맥에 있는 모든 대형 몬스터가 20% 강해집니다.]

"드디어 나왔군. 퀴케로면 저번에 한 번 잡은 적 있는 건데. 필드 보스 아니었나?"

"이것들도 귀족인가 봅니다. 싸이클롭스들이 뿔이 났네요."

이하의 중얼거림을 페르낭이 이었다.

필드 보스가 여러 마리라니? 귀족이란 게 그런 식이었나?

그러나 누구도 쉽게 답할 수 없는 문제였다. 브로우리스조차 말을 아끼고 있는 상황에서, 역시나 먼저 나선 것은 두 사람이었다.

"내가 잡는다."

"욕심내지 않아도 됩니다. 한 마리가 더 있습니다."

루거와 키드를 보며 이하는 천천히 자리를 잡고 엎드렸다. 오우거까지는 루거와 이하 모두 한 방 킬이 나왔지만 필드 보스는 어떨까.

'10m에 가까운 덩치도 그렇고 필드 보스인 점도 그렇고- 푸른 수염에 의해 귀족의 힘을 얻었다면 크롤랑에 필적할 수도 있다. 다른 부위 가지고는 한 방에 죽이지 못할 수도 있어.'

게다가 뿔의 의미도 알 수 없는 상황이다.

그렇다면 정확하게 약점을 맞혀야만 한다. 만약 루거의 탄으로 사살이 안 된다면, 이하는 지체 없이 퀴케로의 눈을 향해 발포할 예정이었다.

"인카한- 인간 냄새가 난다!"

"백작님을 향한- 선물, 인간- 고기!"

코를 킁킁대며 싸이클롭스 두 기가 방향을 틀었다. 루거는 기계처럼 자신의 포를 들어 올려 스킬을 사용했다.

"판처 파우스-"

루거의 스킬을 알아차렸던 것일까. 싸이클롭스 두 기의 머리에서 순간 빛이 번쩍였다.

"-트."

콰아아아아앙————————!

공기를 찢으며 포탄이 쏘아졌다. 역시나 폭발력을 지니고 있는 루거의 탄이었지만 관통할 대상도, 폭발할 대상도 그곳에 존재하지 않았다.

"음?"

"카하하하– 하하핫–!"

"이런!"

파앗– 루거는 즉각 옆으로 몸을 날렸다.

방금 전까지 서 있던 장소에 싸이클롭스의 몽둥이가 후려쳐졌다.

퍼어어억–!

1초만 늦었어도 몸이 짓뭉개졌을 공격, 그 괴력보다 놀라운 것은 싸이클롭스의 움직임이었다.

"빌어먹을……. 마법을 쓰는 겁니까! 훗!"

루거의 뒤편에 서 있던 키드도 코트 자락을 휘날리며 앞으로 몸을 굴렸다. 다른 한 마리의 싸이클롭스가 키드의 뒤에 나타나며 몽둥이를 내리치고 있었기 때문이다.

퍼어어어억–!

"블링크……?"

"혹시나 싶었는데 역시나로군. 그들은 그냥 귀족이 아닐세, 푸른 수염이 만들어 놓은 귀족군단의 지휘관급 몬스터야! 크롤랑에 준한다고 봐야 하네, 루거 군, 키드 군!"

브로우리스가 이마를 짚으며 목청을 높였다.

루거와 키드를 공격하던 싸이클롭스들이 브로우리스와 이

하, 그리고 페르낭을 발견했다.

"인카한−! 인간이 더 있다!"

"잔치다, 다시 축제야!"

싸이클롭스 한 마리의 머리에서 다시금 빛이 번쩍였다. 그리곤 쫘아아아−……. 하늘로 번개 한 발이 쏘아져 나갔다.

"뭐죠?"

"이제부터 시작이란 뜻이지."

이하의 물음에 브로우리스가 처음으로 마른침을 삼켰다.

잠시 후, 조금 떨어진 공간에서 빛이 세 번 명멸했다. 빛이 번쩍일 때마다 마술처럼 공간을 채우는 덩치들이 생기고 있었다.

[센티널 산맥의 지배자, 미마스가 나타났습니다.]

[센티널 산맥의 지배자, 프레그라가 나타났습니다.]

[센티널 산맥의 지배자, 헤카톤이 나타났습니다.]

[센티널 산맥에 있는 모든 대형 몬스터가 30% 강해집니다.]

"……크롤랑에 준하는−"

"−필드 보스 다섯 마리를 셋이 잡으라는 겁니까."

"전부 죽여 주마. 개자식들. 감히 내 스킬을 피하다니."

그 와중에도 다른 이유로 성질을 내는 루거를 보며 이하는 잠시 고개를 저었다.

"피해!!!"

브로우리스의 외침과 동시에 싸이클롭스 다섯 마리의 이
마가 번쩍거리기 시작했다.

《마탄의 사수 13권》에서 계속…….

2017년 3월 새벽의 신작!

설경구_ 천검협로

《구범기》, 《운룡대팔식》, 《게임볼》의 작가,
설경구의 신무협 장편소설 《천검협로》!

'천협'의 이름을 얻을 만큼 뛰어났던 무림맹주 곽도원.
하지만 인간으로서 행복하고 싶다는 원망을 품고 세상을 떠난다.
그리고 임가장에서 추협이란 이름으로 다시 태어나는데…….

무림맹주의 새로운 삶으로 인한 일대파란은 누구나 예상할 터.
그러나 임추협은 아무것도 하고 싶지 않다.

"잊자! 다 잊고 살기로 했잖아."

하지만, 분명 세상에는 재미있는 일이 생기기 마련.
전생의 모든 것을 갖추고 무림을 뒤흔드는 호쾌한 모험극 개시!

새벽은 재미와 감동으로 엄선된 장르소설 전문 출판 브랜드입니다.

2017년 1월 새벽의 신작!

신승현_ 내 템은 깨지지 않아

〈로그 위저드〉, 〈버그 슬레이어〉에 이은
신승현 작가의 야심작 〈내 템은 깨지지 않아〉!

2047년, 없어질 뻔한 PC방은 체감형 온라인 게임으로 인해 '캡슐방'으로 부활한다.
캡슐방 아르바이트 직원 영일은 열심히 살려고 하지만, 삶이 나아질 기미는 없다.
운이 좋아 사귀게 된 여자 친구와 강제로 헤어지고 둘 사이의 아기만 품에 안게 되자
더 이상 이대로 살 수 없다는 위기감과 현실적인 고통이 그를 옭아맨다.

그러던 중 우연히 VVIP 손님의 고장난 캡슐을 탔다가 엄청난 행운을 얻는다.
바로 게임 상의 아이템을 현실 세계로 고스란히 가져와 쓸 수 있게 된 것.

[지금 게임을 시작하시겠습니까? YES/NO?]

**영일에게 돌파구는 오로지 게임뿐, 이제 인생을 걸고 게임에 임해야 한다!
지금의 삶에서 벗어나는 것 정도가 아니라 더 밝은 미래를 위해!**